पूर्वराग

पूर्वराग

योजना रावत

वाणी प्रकाशन

सजिल्द प्रथम संस्करण : 2023

वाणी प्रकाशन

4695, 21-ए, दरियागंज, नयी दिल्ली 110 002

फ़ोन : +91 11 23273167 फ़ैक्स : +91 11 23275710

शाखाएँ

अशोक राजपथ, पटना 800 004, बिहार

कॉफ़ी हाउस कैम्पस, महात्मा गांधी मार्ग, इलाहाबाद 211 001, उत्तर प्रदेश

महात्मा गांधी अन्तरराष्ट्रीय हिन्दी विश्वविद्यालय, वर्धा 442 001, महाराष्ट्र

36/ए, शेक्सपीयर सरणी, रानी बिरला गर्ल्स कॉलेज के पास, कोलकाता 700 017, प. बंगाल

www.vaniprakashan.com
marketing@vaniprakashan.in
sales@vaniprakashan.in

Poorvraag
by Yojna Rawat

ISBN : 978-93-5775-902-1
Collection of Stories

मूल्य : ₹ 450

आवरण : आर्किटेक्ट–एम.एन. शर्मा
आकल्पन : योजना रावत

आर. टेक ऑफ़सेट प्रिंटर्स, दिल्ली-110032 में मुद्रित

वाणी प्रकाशन का लोगो मक़बूल फ़िदा हुसेन की कूची से

प्रेम आपके और हर चीज़ के बीच सेतु है।

Love is the bridge between you and everything.

—Rumi

अनुक्रम

पूर्वराग

न जाने क्यों उन्हें आज की शाम बेहद लम्बी प्रतीत हुई। मार्च का तीसरा सप्ताह है। दिन पहले की तुलना में काफ़ी लम्बे हो गये हैं। शामें बेहद खुशनुमा हैं। न सर्द, न ही गर्म। टाँग की दर्द के बावजूद इन दिनों उनका हर शाम टहलने को मन करता है। धीमे-धीमे क़दमों से घर के चारों ओर दो-तीन चक्कर लगाने के बाद वह लॉन में रखी शिमला से लायी गयी अंग्रेज़ों के ज़माने की लोहे के फ्रेम वाली लकड़ी की सफ़ेद बैंच पर बैठ गये। लगभग आधा घंटा बीत गया। वह निढाल-से बैंच पर बैठे रहे। कुछ दिन पहले सर्दियों में पाला पड़ने से जल चुकी लॉन की घास के सूखे-से दिखने वाले पैबन्द लगभग हरे हो गये थे। किचन के दरवाज़े के बाहर लगी बड़ी-सी बोगनविला की बेल गुलाबी व घर के गेट पर लगा बोटल ब्रश का पेड़ लाल रंग के असंख्य फूलों से लद गया था। इस बार तो पॉपी की भी बहार देखने लायक है। लाल, सफेद, जामुनी, अब कितने ही रंगों में दिखता है पॉपी का फूल, जबकि बरसों पहले ग्रीस में ट्रेन से यात्रा करते हुए मीलों दूर तक धरती पर लहलहाते पॉपी के फूलों ने उनकी स्मृति में जो रंग भरा था, वह केवल लाल था। फूल भी बरसों स्मृतियों में टँगे रह जाते हैं कभी-कभी। उनकी दृष्टि क्यारी में लगे रंग-बिरंगे ख़ूबसूरत गुलाबों पर पड़ी। भीतर कुछ खिल आया हल्का-सा, लेकिन साथ ही तिर आयी दर्द की एक अदृश्य लकीर।

नमिता बेहद बीमार थी उन दिनों। मुँह का कैंसर कुछ ही महीनों में गले तक फैल गया था। बहुत ठण्ड पड़ी थी उस साल। धुन्ध में लिपटे एक के बाद एक कितने ही ख़ामोश, बोझिल व सर्द दिन। नमिता को उन दिनों रह-रहकर अपने कैलिफ़ोर्निया वाले घर के गुलाब याद आते, जिसे उन दोनों ने एक नहीं,

पूरे चौदह बरस अपने हाथों से सींचा, बुहारा व निहारा था। सर्द दिनों में बीमारी के दौरान एक दिन नमिता को अनायास ही गुलाबों की इच्छा ने घेर लिया था।

"आपको कैलिफ़ोर्निया वाले घर के गुलाब याद हैं?" नमिता ने मिस्टर वर्मा से पूछा था।

"क्यों नहीं। और यह भी याद है कि तुम उनकी कितनी देखभाल करती थीं। आज गुलाब कैसे याद आ गये?" मिस्टर वर्मा ने पूछा।

"यूँ ही ध्यान आ गया। इस सर्द सुबह में यहाँ भी कुछ गुलाब खिले होते तो कितना अच्छा लगता?" बस इतना ही कहा था नमिता ने।

गिने-चुने शब्दों में लिपटी जीवन की शेष एक छोटी-सी इच्छा।

इतने धुन्ध भरे दिनों में खिले हुए गुलाब कहाँ से आ सकते हैं? इस बात ने दिन-रात मिस्टर वर्मा का तब तक पीछा न छोड़ा, जब तक उनके परिचित हॉर्टीकल्चर के रिटायर्ड चेयरमैन मिस्टर गुजराल ने उनके कहने पर न जाने कहाँ से आठ-दस दिन के भीतर उनकी क्यारी में गुलाब के भरे-पूरे बीसेक पौधे न लगवा दिये थे। देखते-ही-देखते लॉन का एक बड़ा हिस्सा गुलाब की एक छोटी-सी बगिया में तब्दील हो गया था। कुछ दिनों बाद ठण्ड के बावजूद गुलाब की कुछेक कलियाँ न जाने कहाँ से गर्मी पाकर अपनी पंखुड़ियाँ फैलाने में कामयाब हो गयी थीं। मार्च के तीसरे हफ़्ते तक तो गुलाबों की झड़ी लग गयी और इसी दौरान बढ़ गयी थी नमिता के गले में घुटन। गले में सूजन व दर्द के मारे उसे बेहद तकलीफ़ थी। नाश्ता करने के घण्टे भर बाद मिस्टर वर्मा नमिता के साथ बरामदे में बैठ जाते। उसे कुछ देर दिन भर बिस्तर में लेटे रहने से निज़ात दिलाने के लिए। उनके सामने क्यारी में लगे रंग-बिरंगे गुलाबों की छटा देखते ही बनती। गुलाबों की महक हवा में घुली होती। चटख धूप में खिले महकते ख़ूबसूरत रंगों के गुलाब। वहाँ बैठे हुए एक दिन मिस्टर वर्मा ने नमिता से कहा था "देखा तुमने! तुम्हारे चाहने पर आख़िर खिल ही गये गुलाब।"

नमिता चुप रही। कुछ न बोली।

उसके ख़ामोश चेहरे पर फैली दर्द की रेखाओं का कोई अन्त न था। उसने हल्के-से गर्दन उठाकर नज़र भर गुलाबों की ओर देखा और फिर चुपचाप अपनी कमज़ोर काँपती हुई हथेली मिस्टर वर्मा की मज़बूत गर्म हथेलियों के हवाले कर दी।

दो गर्म मज़बूत हथेलियों के बीच एक नर्म कमज़ोर हथेली। नमिता को कैसा लगा होगा उस क्षण, मिस्टर वर्मा आज तक नहीं जान पाये, लेकिन अपने बारे में उन्हें आज भी अच्छी तरह याद है कि उस घड़ी बहुत कुछ एकदम से बिखर गया था उनके भीतर। गले में कुछ घुटता-सा प्रतीत हुआ था उन्हें उस पल। पर फिर उससे जल्दी ही उबरते हुए उन्होंने नमिता के चेहरे को सहलाया था हल्के से।

"सुन्दर हैं न गुलाब ?" उन्होंने पूछा था।

"हूँ" नमिता की बोझिल साँसों से बस इतना-सा जवाब आया था।

उसके दो-तीन दिन बाद ही नमिता की तबीयत बिगड़ गयी। अस्पताल में तीन महीने भर्ती रही नमिता और फिर कभी घर नहीं लौटी।

मिस्टर वर्मा हर साल गुलाबों के मौसम में बरामदे में वही दो कुर्सियाँ रखवा लेते। वहाँ बैठकर नाश्ते के बाद अख़बार पढ़ते और फिर शाम की चाय पीते हुए कोई मैगज़ीन या किताब लेकर देर तक बैठे रहते। सामने क्यारी में खिले रंग-बिरंगे गुलाब रह-रहकर उनका ध्यान खींचते। उनके बगल में दूसरी कुर्सी ख़ाली पड़ी रहती। नमिता के वहाँ होने का अहसास दिलाती।

फ़ोन की घंटी देर तक बजने के बावजूद मिस्टर वर्मा बैंच पर बैठे रहे। घंटी दो-तीन बार बजी। उन्हें ध्यान आया कि उनकी नौकरानी मीना घर पर नहीं है। पर जब तक उठते, घंटी बजनी बन्द हो गयी। मिस्टर वर्मा ने पहली मंज़िल पर बनी सर्वेंट-क्वार्टर की छोटी-सी बालकनी की ओर देखा। वहाँ सन्नाटा था। बुख़ार की वजह से मीना का पति उसे बच्चों सहित तीन-चार दिन के लिए उसकी बहन के यहाँ छोड़ आया था। मीना के दोनों लड़के अक्सर मिस्टर वर्मा को वहाँ बैंच पर बैठा पाकर बार-बार बालकनी की दीवार से उचककर उन्हें देखते रहते। मिस्टर वर्मा कभी-कभार उन्हें हाथ हिलाकर नीचे बुलाना चाहते तो वे दोनों शरमाकर घर के भीतर छिप जाते।

शाम के छह बजे हैं। इतवार का दिन है। आठ दिन बाद यानी कि अगले मंगलवार मिस्टर वर्मा को अस्पताल में दाख़िल होना है- हार्ट के ऑपरेशन के लिए। डेढ़ साल पहले ही उनकी ए'ऑटा यानी महाधमनी की सर्जरी हुई थी।

बेहद मुश्किल केस था, पर डॉक्टरों ने हिम्मत न हारी। ऑपरेशन से पहले करवाये गये कई टेस्ट की रिपोर्ट्स आने पर डॉ. प्रभाकर के सवाल ने उन्हें चौंका दिया था।

"आपको हार्ट अटैक कब हुआ था, मिस्टर वर्मा ?"

"हार्ट अटैक ? हार्ट अटैक तो मुझे कभी नहीं हुआ।" वह हैरान थे।

"अच्छा ! आपकी एक ऑर्टरी पूरी तरह बन्द है और दूसरी में भी थोड़ी ब्लॉकेज है। हो सकता है, साईलैंट अटैक हुआ हो और आपको पता भी न चला हो।" डॉ. प्रभाकर का स्वर गम्भीर था।

"इसकी वजह से ऑपरेशन करने में दिक़्क़त होगी क्या ?" एक संशय ने मिस्टर वर्मा को घेर लिया था।

"मुश्किल तो नहीं होनी चाहिए, पर कुछ टेस्ट और करने पड़ेंगे। एक बार ए'ऑटा की सर्जरी सफल हो जाए, बाक़ी बाद में देखा जाएगा। आप निश्चिन्त रहिए। सब ठीक हो जाएगा।" डॉ. प्रभाकर ने उन्हें आश्वस्त किया था।

ऑपरेशन सफल रहा था। देखते ही देखते डेढ़ साल भी गुज़र गया, पर पिछले कुछ हफ़्ते से कुछ तेज़ चलने पर साँस फूलने लगती और साथ ही गर्दन के दर्द ने भी तकलीफ़ बढ़ा दी थी। टेस्ट करवाने पर पता चला कि दूसरी ऑटरी में भी काफ़ी ज़्यादा ब्लॉकेज है और ऑपरेशन निहायत ज़रूरी है। हालाँकि इस उम्र में ऑपरेशन करवाने में काफ़ी ख़तरा रहता है, लेकिन ऑपरेशन न होने पर तो एक पल का भी भरोसा नहीं था। इसीलिए डॉक्टर ने टेस्ट की रिपोर्ट्स आने पर तुरन्त ऑपरेशन की तिथि निश्चित कर दी थी। सब कुछ देखते ही देखते इतनी जल्दी से तय हो गया कि मिस्टर वर्मा को डॉक्टर की सलाह मानने के सिवाय कुछ सोचने का अवसर ही न मिला।

"ख़ैर ! जो होगा, देखा जाएगा। देह है, तो देह के साथ कष्ट भी जुड़े हैं।" उन्होंने स्वयं को ऑपरेशन के लिए मानसिक रूप से तैयार करना ही बेहतर समझा।

मिस्टर वर्मा शहर के विशिष्ट एवं सम्माननीय व्यक्तियों में से थे। वह पेशे से इंजीनियर थे और रिटायरमेंट के बाद भी बरसों तक अनेक महत्त्वपूर्ण परियोजनाओं में निरन्तर काम करते रहे। वह अपनी कार्यकुशलता,

अनुशासनप्रियता व निष्ठा के लिए जाने जाते थे। उन्हें जीवन भर काम सें फ़ुर्सत न मिली। उनके पास हमेशा ही काम ज़्यादा रहा व समय कम। सत्तासी वर्ष के मिस्टर वर्मा को आज भी लगता है कि समय कम है और काम ज़्यादा। न जाने जीवन के कितने बसंत बचे हैं, जबकि करने के लिए अभी बहुत कुछ शेष है।

ऑपरेशन की तिथि अचानक निश्चित होने की वजह से उनके पास सिर्फ़ आठ दिन बचे थे और सिर पर बहुत-से काम आन पड़े थे। चालीस वर्ष की लम्बी नौकरी और फिर रिटायरमेंट के लगभग सत्रह-अट्ठारह साल बाद भी वह सुबह से शाम तक काम में व्यस्त रहते। नौकरी के दिनों में तो कभी-कभी साँस लेने की फ़ुर्सत तक न होती, पर एक के बाद एक सब काम सम्पन्न होते चले गये। लेकिन ऑपरेशन की वजह से अचानक सिर पर आ पड़े कुछ कामों ने उन्हें बेचैन-सा कर दिया था। कहने को ये मात्र तीन-चार काम थे, पर वास्तव में ये ज़िन्दगी के सबसे अहम् काम थे, जिसके लिए ज़िन्दगी उन्हें इतने गिने-चुने दिन देगी, उन्होंने कभी न सोचा था। टेलीफ़ोन की घंटी ने मिस्टर वर्मा के विचारों की श्रृंखला को भंग कर दिया। उन्होंने घंटी सुनते ही कुछ तेज़ क़दमों से बेडरूम तक पहुँचने की कोशिश की और फ़ोन का रिसीवर उठाने में कामयाब हो गये।

"गुड ईवनिंग मिस्टर वर्मा, कैसे हैं आप?" मिसेज़ स्वामीनाथन का फ़ोन था।

"ठीक हूँ, आप सुनाइए।"

"बस। सब ठीक है, आपकी दुआ से। मैं दस मिनट में अपने माली बाबूराम को आपके यहाँ भेज रही हूँ। अस्पताल से फ़ार्म मँगवा लिया है। एक-दो दिन में भर लीजिएगा। मैं बाबूराम को दोबारा भेजकर फ़ार्म वापिस मँगवा लूँगी।"

"थैंक्यू फ़ॉर योर हेल्प मिसेज़ स्वामीनाथन।" मिस्टर वर्मा का स्वर कुछ अतिरिक्त कोमल हो आया।

"अरे ! कैसी बातें करते हैं आप, वर्मा साहब? यह भी कोई काम है, जिसके लिए आप थैंक्स कर रहे हैं? आपकी नौकरानी मीना बीमार थी। वह अपनी बहन के यहाँ से लौट आयी है क्या ?"

"नहीं, अभी तो नहीं। शायद तीन-चार दिन और लग जायेंगे। कुछ ज़्यादा ही तबीयत ख़राब है उसकी।"

"तो फिर आप खाना कैसे मैनेज कर रहे है ?, बड़ी दिक़्क़त हो रही होगी।"

"नहीं, ऐसी कोई बात नहीं है। सुबह-शाम दूध, ब्रेड व अण्डा ले लेता हूँ और दोपहर में फल। काम चल रहा है।"

"दिक़्क़त कैसे नहीं है? चार दिन से आप दूध, ब्रेड खाकर गुज़ारा कर रहे हैं। ऐसा कब तक चलेगा? अच्छा! मैं फ़ोन रख रही हूँ। आपको दो चार मिनट में वापस फ़ोन करती हूँ और आपके लिए लंच व डिनर का इन्तज़ाम करती हूँ।" कहकर मिसेज़ स्वामीनाथन ने फ़ोन काट दिया।

मिस्टर वर्मा ने ज़्यादा ना-नुकर नहीं की। जानते हैं कि उनकी मिसेज़ स्वामीनाथन के सामने बिल्कुल नहीं चलेगी। वह हर पल दूसरों के मदद के लिए तैयार रहती हैं। बयासी साल की उम्र में भी चलने-फिरने में दिक़्क़त के बावजूद वह नियमित रूप से सुबह दस बजे से दोपहर दो बजे तक ब्लडबैंक जातीं, जिसे उन्होंने अपने दिवंगत पति की प्रेरणा से चालीस साल पहले शुरू किया था। फिर कुछ बरसों बाद शहर में पोस्ट ग्रेजुएट मेडिकल इंस्टीट्यूट खुलने पर ब्लडबैंक का निदेशक नियुक्त होना, मानो मनचाही मुराद मिल गयी थी उन्हें। धीरे-धीरे ब्लडबैंक से जुड़े तमाम काम ही उसके जीवन के सबसे महत्त्वपूर्ण काम बन गये। पति की मृत्यु के बाद तो वह पूरी तरह इसी काम के प्रति समर्पित हो गयीं थीं। अपनी सेवाओं के लिए भारत सरकार से 'पद्मश्री' पाने वाली मिसेज़ स्वामीनाथन अपने दोस्त व मित्रों को बेहद चाहती थीं। किसी को ज़रा-सी भी दुःख-तकलीफ़ हो, वह तुरन्त मदद के लिए उपस्थित रहतीं। मिस्टर वर्मा की आँखों में मिसेज़ स्वामीनाथन का चेहरा तैर आया। पिछले दो सालों में उनकी कमर पहले से अधिक झुक गयी थी। बाल पूरी तरह पक गये थे और शरीर दुबला होने के कारण कुछ सिकुड़-सा गया था। दूर से देखने पर लगता, जैसे किसी चौदह-पन्द्रह साल की बच्ची की काया हो, पर चेहरे पर वही कान्ति और माथे पर बड़ी-सी लाल बिन्दी-चेहरे के उजलेपन को उभारती हुई।

मिसेज़ स्वामीनाथन के बारे में सोचते-सोचते मिस्टर वर्मा अतीत की पगडंडियों में उतरते चले गये। नमिता व मिसेज़ स्वामीनाथन की ख़ूब पटती थी।

बरसों पहले सरकारी बंगलों में उनका घर आस-पास था। एक-दूसरे से ख़ूब मिलना-जुलना होता। बच्चे एक साथ खेलते-पढ़ते बड़े हुए। सब अपने-अपने प्रोफ़ेशन में कामयाब। अब मिसेज़ स्वामीनाथन भी मिस्टर वर्मा की तरह अपनी बड़ी-सी कोठी में अकेली रहती हैं। दोनों परिवारों के सभी छह बच्चे संयोग से हिन्दुस्तान से हज़ारों किलोमीटर दूर विदेश में बस गये हैं। वे एक बार वहाँ पढ़ने गये तो फिर कभी नहीं लौटे। दस-बीस सालों में ही आदमी की दुनिया इतना विस्तार पा जाती है कि कभी-कभी आदमी अपनी धुरी पर खड़ा उस दुनिया के किसी कोने को चाहकर भी नहीं छू पाता। जैसे-जैसे बाहर की दुनिया विस्तार पाती है, वैसे-वैसे आदमी अनजाने ही अपने भीतर की दुनिया में गहरा सिमटता चला जाता है— चुपचाप, अकेला, नितान्त अकेला।

अचानक मिस्टर वर्मा को अपना शरीर बोझिल-सा प्रतीत हुआ। नपे-तुले क़दम चल वह अपने स्टडी टेबल से सटी कुर्सी पर बैठ गये। हल्का अँधेरा हो आया था। वह बिना रोशनी जलाये कुछ देर यों ही बैठे रहे। लेकिन कुछ ही देर बाद कमरे में उतरते-गहराते अँधेरे को अपने भीतर प्रवेश होता महसूस कर उनका हाथ स्वयं ही टेबल लैम्प के स्विच की ओर बढ़ गया। टेबल पर अब भरपूर रोशनी थी। रोशनी का वह वृत्त अपने सीमित दायरे के बावजूद कमरे में पड़ी लगभग हर चीज़ को पूरी तरह दिखाने में न सही, उनकी उपस्थिति महसूस करवाने में पूरी तरह सक्षम था। मिस्टर वर्मा टेबल लैम्प की रौशनी में मिसेज़ स्वामीनाथन द्वारा अस्पताल से मँगवाये फ़ार्म को देख रहे थे। उन्होंने फ़ार्म के सारे कॉलम ठीक से पढ़ने के बाद फ़ार्म भरना शुरू कर दिया। फ़ार्म एकदम साधारण था। बस! एक आख़िरी कॉलम ने उन्हें कुछ परेशान कर दिया। वह कुर्सी से उठे और बिस्तर पर लेट गये।

न जाने क्यों मिस्टर वर्मा अपने मन की बात किसी से नहीं कह पाते। नमिता थी, तो उनके सुख-दुःख आपस में इतने गुँथे थे कि किसी से कभी कुछ प्रकट करने की ज़रूरत ही न पड़ी। भीतर-बाहर सब कुछ प्रकट था उन दोनों के बीच, लेकिन नमिता को कैंसर हो जाने के बाद सब कुछ बदल गया। सुख तो उनके बीच रहा ही नहीं, दुःख भी कुछ अलग-अलग से हो गये थे उनके। नमिता घोर पीड़ा में तड़पती, पर उफ़ तक न करती। मिस्टर वर्मा जब कभी भी

पूछते "बहुत दर्द हो रहा है?" तो वह इन्कार की मुद्रा में सिर हिलाकर उन्हें इशारे से बुला अपने पास बिठा लेती। मिस्टर वर्मा भीतर ही भीतर उसकी पीड़ा से कराह उठते, पर चेहरे पर कुछ भी प्रकट न होने देते। घंटों नमिता के पास बैठे रहते। उसके हाथों को सहलाते और उसकी कमज़ोर देह को अपनी सबल बाँहों से ढक लेते। फिर दर्द की हिलोर में ही न जाने कब नमिता की आँख लग जाती। दवाइयाँ गहरे दर्द के बावजूद आदमी को आसानी से नींद की गोद में ले जाती हैं। दर्द से एक अस्थायी मुक्ति। उन दिनों उन्हें उन छोटी-छोटी गोलियों की ताक़त पर ही भरोसा था।

एक छोटा-सा सन्तोष-नमिता के लिए।

नमिता को नींद आते ही कई बार मिस्टर वर्मा के सब्र का बाँध टूटने लगता। नमिता की पीठ से सटे वह चुपचाप अपनी भीगी आँखें रूमाल से पोंछ लेते। कभी-कभी तो दु:ख का ऐसा रेला आता कि रुलाई छूटने को होती, पर अपनी पीठ से सटी नमिता का ध्यान आते ही वह सब जज़्ब कर लेते। दर्द के उफ़ान को रोकना व उस पर काबू पा लेना उनके लिए धीरे-धीरे एक सहज प्रक्रिया हो गयी थी उन दिनों। बावजूद इसके, कभी-कभी दु:ख के क्रूर थपेड़ों से जूझना बेहद मुश्किल होता। बिस्तर पर लेटे मिस्टर वर्मा के निस्पन्द शरीर को अचानक नमिता की कोमल देह के स्पर्श का अहसास-सा हुआ। एक बेहद हल्का-सा स्पर्श, छोटी-सी छुअन भर— इतनी छोटी, मगर इतनी सघन कि क्षण भर के लिए करवट बदलकर नमिता को बाँह से घेर लेने की प्रबल इच्छा हुई उनकी, पर देखते ही देखते मृत हो गया स्पर्श का वह झीना-सा अहसास। दर्द के इस भँवर से मुक्ति पाने का कोई रास्ता नहीं है शायद। उन्होंने अपनी भीगी आँखों को चुपचाप बह जाने दिया। अब नमिता नहीं है, तो उन्हें रूमाल से आँखें पोंछने की भी ज़रूरत नहीं। दर्द छिपाने के लिए भी तो कोई होना चाहिए आस-पास। देखते ही देखते मिस्टर वर्मा सुबक पड़े, लेकिन उनका सुबकना कमरे की ख़ामोशी को तोड़ नहीं पाया। सन्नाटा ज्यों का त्यों पसरा रहा, अपनी ज़िद-सी लिए।

मिस्टर वर्मा को अच्छी तरह याद है कि उन्होंने जाने-अनजाने कभी नमिता का दिल नहीं दुखाया, पर कभी-कभी छोटे बेटे राहुल को लेकर उनके बीच तनाव पैदा हो जाता। दसवीं क्लास में था राहुल उस साल। उसे गिटार बजाने व फुटबॉल खेलने का ऐसा चस्का पड़ा कि वह पढ़ाई में पिछड़ने लगा।

मिस्टर वर्मा जब भी उसे डाँटते, नमिता उन्हें रोक लेती। कुछ बिगड़े हुए सहपाठियों की संगत की वजह से राहुल के वार्षिक परीक्षा में फ़ेल होने पर तो मिस्टर वर्मा आपा खो बैठे थे। उन्होंने पहली बार राहुल को पीटा था। नाराज़ व आहत नमिता एकदम ख़ामोश हो गयी थी। पूरे चार दिन कोई बात न की थी उसने। वह नमिता को बार-बार आँखें पोंछते देखते। मिस्टर वर्मा ने नमिता को बड़ी मुश्किल से मनाया था, इस वायदे के साथ कि वह भविष्य में राहुल को कभी कुछ न कहेंगे। ग्रेजुएट करने के बाद बड़ा बेटा मोहित पढ़ाई के लिए लन्दन चला गया और नौकरी लगने के बाद उसने वहीं एक पोलिश लड़की से शादी कर ली। बेटी सपना ने भी इंग्लैंड में पढ़ाई पूरी करने के बाद ब्रिटिश मूल के पॉल से शादी कर लन्दन में घर बसा लिया था। दोनों भाई-बहन इंग्लैंड में रहते हैं, जबकि राहुल अमेरिका में सेटल हो गया था। उसका अमेरिकन लड़की ज़ेनी से विवाह हुआ, पर साल भर बाद तलाक़ होने पर उसने दूसरी शादी कर ली थी। उसकी दूसरी पत्नी मिशेल बिज़नेस फ़ैमिली से थी। सुख-सुविधाओं व ऐशो-आराम की आदी। कंस्ट्रक्शन का बिज़नेस था उसके पिता का। राहुल ने नौकरी छोड़कर मिशेल के पिता के साथ उनका बिज़नेस सँभाल लिया था। बिज़नेस, पैसा, सुख-सुविधाएँ व ज़िन्दगी की दौड़ में वह इस कदर गिरफ़्त हो गया था कि अपने माँ-बाप व भाई-बहनों से पूरी तरह कट गया।

मिस्टर वर्मा व नमिता पूरे चौदह साल अमेरिका में रहे, पर इतने बरसों में राहुल उनसे चार-पाँच बार से अधिक न मिला था। राहुल को लेकर नमिता व मिस्टर वर्मा के बीच में एक तनाव-सा रहता। एक ठण्डी सी तक़रार। महीनों राहुल का फ़ोन न आने पर नमिता उदास हो जाती और उसे उदास देख परेशान हो उठते मिस्टर वर्मा। एक बार नये साल पर भी राहुल के फ़ोन न आने से उदास नमिता को देख मिस्टर वर्मा अपने पर काबू न रख पाये थे।

"कोई फ़ायदा है उसका यहाँ रहने का? एक फ़ोन तक नहीं करता।" मिस्टर वर्मा ने खीझ भरे स्वर में बस इतना ही कहा था नमिता से।

"हम भी तो उसे कभी फ़ोन नहीं करते। यही शिकायत उसे भी तो हो सकती है हमारे प्रति।" नमिता ने राहुल का पक्ष लिया था।

"तुम अच्छी तरह जानती हो कि हम फ़ोन क्यों नहीं करते? उसकी बेरुख़ी व उपेक्षापूर्ण व्यवहार से बचने के लिए। ऐसे बात करता है जैसे हम बेबस

हों और वह अहसान कर रहा हो हम पर। आख़िर हम उसके माँ-बाप हैं।" मिस्टर वर्मा के स्वर में तल्ख़ी उभर आयी थी।

"माँ-बाप हैं हम उसके। बस ! इसीलिए कहती हूँ कि बच्चे जैसे भी हों, हमें तो माँ-बाप ही बने रहना चाहिए हमेशा। हमारे जीवन वृक्ष की विशाल शाखाएँ हैं वे। भले ही आकाश में कितना ही विस्तार क्यों न पा जायें, जुड़े तो जड़ों से ही हैं न।" उस रोज़ नमिता की काँपती रुआंसी आवाज़ सुन मिस्टर वर्मा चुप रह गये थे। कुछ भी हो, वह नमिता की आँखों में आँसू नहीं देख सकते। इसी वजह से उन्होंने राहुल के सम्बन्ध में फिर कभी कोई शिकायत नहीं की। आकाश में फैली उस शाखा का अब जड़ से कोई जुड़ाव शेष न था। मिस्टर वर्मा जानते थे कि नमिता भी यह भली-भाँति जानती है, भले ही मानती न हो।

राहुल को बेहद प्यार करने व उसकी हर ग़लती को माफ़ करने वाली नमिता ने एक दिन स्वयं ही राहुल से सदा के लिए नाता तोड़ लिया था। मिस्टर वर्मा एक सड़क दुर्घटना में बुरी तरह घायल हो गये थे। उनका कन्धे में फ्रैक्चर हो गया था और सिर में गहरी चोट आयी थी। नमिता बुरी तरह घबरा गयी थी। उसे विश्वास था कि राहुल अवश्य इस विकट घड़ी में सब कुछ सँभाल लेगा और उनका पूरा साथ देगा, लेकिन राहुल ने यह ख़बर सुनकर नमिता को पूरी तरह निराश कर दिया था।

"ओह मम्मा! आई एम वैरी सॉरी। मैं दो दिन के लिए शहर से बाहर हूँ। बेहद ज़रूरी बिज़नेस डील फ़ाइनल होनी है कल सुबह। बस, उसके बाद मैं ज़रूर आपके पास आ जाऊँगा। आप डॉक्टरों पर भरोसा रखिए। प्लीज़ रोइए मत। चिन्ता मत करना मम्मा, मैं ज़रूर आऊँगा।" उसने फ़ोन काट दिया था, पर वह दिन कभी न आया। नमिता राहुल के न आने से पूरी तरह टूट गयी थी, लेकिन उसने राहुल को बुलाने के लिए दोबारा फ़ोन नहीं किया। मिस्टर वर्मा को शहर के बड़े अस्पताल में भर्ती कर दिया गया और उसी रात उनके दिमाग़ की मेजर सर्जरी करनी पड़ी। नमिता सुन्न हो गयी थी। उसने ऐसी ही उपेक्षा की आशंका के डर से मोहित व सपना को भी फ़ोन नहीं किया। मिस्टर वर्मा को पूरे चार दिन बाद होश आया था। उस घोर संकट की घड़ी में किसी अज्ञात

प्रेरणा से नमिता ने स्वयं को सँभाल लिया था। महीने बाद मिस्टर वर्मा के घर लौटने पर वह मिस्टर वर्मा की देखभाल में जी-जान से ऐसे जुट गयी थी कि उसे बच्चों का ख़याल तक न आता। राहुल ने एक-दो बार फ़ोन किया, लेकिन नमिता ने उसकी आवाज़ सुनते ही फ़ोन काट दिया था।

स्वास्थ्य बेहतर होने पर एक दिन मिस्टर वर्मा ने नमिता से कहा था, "सुनो! तुम राहुल को तो बता दो मेरे बारे में। इस वजह से वह अवश्य मिलने चला आयेगा। दो बरस हो गये उसे देखे।"

नमिता ने मिस्टर वर्मा की बात बीच में ही काटते हुए उन्हें पूरी बात बताकर अपना निर्णय सुना दिया था।

"मैं राहुल से कभी नहीं मिलना चाहूँगी। हमारे व उसके बीच सब ख़त्म हो चुका है, हमेशा के लिए।"

नमिता की बात सुनकर मिस्टर वर्मा परेशान हो गये थे। उन्होंने धीमे स्वर में नमिता से कहा "क्या कह रही हो, नमिता ? दुखी मत होओ ! भूल जाओ यह सब और माफ़ कर दो उसे। स्वयं को इतना दु:ख मत दो।"

"माफ़ ? नहीं, इस बार नहीं। कभी नहीं।" नमिता के दृढ़ निश्चय ने मिस्टर वर्मा को हैरत में डाल दिया था।

इस बात को बीस साल बीत चुके हैं। नमिता ने भारत लौटने के बाद भी इतने सालों में कभी राहुल को फ़ोन नहीं किया, न ही कभी राहुल का फ़ोन आया। एक कील नमिता के दिल में बहुत गहरे में चुभ गयी थी, जिसकी कसक से वह आजीवन मुक्त न हो पायी। बीमारी के आख़िरी दौर में एक दिन नमिता की यह बात सुन मिस्टर वर्मा धक्क-से रह गये थे।

"सुनिए ! मुझे कुछ हो जाए तो राहुल को फ़ोन मत करना। मैं नहीं चाहती कि ऐसे में वह आपके आस-पास भी उपस्थित हो।"

मिस्टर वर्मा कुछ न बोल पाये थे। नमिता की पीड़ा ने उन्हें घेर लिया था।

"सच बताओ ! मेरी बात मानेंगे न आप ? मेरी और कोई इच्छा नहीं है, पर इतना ज़रूर करना मेरे लिए। बस ! मैं शान्ति से जाना चाहती हूँ।"

नमिता की काँपती आवाज़ के साथ अपनी और उठे उसके कमज़ोर काँपते हाथ को मिस्टर वर्मा ने अपने दोनों हाथों में सहेज लिया था।

आश्वस्ति से भरा एक स्पर्श।

नमिता शान्ति से चली गयी।

उसे गये छह साल हो चुके हैं।

राहुल तो क्या, पिछले छह सालों में मोहित और सपना भी उनसे सिर्फ़ एक बार मिले हैं। नमिता की मृत्यु के सप्ताह भर बाद तीनों भाई-बहन हिन्दुस्तान आये थे और ठीक एक सप्ताह बाद लौट गये थे। अपनी-अपनी दुनिया में, जिसका मिस्टर वर्मा से कोई वास्ता न था। नमिता के जाने के बाद शुरू-शुरू में उन्हें लगता कि वह जीना ही भूल गये हैं। सिर्फ साँस भर चलती हो जैसे फेफड़ों के भीतर, जो शरीर को चलाए भर रखती है, पर दिल ? दिल तो एकदम सर्द हो गया था उनका। दर्द की हज़ार तहों के नीचे, पर मिस्टर वर्मा अकेले होकर भी अकेले न थे। नमिता एक पल के लिए भी उनके दिलो-दिमाग़ से दूर न हुई थी। वह तस्वीरों में मुस्कुराती, घर के कोने-कोने में महसूस होती। गुलाबों के मौसम में रंग-बिरंगे ख़ूबसूरत गुलाबों की खुशबू व बालकनी में बैठे मिस्टर वर्मा के बगल में पड़ी नमिता की ख़ाली कुर्सी। मिस्टर वर्मा उसे अपने आस-पास महसूस करते। आज भी नमिता के कुछ कपड़े उनकी अलमारी के एक ख़ाने में टँगे है, पहले की तरह। कभी-कभी भावुक क्षणों में उनकी उँगलियाँ उन कपड़ों का स्पर्श करने लगतीं। उनके भीतर एक छोटी-सी हलचल पैदा करती हुईं। एक अजीब-सी बेचैनी और फिर एक गहरी शान्ति का मिला-जुला भाव।

मिस्टर वर्मा शान्त भाव से बिस्तर से उठे और मिसेज़ स्वामीनाथन द्वारा भिजवाये गये बॉडी डोनेशन वाले फ़ॉर्म के पन्ने पलटने लगे। विटनेस वाला आख़िरी कॉलम भरने के लिए उन्होंने मिसेज़ स्वामीनाथन व अपनी छोटी बहन रेखा से फ़ोन पर बात करनी चाही। ये दो लोग ही ऐसे थे, जिन पर मिस्टर वर्मा को भरोसा था। यदि ऑपरेशन के दौरान उन्हें कुछ हो गया, तो उनके जाते ही अस्पताल वालों को उनका शरीर डोनेट करने की बात बताने व उन्हें मृत शरीर सौंपने की काग़ज़ी कार्रवाई की ज़रूरत पड़ेगी। मिसेज़ स्वामीनाथन को चलने-फिरने में दिक़्क़त होने के कारण उन्होंने इस काम की पूरी ज़िम्मेदारी रेखा पर डालना उचित समझा। यों भी उनके ऑपरेशन के दौरान रेखा

अस्पताल में ही होगी। यह सोचकर उन्हें गहरा सन्तोष हुआ कि उनका मृत शरीर मेडिकल के विद्यार्थियों के काम आयेगा। वह यह भी चाहते थे कि उनकी मृत्यु के बाद किसी को उनके क्रिया-कर्म इत्यादि का अधिक झंझट न उठाना पड़े। फिर भी घर पर तो लोग आयेंगे ही अफ़सोस करने। रेखा को सब कुछ अकेले सँभालना होगा। वैसे तो इंग्लैंड से मोहित व सपना के आने से रेखा को बहुत मदद मिल जाती, पर वे दोनों न भी आये, तो भी रेखा मीना की मदद से सब सँभाल ही लेगी। घर के कामकाज में तो मीना कुशल है ही, लोगों का आना-जाना रेखा देख लेगी। जैसे-तैसे सब निभ ही जाएगा। उन्हें ध्यान आया कि धार्मिक विचारों वाली उनकी बहन रेखा उनके घोर मना करने के बावजूद मृत्यु पर होने वाले तमाम संस्कार व कर्मकाण्ड किये बिना सन्तुष्ट न होगी। क्रिया-कर्म के अवसर पर पूजा पाठ, पंडितों का भोजन, दान-दक्षिणा और इस अवसर पर उपस्थित होने वाले सौ-सवा सौ लोगों के भोजन की व्यवस्था, अगले महीने आने वाले घर के ज़रूरी बिल, मीना और माली का वेतन...इन सब ख़र्चों का ख़याल करते हुए मिस्टर वर्मा ने स्टडी टेबल की दायीं ओर की दूसरी दराज़ से अपनी चेकबुक निकाली और साठ हज़ार का एक चेक काटकर टेबल पर रख दिया। सोचा, अगली सुबह मीना के पति को बैंक भेजकर रुपये मँगवाकर दराज़ में रख देंगे और इस बारे में रेखा को बता देंगे।

अगले रोज़ उन्होंने रेखा के आने से पहले ही बैंक से रुपये मँगवा लिये। बॉडी डोनेशन का फ़ार्म तो वह भर ही चुके थे। बस ! विटनेस वाले आख़िरी कॉलम पर मिसेज़ स्वामीनाथन व रेखा के हस्ताक्षर होने बाक़ी थे। अन्तिम इच्छा की पूर्ति में शेष बची एक छोटी-सी औपचारिकता। रेखा के आने पर मिस्टर वर्मा ने शाम की चाय अपने बेडरूम में ही मँगवा ली। दोनों में देर तक गपशप चलती रही। बरसों पुरानी बचपन की बातें करते-करते दोनों जैसे एक दूसरी ही दुनिया में लौट गये। कुछ लोगों एवं क़िस्सों को याद करते-करते तो हँसी काबू में न आती। बातें करते-करते शाम बीत गयी। ऐसे हँसी खुशी के माहौल में अपना शरीर दान करने की इच्छा व रेखा को साठ हज़ार रुपये देने की बात मिस्टर वर्मा को असंगत-सी जान पड़ी। उन्होंने उसे अगले दिन के एजेंडे में डाल दिया।

अगले दिन वह हुआ, जिसका मिस्टर वर्मा को अन्देशा न था। रेखा की प्रतिक्रिया उनकी अपेक्षा के बिल्कुल विपरीत थी। उसने दोनों बातें मानने से इन्कार कर दिया। शरीर दान करने के सम्बन्ध में तो वह एकदम भावुक हो उठी।

"नहीं भाई साहब! यह काम मुझसे न होगा। आप ऐसा क्यों कर रहे हैं?"

रेखा मिस्टर वर्मा से बारह साल छोटी थी। वह उस पर बच्चों-सा अधिकार मानते थे। उसकी बात सुनकर बोले- "अब जाते-जाते मेरे काम तुम भी नहीं करोगी तो और कौन करेगा? तुम्हारे सिवा कौन है मेरे पास?"

"नहीं, भाई साहब। नहीं।" रेखा की आँखें भर आयीं।

मिस्टर वर्मा एकाएक चुप हो गये। उनकी दृष्टि खिड़कियों से पार घर की चारदीवारी के अन्तिम छोर पर लगे सिल्वर ओक के ऊँचे वृक्ष की फुनगियों पर टिक गयी। हवा में हल्के-हल्के हिलतीं उन फुनगियों पर एक लाल पंखों वाली छोटी-सी चिड़िया अपनी चोंच हवा में इधर-उधर घुमा रही थी। आकाश के गहरे नीलेपन के तले ऊँचाई में हिलती वृक्ष की फुनगी पर लाल रंग का एक नन्हा-सा बिन्दु। इस नन्ही-सी जान ने बैठने के लिए कितनी ऊँची व ख़ूबसूरत जगह चुनी है। ऊपर विस्तृत नीला अन्तहीन आकाश तो नीचे हरी-भरी धरती! प्रकृति ने पक्षियों को भी सौन्दर्यबोध अवश्य दिया होगा। भले ही वे मनुष्यों की तरह अधिक न सोच पायें, लेकिन वहाँ ऊँचाई पर बैठी उस चिड़िया को दुनिया बेहद ख़ूबसूरत लग रही होगी। मिस्टर वर्मा को इस बात का पूरा यक़ीन है। देखते ही देखते चिड़िया उड़ गयी। शायद किसी और ऊँचाई पर, दुनिया के चेहरे को दूसरे कोण से देखने के लिए। रेखा मिस्टर वर्मा की खोयी दृष्टि व चुप्पी को भला कहाँ समझ पाती? उसने मिस्टर वर्मा को गम्भीर देख उनके कहे अनुसार चुपचाप फ़ॉर्म पर साइन कर दिये।

अगले दिन मिसेज़ स्वामीनाथन का माली मिस्टर वर्मा के यहाँ से फ़ॉर्म लेकर चला गया व मिसेज़ स्वामीनाथन के हस्ताक्षर करवा उस फ़ॉर्म की फ़ोटोकॉपी उन्हें लौटा गया। फ़ॉर्म मिसेज़ स्वामीनाथन को अस्पताल में जमा करवाना था। मिस्टर वर्मा को ऑफ़िस के दिनों से ही अपने कामकाज से सम्बन्धित हर काग़ज़ की फ़ोटोकॉपी रखने की आदत है। उनकी अलमारी में न जाने कितनी ही फ़ाइलों में अलग-अलग कामों से सम्बन्धित काग़ज़ों की

फ़ोटोकॉपी सुरक्षित हैं। अनगिनत कार्यों व घटनाओं के सबूत। एक मायने में ज़िन्दगी का छोटा-सा लेखा-जोखा, जिसे उन्होंने कभी किसी के सामने प्रस्तुत नहीं किया, फिर भी न जाने क्यों इसकी वजह से वह आश्वस्त-सा महसूस करते हैं। फ़ाइलों में सलीक़े से लगे व्यवस्थित काग़ज़ यदा-कदा ज़िन्दगी को व्यवस्थित करने में भी मददगार होते हैं, उन्हें इस बात का पूरा अनुभव है। उन्होंने शरीर डोनेट करने वाला फ़ॉर्म एक फ़ाइल में लगाया और रेखा को दिखाते हुए वह फ़ाइल दराज़ में रख दी। उनके जाने के बाद काम आने वाला सबसे महत्त्वपूर्ण काग़ज। मिस्टर वर्मा को अलमारी में फ़ाइल रखते देख रेखा ने धीरे-से सहज स्वर में पूछ ही लिया।

"भाई साहब ! मकान और बैंक के काग़ज़ कहाँ रखे हैं ?"

"हाँ। सच ! वह बताना तो मैं भूल ही गया।" दरअसल वे काग़ज़ उनके लिए महत्त्वपूर्ण नहीं रहे गये थे, इसीलिए उनके दिमाग़ से वह बात निकल गयी थी। शहर के पॉश इलाक़े में उनका तीन कनाल का ख़ूबसूरत घर है, जिसमें उन्होंने अमेरिका में कमाया आधा पैसा लगा दिया था और आधा पैसा इन्वेस्ट कर दिया था। हारी-बीमारी के लिए चालीस लाख रुपये उनके हिन्दुस्तान वाले पेंशन अकांउट में थे जबकि अमेरिका वाले पेंशन अकाउंट में इससे कहीं ज़्यादा। लेकिन सबसे क़ीमती था उनका घर। घर की क़ीमत कम से कम पन्द्रह-सोलह करोड़ होगी। पर उनके लिए यह क़ीमत कोई मायने नहीं रखती। उनके लिए इससे भी कहीं अधिक क़ीमती हैं इस घर के कोने-कोने से जुड़ी नमिता की स्मृतियाँ। नमिता ने यह घर बड़े चाव से बनवाया था। गली के कोने का यह प्लॉट ख़रीदते ही नमिता ने घर की पिछली व सड़क की तरफ वाली दीवार के साथ तरह-तरह के फूलों वाले व छायादार पेड़ लगवा दिये थे। चूँकि उन दिनों मिस्टर वर्मा को गवर्नर हाउस के पास सरकारी बंगला मिला हुआ था, उन्होंने रिटायरमेंट के बाद ही अपने घर में रहना शुरू किया था। कुछ ही बरसों बाद मिस्टर वर्मा एक प्रोजेक्ट में काम करने अमेरिका गये तो चौदह साल बाद भारत लौटना हुआ। इतने सालों में घर के पिछवाड़े और सड़क की तरफ वाली दीवार के बाहर लगाये पेड़ बहुत बड़े और घने हो गये थे। हर तरफ हरियाली का साम्राज्य था जबकि घर के भीतर आम, अमरूद, शरीफा, चीकू, लीची व नींबू के पेड़ लगे थे। ये सब पेड़ इतने बड़े हो गये थे कि उनके अन्तिम सिरों

को घर के भीतर से देखना असम्भव था। इन सब के बीच घर की चारदीवारी के अन्तिम छोर से सटा आकाश की ऊँचाइयों तक फैला सिल्वर ओक का वृक्ष था, जिसकी फुनगियों पर इन दिनों अक्सर ख़ूबसूरत रंगों के पक्षी बैठे दिख जाते हैं।

रेखा के कहने पर मिस्टर वर्मा ने अपनी अलमारी में से एक छोटी-सी अटैची निकाली, जिसमें पीले रंग के एक लिफ़ाफ़े में मकान के काग़ज़ व वसीयत थी जबकि दूसरे ख़ाकी रंग के लिफ़ाफ़े में बैंक व इन्वेस्टमेंट से सम्बन्धित कई काग़ज़ थे। उन्होंने दोनों लिफ़ाफ़े रेखा को दिखाते हुए स्टडी टेबल की दराज़ में रख दिये। उन्हें खोलकर देखने की ज़रूरत न थी। वसीयत तो उन्होंने नमिता की मृत्यु के बाद ही लिख दी थी। घर सपना और मोहित के नाम कर दिया था। बड़ी इन्वेस्टमेंट्स में सपना और मोहित नॉमिनी थे जबकि उनके अमेरिका और हिन्दुस्तान के पेंशन वाले अकाउंट का नॉमिनी राहुल था। अमेरिका वाले पेंशन अकाउंट में पिछले कई सालों में लगभग एक करोड़ रुपये जमा हो चुका था। यह बात रेखा भी जानती थी। इसीलिए उसने मिस्टर वर्मा से बात करनी चाही।

"भाई साहब ! बाक़ी सब तो आपने ठीक-ठाक लिख छोड़ा है, पर पेंशन वाले खातों के नॉमिनी के बारे में क्या सोचा है आपने ?"

"अब क्या सोचना, रेखा ! दरअसल कुछ भी ठीक नहीं है।"

"क्या मतलब ? आपने जो भी किया है। अपने मन से किया है, किसी के दबाव में तो नहीं किया ?" रेखा बोली।

"हाँ ! किया तो खुद ही है। दरअसल, नमिता की मृत्यु पर बच्चे यहाँ आये तो मुझे लगा कि हम सब शायद कभी दोबारा इकट्ठे नहीं होंगे? इसीलिए उस समय यह सब बच्चों की सहमति व रज़ामन्दी से किया था, पर अब लगता है कि मैंने यह सब करने में कुछ जल्दी कर दी। कुछ भी मेरी व नमिता की इच्छा के अनुरूप नहीं हुआ।"

"मैं समझी नहीं।" रेखा को पहली बार मिस्टर वर्मा की बातें कुछ अजीब सी लगीं।

"रेखा ! तुम तो जानती हो कि नमिता ने यह घर कितने चाव एवं लगन से बनवाया था। उसे कितना प्यार था इस घर से। जितने साल माँ व बाबू जी हमारे साथ रहे, हर सुख-दुःख में सारा परिवार यहीं इस घर में इकट्ठा होता।

नमिता को यह बहुत अच्छा लगता, भरा-भरा सा घर। 'फ़ैमिली हाउस' नाम इसीलिए दिया था उसने इस घर को। उसकी इच्छा थी कि यह घर कभी न बेचा जाए। घर का कोई सदस्य इस घर में रहता रहे और यह हमेशा 'फ़ैमिली हाउस' बना रहे या फिर इसे बेचने की बजाय किसी समाज सेवी या कला संस्था को दान दे दिया जाए, पर घर से जुड़ी नमिता की एक भी इच्छा पूरी न हो सकी।" कहकर मिस्टर वर्मा चुप हो गये। दरअसल, वे साल भर से नमिता के नाम पर एक चैरीटेबल ट्रस्ट बनाने का प्रयास कर रहे थे और इस बाबत अपने वकील कृष्णमोहन से सलाह-मशवरा भी किया था, लेकिन वकील तो सिर्फ़ कागज़ी कार्रवाई कर सकता है। यह ज़िम्मेदारी किसे सौंपनी है, यह तो मिस्टर वर्मा को ही तय करना था। जब उन्होंने मोहित व सपना से इस सम्बन्ध में बात की तो दोनों ने साफ़ मना कर दिया था। सपना ने तो रूखे स्वर में यहाँ तक कहा दिया था फ़ोन पर-"पापा! आप घर को लेकर इतना परेशान क्यों रहते हैं? आप अपने जीते जी इस घर में खुशी से रहिए। बाद की फिक्र क्यों करते हैं? बाद में हम खुद देख लेंगे कि घर का क्या करना है?" यह सुनकर मिस्टर वर्मा ख़ामोश रह गये थे।

मिस्टर वर्मा को घर या बाहर का एक भी व्यक्ति ऐसा नहीं सूझा, जिसे वह ट्रस्ट की ज़िम्मेदारी दे सकते। अपने पेशे से जुड़े दो-तीन लोग उनके क़रीब थे, जिनसे उन्हें उम्मीद थी, पर उन्होंने भी विनम्रता से इन्कार कर दिया था। अगर उन्हें इस काम के लिए कोई विश्वासपात्र मिल जाता, तो वह निश्चित रूप से अपनी वसीयत बदल डालते, लेकिन नियति को यही मंजूर है शायद। उनके जाने के बाद यह ख़ूबसूरत घर उनके लिए रह जाएगा, जिनके लिए यह घर कभी घर ही नहीं रहा। राहुल से सम्बन्ध टूटे तो कई बरस हो गये थे, जबकि नमिता के जाने के बाद तो वह मोहित और सपना से भी कट गये थे। वे दोनों भी नमिता की मृत्यु के बाद न तो कभी उनसे मिलने आये और न ही उन्होंने कभी उनसे अपने यहाँ आने का आग्रह किया। हाँ, कभी-कभार दोनों फ़ोन पर उनका हालचाल पूछ लेते हैं। मिस्टर वर्मा जो बताते हैं, उसे सुन लेते हैं। उनके लिए वही सच है। भीतर की दुनिया से किसी को क्या लेना-देना? भीतर कुछ भी हो जाए, बाहर पत्ती तक न हिलती। राहुल ने तो नमिता के जाने के बाद

आज तक एक बार फ़ोन भी नहीं किया उन्हें। भीतर कहीं गहरे में दबा एक छोटा-सा घाव आज न जाने क्यों बरसों बाद रिसता सा महसूस हुआ। मिस्टर वर्मा का मलिन व उदास चेहरा देखकर रेखा से रहा न गया।

"भाई साहब, उदास होने की क्या बात है? अभी वक़्त है। अगर आप वसीयत में कुछ फेर-बदल करना चाहें तो..." रेखा ने मिस्टर वर्मा के मन में झांकने का प्रयास किया।

मिस्टर वर्मा कुछ न बोले। बिल्कुल चुप्पी ओढ़े रहे। टेबल पर पड़ी पेंशन अकांउट की पासबुक उन्हें घूरती-सी प्रतीत हुईं। घर, पेंशन के पैसे तथा कई इन्वेस्टमेंट सब कुछ उनके लिए रह जाएगा, जिन्हें न तो पैसे की कोई कमी है और न ही जो इसके लिए सुपात्र हैं।

अचानक उन्होंने सधी हुई आवाज़ में रेखा से कहा-

"हाँ, मैं एक छोटी-सी वसीयत और लिखना चाहता हूँ।"

"बताइए भाई साहब! क्या चाहते हैं आप ?"

"बस ! इतना कि अपने पेंशन अकाउंट में से तीस लाख रुपये मीना को देना चाहता हूँ। मेरे जाने के बाद यह बेघर हो जायेंगी। नमिता पूरे चाल साल बिस्तर पर रही। एक भी बच्चा या रिश्तेदार, कोई नहीं था हमारे पास। यह लड़की न होती तो नमिता शायद इतने बरस जी ही न पाती। सच्चे मन व नि:स्वार्थ भाव से सेवा की है इसने नमिता की। नमिता के जाने के बाद मेरी टाँग में दो बार फ्रैक्चर हुआ। दोनों बार मैं महीनों बिस्तर पर रहा। इसके अलावा कोई न था मुझे देखने वाला व मेरा ध्यान रखने वाला। लेकिन मैंने इसके एवज़ में आज तक इसके लिए कुछ न किया। छोटे-छोटे बच्चे हैं इसके। पति भी छोटी-मोटी नौकरी करता है। तीस लाख में इसका कोई छोटा-सा घर बन ही जाएगा। आज ही वकील से बात करके कागज़ बनवा लेता हूँ। तुम व सुनैना विटनेस के तौर पर साइन कर देना।" मिस्टर वर्मा ने निश्चिन्त भाव से रेखा की ओर देखा।

"नौकरानी को तीस लाख? बच्चे क्या सोचेंगे?" रेखा की आवाज़ में तल्खी थी।

रेखा का चेहरा एकदम बुझ-सा गया। वह कुर्सी से उठकर बैचेन-सी कमरे में चहलक़दमी करने लगी। चाहकर भी और कुछ न कह सकी। जानती थी कि मिस्टर वर्मा अपने निजी मामलों में बिन माँगे किसी की सलाह पसन्द नहीं

करते। रेखा के चेहरे के हाव-भाव मिस्टर वर्मा से छिपे न रहे, पर समय कम था और वह किसी वाद-विवाद में पड़े बिना इस काम को जल्दी से निपटाना चाहते थे। इसलिए उन्होंने इतना भर कहा रेखा से-

"यह तो बहुत अच्छी बात है, रेखा ! मेरे जाने के बाद तुम्हारे हाथों किसी का भला हो जाएगा।"

रेखा कुछ न बोली। गम्भीर चेहरा लिए शून्य में देखती रही।

मिस्टर वर्मा ने दराज़ से अपनी पेंशन वाली पासबुक निकालकर उसे ध्यान से देखा और फिर रेखा की उपस्थिति में वकील को फ़ोन कर अपनी इच्छा प्रकट करते हुए उसे बैंक अकाउंट का ब्यौरा देकर काग़ज़ तैयार करने के लिए कह दिया। दूसरा फ़ोन उन्होंने अपने दिवंगत छोटे भाई की पत्नी सुनैना को किया। सुनैना उनकी इच्छानुसार वसीयत पर हस्ताक्षर करने के लिए सहमत हो गयी। मिस्टर वर्मा ने पासबुक पुनः दराज़ में रख दी और बड़े निश्चिन्त भाव से अगले महीने आने वाले घर के बिलों की एक छोटी-सी फ़ेहरिस्त रेखा को पकड़ाते हुए उसे दराज़ में रखे साठ हज़ार रुपयों के बारे में अवगत करा दिया। मिस्टर वर्मा को सुबह से बेडरूम में कपड़ों की अलमारी से ऊपर वाली बड़ी शेल्फ़ में रखी अटैची में सहेजे नमिता के ख़तों का बार-बार ध्यान आ रहा था। नमिता के कई बड़े-छोटे फ़ोटो तो उन्होंने एक बड़े लिफ़ाफ़े में सँभालकर रख लिए थे, पर ख़त? उनका क्या होगा ? उनकी सबसे निजी, सबसे आत्मीय चीज़, जिसका उन्होंने आज तक किसी से ज़िक्र तक नहीं किया। वह चाहते थे कि उनके जाने के बाद भी कोई उन ख़तों को न पढ़े। इसकी कल्पना तक करना भी उन्हें गवारा नहीं। उनकी बेचैनी रेखा से छिपी न रही।

"क्या बात है, भाई साहब ! कुछ परेशान लग रहे हैं आप?" रेखा ने पूछा।

"हाँ। दरअसल ऊपर वाली अलमारी में एक अटैची में नमिता के ख़त पड़े हैं। मैं चाहता हूँ कि मेरे जाने के बाद भी उन्हें कोई न पढ़े, तुम भी नहीं। बस ! तुम स्वयं उन्हें बहते पानी में बहा देना।" उनकी आवाज़ भारी हो आई।

"आप ठीक हो जायेंगे, भाई साहब। इतना मत सोचिए।" रेखा भी उदास हो गयी।

"हाँ, वह तो ठीक है, पर यह भी एक बेहद ज़रूरी काम है, जो मैं समय रहते न कर सका। इसलिए यह ज़िम्मेवारी भी तुम्हें दे रहा हूँ।"

मिस्टर वर्मा सोच रहे थे कि ज़िन्दगी जीते जी हर काम करने की मोहलत नहीं देती। सच तो यह है कि ज़िन्दगी ख़त्म हो जाती है, मगर काम ख़त्म नहीं होते, बचे रह जाते हैं।

अगले दिन रेखा चली गयी। उसे दो दिन बाद फिर अपना सामान लेकर लौटना था। मिस्टर वर्मा के ऑपरेशन के बाद उनकी देखभाल करने के लिए।

रेखा के जाने के बाद मिस्टर वर्मा का मन बेहद उचाट हो गया। उन्हें वसीयत में मीना को पैसे दिये जाने पर रेखा की प्रतिक्रिया बहुत अखर रही थी। रिश्ते क्या केवल ख़ून के होते है? जीवन की घोर उथल-पुथल में कहाँ कौन-सा रिश्ता काम आया उनके? जीवन का हर दु:ख केवल नमिता के साथ झेला उन्होंने और उसकी बीमारी में तथा उसके जाने के बाद मीना के अलावा कौन था उनका दु:ख बाँटने वाला? मीना घर की नौकरानी ही सही, लेकिन भारत लौटने के बाद हर दु:ख व तकलीफ़ में केवल उसी ने उनका साथ दिया और आज जब पाने का समय आया है तो सब कुछ जानने के बावजूद रेखा भी अप्रत्यक्ष रूप से बच्चों की ही हिमायत कर रही है जोकि सच्चे मायनों में कुछ भी पाने के हक़दार नहीं है। भले ही दुनियादारी की दृष्टि से यह फ़ैसला मुश्किल था, लेकिन इंसानियत की दृष्टि से एकदम जायज़। मिस्टर वर्मा के मन में दुविधा के लिए कोई अवकाश न था। उन्होंने क्षण भर के लिए स्वयं को स्वयं के आईने में खड़ा पाया और उन्हें भीतर बाहर कुछ भी धुंधला नज़र न आया। उन्होंने बिना देरी किये अपने वकील कृष्ण मोहन को फ़ोन किया और उसे वसीयत में जरूरी बदलाव करने के लिए कहा।

उसी शाम मीना बच्चों के साथ लौट आयी। बच्चों को घर के आगे वाले लॉन में खेलता देख मिस्टर वर्मा का मन हरा हो आया। अगले दिन नाश्ते के बाद मिस्टर वर्मा ने मीना को ऑपरेशन के लिए अस्पताल जाते समय साथ ले जाने वाले सामान की लिस्ट थमाकर उसे एक बैग तैयार करने को कहा। ऑपरेशन में अभी चार दिन बाक़ी हैं, लेकिन मीना जानती है कि मिस्टर वर्मा को हर काम समय पर करना पसन्द है। उसने दो-एक घंटे में ही बैग तैयार कर कमरे के एक कोने में रख दिया। अपनी मेडिकल हिस्ट्री वाली फ़ाइल मिस्टर वर्मा ने पहले ही एक लिफ़ाफ़े में रख छोड़ी थी। मीना ने दो जोड़ी कुर्ता-पाजामा,

दो छोटे तौलिये, दो हल्के स्वेटर, साबुन, ब्रुश-पेस्ट, दो जोड़ी जुराब, एक शॉल, दो तीन रूमाल इत्यादि बैग में डाल दिये। मिस्टर वर्मा द्वारा तैयार किया गया लिफ़ाफ़ा और बॉडी डोनेट करने वाले फ़ार्म की फ़ोटोकॉपी भी उस बैग में डाल दी गयी। मीना उन्हें सामान की लिस्ट लौटाते हुए बोली- "साहब जी! सारा सामान बैग में डाल दिया है। अपनी ऐनक, नोटबुक, पैन और दवाइयाँ तो आप जाते समय ही साथ लेंगे न ?"

"हाँ, बेटा ! ठीक कहा तुमने।"

"साहब जी ! आप अस्पताल से ठीक होकर कितने दिनों बाद घर लौटेंगे ?"

मीना के इस सरल से सवाल का जवाब देना मिस्टर वर्मा को बेहद कठिन जान पड़ा। ठण्डी साँस लेते हुए बोले-"पता नहीं कब लौटूँगा मीना ! देखो, लौटता भी हूँ या नहीं"

उनका बुझा हुआ चेहरा देख मीना उदासी भरे स्वर में बोली- "ऐसा मत कहिए, साहब जी। आप तो बड़ी हिम्मत वाले हैं। आपके मुँह से ऐसी बात सुनकर मुझे डर लग रहा है। आप ठीक होकर जल्दी वापस आ जायेंगे।"

मीना का कोमल स्वर एक प्रार्थना-सा जान पड़ा मिस्टर वर्मा को। वह कुछ क्षण रुककर बोले-"देखो मीना ! सच तो यह है कि अब इस उम्र में मुझे कुछ भी हो सकता है, पर तुम डरना नहीं। मुझे कुछ हो भी जाए, तो भी नहीं। तुम्हारे लिए मैं कुछ भी करने को तैयार हूँ। बताओ! तुम क्या चाहती हो ?"

"साहब जी आप बिल्कुल ठीक हो जायें। इसके अलावा मुझे कुछ नहीं चाहिए।"

"नहीं, बेटा ! बोलो, जो भी तुम्हारे मन में हो। यह हम दोनों के बीच की बात है।"

"भगवान क़सम, साहब जी। हमें कुछ नहीं चाहिए। आप ठीक हो जायें, हमारी भगवान से यही प्रार्थना है।" मीना का गला भर आया और आँसू बह निकले। यह देखकर मिस्टर वर्मा और भी उदास हो गये। उन्हें अपनी आँखों के कोनों में नमी-सी महसूस हुई। वह चुपचाप बिस्तर पर लेट गये। मीना आँसुओं से भीगा चेहरा लिये चली गयी, लेकिन उदासी के क़तरे वहीं कमरे में छितरे रहे। जाते समय वह खिड़कियों पर पर्दे फैलाना भी भूल गयी।

बाहर छाये अँधेरे की स्याही उस शाम खिड़कियों से कुछ आगे सरक कमरे तक पसर आयी थी।

जिस दिन डॉक्टर ने मिस्टर वर्मा को ऑपरेशन की तारीख़ दी थी, उसी दिन से वह रात के खाने के कुछ देर बाद ही बिस्तर की शरण ले लेते हैं। उनका दिमाग़ अतीत की न जाने किन-किन कन्दराओं में लौट जाता। एक के बाद एक स्मृतियों का ऐसा रेला उनके मन-मस्तिष्क पर छा जाता कि उन्हें समय बीतने का पता ही न चलता। देर तक स्मृतियों के जंगल में विचरते-विचरते न जाने कब उनकी आँख लग जाती जबकि इससे पहले वह एक-डेढ़ घंटा टी.वी. देखकर ही सोते थे। 'बी.बी.सी.' व 'सी.एन.एन.' चैनल पर दुनिया भर की ख़बरें और 'डिस्कवरी' व 'नेशनल ज्योग्राफी चैनल' पर अचम्भित करने वाले अनेक कार्यक्रम देखकर मिस्टर वर्मा को अक्सर लगता कि सत्तासी वर्षों से इस पृथ्वी पर रहते हुए भी वह पृथ्वी के बारे में कितना कम जानते हैं। उन्होंने चार-पाँच दिन से टी.वी. नहीं देखा था। मीना का आँसुओं से भरा चेहरा बार-बार उनकी आँखों के सामने तैर रहा था। अपनी बेचैनी व भावुकता की गिरफ़्त से मुक्त होने के लिए मिस्टर वर्मा बिस्तर पर लेटे-लेटे टी.वी. देखने लगे। 'डिस्कवरी' चैनल पर मिस्त्र के पिरामिडों के रहस्यमयी पहलुओं पर बनी एक बेहद रोचक व रोमांचक डॉक्यूमेंट्री चल रही थी। देखते ही देखते मिस्टर वर्मा वर्तमान की गिरफ़्त से दूर किसी दूसरे ही कालखण्ड में प्रवेश कर गये। उनकी समूची चेतना किसी ओर ही लोक से जुड़ गयी। चूँकि मीना खिड़कियों पर पर्दे फैलाना भूल गयी थी, अगली सुबह खिड़कियों से छनकर आती सूरज की किरणों ने कमरे को अलसुबह रोशन कर दिया। उस रोशनी ने मिस्टर वर्मा को एक नन्हे उत्साह से भर दिया।

आज का दिन कितना ख़ूबसूरत है, उन्होंने सोचा और दिन के उजाले को भीतर तक महसूस करते हुए एक ख़ूबसूरत दिन बिताने की कल्पना से वह एक हल्के-से रोमांच से भर उठे। सुबह की चाय के बाद अख़बार पढ़ते-पढ़ते उन्हें काफ़ी दिनों बाद चीज़ आमलेट खाने का मन हुआ। वह मीना से नाश्ते के बारे में बात कर रहे थे कि फ़ोन की घंटी बज उठी। उन्होंने जल्दी से फ़ोन उठा लिया।

"गुड मॉर्निंग मिस्टर वर्मा, कैसे है आप ?" मिसेज़ स्वामीनाथन का आत्मीय स्वर सुनकर वह खिल उठे।

"बिल्कुल ठीक हूँ। आप कैसी हैं? आज तो बेहद ख़ूबसूरत दिन है। एकदम उजला, नहीं तो पिछले दो-तीन दिन से हल्के-हल्के बादल छा रहे थे।"

"बिल्कुल। यही सोचकर मैंने आपको और छह-सात अन्य दोस्तों को फ़ोन किया है कि कहीं यह ख़ूबसूरत दिन यूँ ही न गुज़र जाए। सबके लिए लंच बनवा रही हूँ। लंच के बाद गॉर्डन में बैठकर गपशप करेंगे व कॉफ़ी पियेंगे।" मिसेज़ स्वामीनाथन का स्वर चहका-चहका था।

"शुक्रिया, पर मैं आज का दिन घर पर ही बिताना पसन्द करूँगा। अगली बार ज़रूर आऊँगा।" उन्होंने माफ़ी माँगते हुए कहा।

"लेकिन मैंने बाक़ी सब दोस्तों से कह दिया है कि आप भी आमन्त्रित हैं। यह बात सुनकर ही तो सब लोग झट-से आने के लिए तैयार हो गये, पर आप ही आने से इन्कार कर रहे हैं। यह ख़ूबसूरत दिन तो दोस्तों के साथ बिताना ही बेहतर होगा, मिस्टर वर्मा। प्लीज़ मना मत कीजिए।" मिसेज़ स्वामीनाथन की बात सुनकर वह क्षणभर के लिए चुप हो गये। इससे पहले कि वह कुछ कह पाते, मिसेज़ स्वामीनाथन अतिशय विनम्रता व आत्मीयता से बोलीं-

"ठीक है न? मैं साढ़े बारह बजे एयर मार्शल बेदी को भेज दूँगी आपको लेने।"

"ठीक है।" मिस्टर वर्मा मना न कर सके।

मिसेज़ स्वामीनाथन ने उन्हें लंच पर आने के लिए मना ही लिया। वह उनकी आत्मीयता की उपेक्षा नहीं कर सकते। आख़िर पैंतालीस साल पुरानी दोस्ती है उनसे।

मिसेज़ स्वामीनाथन के फूलों से भरे ख़ूबसूरत गॉर्डन में प्लास्टिक की एक लम्बी टेबल के आस-पास कुर्सियाँ लगायी गयी थीं। साइड टेबल पर काँच के ख़ाली गिलास, जूस व स्नैक्स रखे हुए थे। सब लोग समय पर पहुँच गये। सबने बहुत दिनों बाद बड़े चाव से एक साथ बैठकर स्वादिष्ट खाना खाया। खाने के बाद सब लोग अपनी-अपनी कुर्सी धूप में खींच लाये, क्योंकि खाने की टेबल पर छाया आ पसरी थी। बातों का असली व मज़ेदार दौर तो खाने के बाद ही शुरू हुआ। एयर मार्शल बेदी, रिटायर्ड आई.ए.एस. मिस्टर कौल,

रिटायर्ड जज गौतम कपूर, डॉक्टर दम्पति मिस्टर व मिसेज़ गणेशन तथा थियेटर डॉयरेक्टर चेतन सहगल। सभी उम्रदराज़ हँसते-मुस्कुराते चेहरे। जीवनानुभवों से पके-रसे। सभी एक से एक मज़ेदार क़िस्से सुनाते रहे। गॉर्डन का वह कोना फूलों के साथ-साथ ठहाकों से भी गुलज़ार हो गया। मिस्टर कौल ने जवाहरलाल नेहरू की कश्मीर के दौरे की बातें बड़े चाव से सुनायीं। उन दिनों वह श्रीनगर में डिप्टी कमिश्नर थे। एयर मार्शल बेदी के क़िस्से तो हमेशा ही रोमांचकारी होते हैं। चेतन सहगल की प्रतिष्ठित सिने कलाकारों से मुलाक़ातों की बातें बेहद दिलचस्प थीं। मिस्टर वर्मा सुबह लंच पर आने के लिए मना कर रहे थे, पर वहाँ आकर उन्हें लगा कि वह इससे बेहतर दिन की तो कल्पना भी नहीं कर सकते थे। उन्हें याद आया कि डेढ़ साल पहले उनके ऑपरेशन के तीन महीने बाद वह इन सभी दोस्तों को एक साथ यहीं शाम की चाय पर मिले थे। उस शाम मिसेज़ स्वामीनाथन ने एक केक भी मँगवाया था। जब सबने मिस्टर वर्मा से केक काटने के लिए आग्रह किया तो वह कुछ समझ न पाये थे क्योंकि सभी दोस्त जानते थे कि उनका जन्मदिन दो महीने बाद था। फिर उन्हीं से केक कटवाने का इतना आग्रह क्यों ? वह कुछ समझ नहीं पा रहे थे कि तभी मार्शल बेदी ने सभी दोस्तों के हस्ताक्षर वाला एक ख़ूबसूरत 'वैलकम बैक' का कार्ड मिस्टर वर्मा की ओर बढ़ा दिया था। दोस्तों के प्यार से अभिभूत मिस्टर वर्मा ने आँखों की नमी को भीतर सोखते हुए जब उनकी तालियों के बीच केक काटा तो उनके होंठों पर गहरी मुस्कान फैल गयी थी। दोस्तों का प्यार व उत्साह उन्हें फिर से ख़ूबसूरत ज़िन्दगी की गिरफ़्त में खींच लाया था। इस बीच डेढ़ साल इतनी जल्दी गुज़र गया कि पता ही न चला।

मिस्टर वर्मा को वहाँ बैठे-बैठे ऐसे लगा जैसे कि सिर्फ़ कुछ ही दिन पहले उन्होंने उन सबकी तालियों व ठहाकों के बीच 'वैलकम बैक' का केक काटा था। दो दिन बाद वे अस्पताल में भर्ती हो जायेंगे— हार्ट की मेजर सर्जरी के लिए। इस बार मिसेज़ स्वामीनाथन ने सर्जरी से पहले ही सब दोस्तों के साथ मिलने का कार्यक्रम आयोजित कर लिया। क्या इस बार वे सब उन्हें विदाई देने के लिए एकत्रित हुए हैं ? यह सोचकर उनका हृदय धक्क-से रह गया। लेकिन यह सच नहीं था। यह तो उनका अपना ही मन था, जो दोस्तों के प्यार

व आत्मीयता के कारण भावुक व कमज़ोर हो आया था। अचानक उन्हें अपने सीने पर अपनी सत्तासी साल की उम्र का दबाव महसूस हुआ, जिसे उन्होंने तुरन्त दरकिनार कर दिया। न जाने क्यों बावजूद इसके भीतर कहीं कुछ छीजता-सा प्रतीत हुआ उन्हें, लेकिन अनिश्चय की आशंका को परे धकेल उन्होंने मुस्कुराते चेहरे से सबसे हाथ मिला व गले मिलकर विदा ली। सबके होंठों पर उनके सफल ऑपरेशन के लिए दुआएँ थीं और मन में उनसे फिर से मिलने की सुखद कामना। 'आना' और 'जाना' इन दो शब्दों के बीच का अन्तर, उसमें गुँथा सुख व पीड़ा का मर्म...दोनों शब्दों के विरोधी भाव को मिस्टर वर्मा ने न केवल पहली बार एक साथ जिया बल्कि उससे उपजी गहरी छाया को भी एक साथ अपने भीतर पसरता महसूस किया उन्होंने।

अगले दिन दोपहर में मिस्टर वर्मा के भाई की पत्नी सुनैना आ गयी। उन्होंने सुनैना व रेखा के साथ दोपहर का खाना खाया और कुछ देर बातें करने के बाद सुस्ताने लगे। शाम को वकील कृष्ण मोहन ने मिस्टर वर्मा की इच्छा के अनुरूप नयी वसीयत तैयार करके भिजवा दी। मिस्टर वर्मा ने शाम की चाय के दौरान अवसर पाते ही रेखा व सुनैना से वसीयत के विटनेस वाले पन्ने पर हस्ताक्षर करवा लिए। उन्होंने फ़ोन पर सुनैना को इतना भर बताया था कि वह कुछ पैसा मीना को देना चाहते हैं। विटनेस के हस्ताक्षर करते समय जब सुनैना ने मिस्टर वर्मा को हल्का-सा कुरेदने की कोशिश की तो मिस्टर वर्मा को यह समझते देर न लगी कि ननद-भाभी की आपस में गुफ़्तगू हो चुकी है। उन्होंने सुनैना को आस्वश्त करते हुए कहा, "वसीयत में जो बदलाव किया गया है, उस बारे में रेखा अच्छी तरह जानती है। उसने तुम्हें बता ही दिया होगा।"

"भाई साहब !आपने अच्छे से सोचकर फ़ैसला किया है न ?" सुनैना बोली।

"बिल्कुल, सुनैना। इस लड़की को जितना भी दिया जाए, कम है। इसने बरसों नमिता की सेवा की और उसके जाने के बाद इसी ने ज़िन्दा रखा है मुझे। तुम दोनों से तो कुछ भी नहीं छिपा।"

"वह सब तो ठीक है, भाई साहब। हम भी उसका किया हुआ मानते हैं, लेकिन..." रेखा ने कुछ कहना चाहा, पर मिस्टर वर्मा ने बीच में ही रोक दिया।

"रेखा! तुम चिन्ता मत करो। मैंने जो भी किया है, बिल्कुल ठीक किया है। एक छोटी-सी इच्छा तो है मेरी, जिसे पूरी करना चाहता हूँ। इसके अलावा

बच्चों का ही तो है सब कुछ।" कहते हुए मिस्टर वर्मा बिस्तर पर लेट गये और उन्होंने आँखें मूँद लीं। कमरे में कुछ देर के लिए चुप्पी छा गयी।

सुनैना ने चरण स्पर्श कर विदा लेते हुए कहा-"अच्छा, भाई साहब। मैं चलती हूँ। अब अस्पताल में मिलने आऊँगी। अपना ध्यान रखिएगा।"

"जीते रहो, बेटा। बहुत-बहुत शुक्रिया।"

सुनैना चली गयी और रेखा अपने कमरे में जाकर आराम करने लगी। मिस्टर वर्मा ने शाम का खाना खाने से इन्कार कर दिया। दोपहर का खाना देर से खाने की वजह से उन्हें भूख न थी। रेखा शाम को अपने ही कमरे में टी.वी. देखती रही, जबकि मिस्टर वर्मा चुपचाप अपने कमरे में आराम करते रहे। अगली सुबह उन्होंने मीना के पति सुनील को बाज़ार भेज वसीयत वाला काग़ज़ फ़ोटोकॉपी करवाकर मँगवा लिया और फिर दोनों काग़ज़ लिफ़ाफ़ों में सहेज कर मेज़ की दराज़ में रख दिये।

अगले दिन नाश्ते के बाद वह देर तक अख़बार पढ़ते रहे। आज उनका घर में आख़िरी दिन है। कल दोपहर से पहले उन्हें अस्पताल में भर्ती होना है। उन्होंने मीना को बुलाकर उससे एक बार फिर अस्पताल ले जाने वाली ज़रूरी चीज़ों के बारे में बात की। सब कुछ तैयार था। दोपहर के खाने के बाद मिस्टर वर्मा व रेखा घर परिवार की बातें करते रहे। शाम भी टी.वी. पर हल्के-फुल्के कार्यक्रम देखते-देखते बीत गयी। उनका आज भी खाने का मन न था, पर रेखा उनसे खाने की ज़िद करने लगी।

"नहीं, भाई साहब। खाना तो खाना पड़ेगा।" रेखा बोली।

"सच में भूख नहीं है, रेखा।"

"आपने कल शाम को भी खाना नहीं खाया। वैसे भी आज तो आप के लिए मैंने खाना बनाया है, आपकी पसन्द की आलू-बड़ी की सब्ज़ी व धुली मूँगी।"

"बड़ी वैसे ही बनायी हैं, जैसे माता जी बनाते थे?" उन्होंने पूछा।

"बिल्कुल, भाई साहब। माता जी वाली आलू-बड़ी। इसलिए तो..."

मिस्टर वर्मा को बरसों पहले खायी माँ के हाथ की बनी आलू-बड़ी की सब्ज़ी का स्वाद याद आ गया। भूख न होने के बावजूद वे धीरे-धीरे डाइनिंग रूम की ओर चल पड़े।

आलू-बड़ी की सब्ज़ी वाक़ई स्वाद बनी थी। चखते ही मिस्टर वर्मा को भूख लग आयी। उन्होंने बड़े चाव से आलू-बड़ी के साथ एक रोटी खायी व आलू-प्याज़-टमाटर का बारीक कटा कचूम्बर सलाद भी खाया। सब्ज़ी में वही स्वाद था। माता जी द्वारा बनायी गयी आलू-बड़ी की सब्ज़ी वाला। वह हैरान हुए बिना न रह सके। खाने का स्वाद भी कैसे धरोहर स्वरूप माँ से बेटियों के हाथ आ जाता है? उन्होंने दिल खोलकर रेखा की प्रशंसा करते हुए उसका शुक्रिया किया। खाने के बाद उनका टी.वी. देखने का मन न था। वह रेखा को 'गुड नाइट' कह कर अपने बेडरूम में आ गये।

बेडरूम के एक कोने में लगी नमिता की बड़ी-सी बेहद ख़ूबसूरत तस्वीर आज सुबह से ही बार-बार मिस्टर वर्मा का ध्यान अपनी ओर खींच रही थी। तस्वीर को निहारते-निहारते उनका ध्यान टेबल घड़ी के साथ वाली शेल्फ़ में रखी किताब 'ह्यूमन एनकांउटर विद डैथ' की ओर चला गया। यह किताब उन्हें दो साल पहले एयर मार्शल बेदी ने भेंट की थी। वह चाहकर भी इस किताब को आज तक पूरा नहीं पढ़ पाये, पर उन्हें याद है कि जितने भी पृष्ठ उन्होंने पढ़े थे, उनमें आत्माओं के संसार से मुक्त होने व पुनर्जन्म लेने के कुछ क़िस्से कई दिन तक उनके ध्यान में अटके रहे थे। किताब देखते ही अचानक उन्हें वे धुँधले-से क़िस्से याद आने लगे। देखते ही देखते वह जीवन व मृत्यु से परे किसी ऐसे लोक में डूब गये, जिसका रहस्य कोई आज तक नहीं जान पाया। उनकी आँखें शून्य में खोयी थीं। मृत्यु के बाद आत्मा शरीर से मुक्त हो जाती है, लेकिन पुनर्जन्म होने तक के छोटे-बड़े अन्तराल में कहाँ रहती है वह ? यह प्रश्न बार-बार उनके भीतर सिर उठाता है। साथ ही घेर लेती है एक पागल, भोली व भावुक इच्छा, जिसका सम्बन्ध उस अज्ञात लोक से है। क्या कोई इस लोक में रहते हुए दूसरे लोक में अपनी इच्छापूर्ति की अपेक्षा कर सकता है ? उन्हें यह सोचकर आश्वस्ति होती है कि मृत्यु के बाद आत्मा मुक्त हो जाती है। वह भी मुक्त हो जायेंगे शरीर से और मुक्त हो जाएगी आत्मा। इसी से जुड़ा है उनकी गहरी इच्छा का तार... शायद मृत्यु के बाद उनका व नमिता का मेल हो सके। उन्होंने कहीं पढ़ा था कि आत्मा कालातीत होती है, क्योंकि परलोक में काल का कोई नियम-बन्धन नहीं, लेकिन नमिता को गये सात बरस हो चले।

क्या कोई आत्मा सालों साल किसी की प्रतीक्षा करती होगी, कौन जान सकता है? यह भी तो हो सकता है कि नमिता का पुनर्जन्म हो चुका हो। इस ख़याल से उन्हें एक गहरी तड़प महसूस हुई और उनका व्यथित व व्याकुल हृदय रो उठा। उन्हें अपनी छाती में गहरी जकड़न-सी महसूस हुई और घुटती-सी प्रतीत हुई साँस, जिससे मुक्ति पाने के लिए उन्होंने अपनी देह को एकदम ढीला छोड़ दिया। देह का कसाव ढीला पड़ते ही उनकी आँख खुल गयी। रात के बारह बजे थे। कमरे के एक कोने में लैम्प की रोशनी फैली थी। उन्हें ध्यान आया कि वह बत्ती बुझाना नहीं भूले थे, बल्कि सोचते-सोचते उनकी झपकी लग गयी थी। उन्होंने उठकर लैम्प का स्विच ऑफ़ कर दिया और कम्बल ओढ़ लिया।

कुछ समय बाद उनकी नींद फिर से खुल गयी। कमरे में भीतर-बाहर अँधेरा था। सन्नाटे को पूरी तरह से ओढ़े हुए। मिस्टर वर्मा लॉबी से आती हल्की-सी रोशनी की बदौलत बाथरूम तक गये और हल्के होकर फिर-से बिस्तर पर लेट गये। सिरहाने पड़ी टॉर्च जलाकर टेबल घड़ी देखी। रात के तीन बजे थे। दिन उगने में काफ़ी समय था। वह धीरे-से कम्बल की गर्म तह के नीचे सिमट गये। अँधेरे ने साथ दे ही दिया। नींद आयी, मगर घंटे भर के लिए, पर वह चुपचाप लेटे रहे। कोशिश करने पर भी दोबारा नींद नहीं आयी। वह बरसों से इसी बिस्तर पर सो रहे हैं। इतनी परिचित जगह होने के बावजूद उन्हें नींद नहीं आ रही थी और अब तो इस बिस्तर पर यही रात शेष है, उन्होंने सोचा। आज के बाद की रातें अस्पताल के बेड पर कटेंगी और ऑपरेशन के बाद तो पता नहीं कितने घंटे, कितने दिन व कितनी रातों बाद बेहोशी टूटेगी उनकी। टूटेगी भी या नहीं, कौन जाने ?

डॉ. प्रभाकर ने सिर्फ़ इसी बात पर चिन्ता जताई थी- "मिस्टर वर्मा ! आपका ऑपरेशन मुश्किल नहीं है, सर्जरी तो हो जायेगी। मुश्किल आपके हार्ट की है। हार्ट बहुत कमज़ोर है, रिवाइव करेगा या नहीं, भगवान ही जानता है। बट देयर इज़ ऑलवेज़ अ पॉसिबिलिटी।" कितनी भी चिन्ताजनक स्थिति क्यों न हो, डॉ. प्रभाकर बात करते-करते एकदम पॉज़िटिव लहज़े में आ जाते हैं।

शायद इसी वजह से मिस्टर वर्मा उनके कहने पर इतने थोड़े दिनों के भीतर ही ऑपरेशन करवाने के लिए तैयार हो गये थे।

"आर यू रेडी फॉर द ऑपरेशन, मिस्टर वर्मा?" उनके कानों में कुछ दिन पहले सुने डॉ. प्रभाकर के शब्द गूँज उठे।

"यस, आई एम रेडी" यह उनकी अपनी आवाज़ थी।

कानों में गूँजता अपना ही स्वर।

दूर से आती एक प्रतिध्वनि।

किसी पहाड़ी से गिरते झरने का धीरे-धीरे ढलान से चुपचाप बहते चले जाना।

जीवन का प्रवाह भी अब ढलान के पार तक बह आया है। किसी अदृश्य, अनन्त विस्तार की ओर बढ़ता हुआ, शून्य में घुल-मिल जाने, विलीन होने के लिए नियत। मिस्टर वर्मा को अपना श्वास अपने अंग-अंग में बजता महसूस हुआ। पल-पल धड़कती उनकी समूची चेतना... जैसे कोई राग उठान के बाद तमाम बन्दिशों से गुज़र धीरे-धीरे सम पर आ जाता है। उनके हाथ प्रार्थना की-सी मुद्रा में उठे और फिर सीने पर आकर सिमट गये। प्रकृति व जीवन के प्रति कृतज्ञता का एक गहरा भाव...

अँधेरे में गर्म लिहाफ़ के नीचे उनकी निस्पन्द-सी काया सिमटी रही—भोर की उजास तक।

पक्षियों की चहचहाहट से मिस्टर वर्मा तीसरी बार नींद से जग गये। बाहर की रोशनी से स्पष्ट था कि दिन ख़ूब उजला होगा। नरम कम्बल की गर्मायी व सकून के चलते वह जगे होने के बावजूद देर तक लेटे रहे।

सात बजे के आस-पास मीना चाय लेकर आयी तो उन्हें उठना ही पड़ा। मीना ने हर रोज़ की तरह अख़बार व नज़र का चश्मा भी मेज़ पर रख दिया। उन्होंने चाय पीते-पीते अख़बार की हैडलाइंस पर नज़र डाली। सब कुछ नॉर्मल था। न कोई सनसनीख़ेज़ ख़बर और न किसी दुघर्टना का दुःखद बयान। इस वजह से चाय का स्वाद कुछ बढ़ गया। नित्यकर्म करने के बाद उन्होंने एक बार फिर से अख़बार उठा लिया, जिसे पूरा पढ़कर ही उन्हें तसल्ली मिली।

इसके बाद वह रोज़ की तरह बेडरूम से सटे लॉन में टहलने लगे। घास पर ओस की बूँदों की सफ़ेद चादर बिछी थी। सूरज की रोशनी में नहाये सब वृक्ष शान्त तपस्वी-से निश्चल खड़े थे। आम के पेड़ के पास डाले गये अनाज के दानों के आस-पास गिलहरी, चिड़िया, कबूतर व तोते घेरा डाले हुए थे। घर की चारदीवारी से सटे गगनचुम्बी सिल्वर ओक के वृक्ष के अन्तिम छोरों पर मिस्टर वर्मा की दृष्टि क्षण भर के लिए टिक गयी। उन्हें उस लाल पंखों वाली चिड़िया का स्मरण हो आया, जो तीन-चार दिन पहले उस ऊँचाई से दुनिया को निहार रही थी। क्यारियों और गमलों में लगे तरह-तरह के फूल अपने-अपने रंग बिखेर रहे थे। गुलाबों की बहार तो और भी उम्दा थी। बरामदे में प्लास्टिक की टेबल के पास हमेशा की तरह दो ख़ाली कुर्सियाँ पड़ी थीं। वह टहलते-टहलते कुर्सी पर आकर बैठ गये। फिर साथ वाली कुर्सी को अपने पास खींच उन्होंने हल्के से अपनी दायीं बाँह उस कुर्सी पर टिका ली। सुबह की हल्की धूप उन्हें बेहद सकून भरी लगी। वह कुछ देर वहीं बैठे रहे। थोड़ी देर बाद मीना ने आकर ध्यान दिलाया कि नौ बज चुके हैं। यह सुनते ही मिस्टर वर्मा थोड़ी हरकत में आ गये। उन्होंने बीती शाम ही मीना से अपने कपड़े प्रैस करवा लिए थे। जल्दी से शेव की व नहा-धोकर तैयार हो गये। डाइनिंग रूम में रेखा पहले से उपस्थित थी। दोनों ने नाश्ता किया और अदरक व गुड़ वाली चाय का आनन्द लिया।

नाश्ते के कुछ देर बाद रेखा ड्राइवर के साथ अस्पताल चली गयी। शहर के सबसे बड़े सरकारी अस्पताल के प्राइवेट वार्ड में कमरा लेने के लिए कागज़ी कार्रवाई करने में एक-डेढ़ घंटा लग ही जाता है। वह चाहती थीं कि मिस्टर वर्मा कमरा मिलने के बाद ही अस्पताल आयें। रेखा के जाने के बाद मिस्टर वर्मा अपने बेडरूम में आकर आराम कुर्सी पर बैठ गये। देखते ही देखते एक घंटा गुज़र गया। वह बेहद हल्का महसूस कर रहे थे। सामने काँच की खिड़कियों से दिखते वृक्षों के हरे-भरे झुण्ड व उनकी ऊँचाइयों को निहारती उनकी आँखें चमक-सी उठीं। उन्होंने अपनी स्टडी टेबल पर छोटी-बड़ी चीज़ों पर नज़र डाली। नमिता की छोटी-सी फ्रेम जड़ित ख़ूबसूरत फ़ोटो, पैन स्टैण्ड, घड़ी, ऐनक, टेबल कैलेंडर और टेबल के कोने में पड़ी एक एटलस व डिक्शनरी। उनका हाथ टेबल की दराज़ की ओर चला गया। दराज़ में रखे सभी छोटे-बड़े

काग़ज़ व्यवस्थित थे। उन्होंने अपनी नज़दीक की निगाह वाली ऐनक, एक छोटी नोटबुक व पैन के अलावा सेफ़ से बीस हज़ार रुपये निकालकर हैंडबैग की भीतरी जेब में रख लिये। उनका मफ़लर लेने का मन हुआ। कपड़ों की अलमारी खोलने से पहले उन्होंने अलमारी के बाहर लगे आदमक़द शीशे में क्षण भर के लिए खुद को देखा। फिर अलमारी खोली। चार-पाँच मफ़लर सामने ही टँगे थे। उन्होंने मफ़लर निकालते समय वहाँ हैंगर में टँगे नमिता के कपड़ों को हल्के-से प्यार से छुआ और एक हाथ से गर्दन पर मफ़लर डालते हुए दूसरे हाथ से अलमारी धीरे-से बन्द कर दी। हैंडबैग लेकर वह कमरे से बाहर आ गये। ड्राइवर अभी तक रेखा को छोड़कर नहीं आया था। खिली धूप की वजह से वह लॉन में लगी बैंच पर बैठ गये। उन्हें अब घर के अन्दर से कुछ न चाहिए था। उन्हें वहाँ बैठा देख मीना वहाँ आ गयी।

"साहब जी, ड्राइवर अभी तक नहीं आया। आंटी को फ़ोन करके पूछूँ क्या?" मीना बोली।

"कोई बात नहीं, वह आता ही होगा। फ़ोन करने की ज़रूरत नहीं है।"

"साहब जी ! आप घर की चिन्ता बिल्कुल मत करना। मैं सब सँभाल लूँगी।" मीना ने उन्हें आश्वस्त करते हुए कहा।

"घर की कैसी चिन्ता? मुझे तो तुम्हारी चिन्ता है। मेरे बाद तुम्हें किसी भी तरह की परेशानी नहीं होनी चाहिए।" उनकी आवाज़ की उदासी ने मीना को घेर लिया।

"मेरी चिन्ता बिल्कुल मत कीजिए, साहब जी। आप ठीक हो जायेंगे तो सब कुछ ठीक रहेगा।" मीना बोली।

"वह तो ठीक है बेटा, पर यदि मुझे कुछ हो गया तो तुम अपना ध्यान रखना। परमात्मा तुम्हारे साथ बहुत अच्छा करेगा।" मीना के सिर पर हाथ रखते हुए उनका गला भर आया। उनकी बातें सुन मीना के आँसू बह निकले।

मिस्टर वर्मा ने अपनी जैकेट की जेब से एक लिफ़ाफ़ा निकालकर मीना को देते हुए कहा, "बेटा, ध्यान से सुनो ! ऊपर जाओ और यह लिफ़ाफ़ा सँभाल कर रख लो। सुनील के अलावा इसे किसी को मत दिखाना। मुझे कुछ हो जाए तो तुरन्त सुनील के साथ यह लिफ़ाफ़ा लेकर मेरे वकील कृष्ण मोहन के

यहाँ चली जाना। सुनील को उसका घर मालूम है। कोई कुछ भी कहे, बिल्कुल मत डरना और न ही किसी के दबाव में आना। वकील सब कुछ सँभाल लेगा।"

मीना हाथ जोड़कर रोते हुए बोली-"साहब जी ! ऐसी दिल दुखाने वाली बातें मत कीजिए। आप ठीक होकर जल्दी घर आ जायेंगे।"

ड्राइवर आ चुका था। मिस्टर वर्मा अब घर के बाहर खड़े थे। गेट के साथ दीवार पर लगे छोटे-से टीन के लैटर बॉक्स का ढक्कन बन्द करते हुए उनकी दृष्टि उसके साथ लगी नेम प्लेट पर पड़ी। काले रंग के ग्रेनाइट पर सुनहरी अक्षरों में लिखे दो नाम— नमिता वर्मा-आलोक वर्मा। उन्हें पहली बार वे दोनों नाम शब्द मात्र प्रतीत हुए। मिस्टर वर्मा ने अपना ख़ूबसूरत घर मीना और सुनील के नाम कर दिया था और यह सच रेखा व सुनैना से छुपाते हुए उनसे वसीयत पर हस्ताक्षर करवा लिए थे, लेकिन इस बात ने उन्हें पल भर के लिए भी न कचोटा। उन्होंने फिर से स्वयं को स्वयं के आईने में एकदम निरपराध पाया। वह कुछ क्षण वहाँ रुके, एक बार भरी दृष्टि से अपने घर की ओर देखा और फिर धीरे-धीरे चलते हुए कार में बैठ गये। कार चल पड़ी।

उनका चेहरा शान्त था और मन एकदम उजला। सड़क से दिखतीं उनके घर की क्यारियों में खिले गुलाब न जाने कब उनकी आँखों में उतर आये थे।

आठ साल बड़ी लड़की और एक कमज़ोर लड़का

कहते हैं, प्रेम सम्बन्धों का उम्र से कोई लेना-देना नहीं होता। प्रेम सिर्फ दो दिलों के बीच होता है। रिश्ते दिल की कोमल तरंगों पर जन्म लेते हैं और उन्हीं के स्पन्दन और आवेग में पलते व परिपक्व होते हैं। उम्र कभी उनके आड़े नहीं आती। वह तो घर-परिवार, दीन-दुनिया की खलबली से दूर हज़ारों दीवारों के पीछे चुपचाप, बेख़बर, निश्चिन्त सोयी रहती है। यही कारण था कि उसने कुछ ही महीनों की जान-पहचान के बाद ही हमारे बीच के उम्र के फ़ासले की परवाह न करते हुए न केवल मेरे प्रति अपने प्रेम का इज़हार किया था, बल्कि उससे कहीं आगे बढ़कर मुझे हैरत में डाल दिया था।

मुझे याद है, पाँच साल पहले हम दिल्ली फ्रेंच लैंग्वेज का परीक्षा देने गये थे। उसकी कुछ महीने पहले ही एक फ्रेंच कम्पनी में नौकरी लगी थी। कम्पनी में अफसरों को फ्रेंच सीखने की अनिवार्यता थी क्योंकि उन्हें साल में एक बार एक महीने के लिए किसी न किसी ट्रेनिंग के सिलसिले में फ्रांस जाना पड़ता। ख़ासकर कॅरियर के शुरुआती सालों में। मेरी फ्रेंच सीखने की कोई ख़ास वजह न थी। मैं केवल शौक़िया तौर पर फ्रेंच सीख रही थी। देहरादून के एकमात्र फ़ॉरेन लैंग्वेज इंस्टीट्यूट में हमारी फ्रेंच की क्लास सुबह आठ से नौ बजे तक सप्ताह के पहले पाँच दिन होती। मैं वहीं से कॉलेज पढ़ाने चली जाती और वह अपने ऑफ़िस, लेकिन क्लास के बाद कभी-कभार हम कुछेक सहपाठी टूटी-फूटी फ्रेंच झाड़ हँसी-मज़ाक़ करते और इंस्टीट्यूट के बाहर लॉन में बने एक कॉटिजनुमा कैफ़े में चाय-कॉफ़ी पीने जा बैठते। आमतौर पर हम पाँच लोग होते। उसके और मेरे अलावा राजन, योगेश और मीता। राजन और योगेश उच्च शिक्षा के लिए फ्रांस जाना चाहते थे, जबकि मीता का होने वाला पति फ्रांस में

नौकरी कर रहा था और वह शादी के बाद निकट भविष्य में वहाँ जाने वाली थी। जैसे-जैसे दिसम्बर आया, हम सब रोज़ ही कैफ़े के बाहर लॉन में लगी लोहे की बेंचों पर बैठने लगे। सुबह की हल्की धूप तन-मन को भाने लगी थी।

प्रेम सम्बन्धों के हज़ार कारण हो सकते हैं या फिर कोई कारण ज़रूरी भी नहीं। प्रेम तो अकारण भी हो जाता है— बेवजह, नि:स्वार्थ, निरुदेश्य व दिशाहीन। लेकिन प्रेम सम्बन्धों के विकसित होने में किताबों व संगीत की भूमिका का कोई सानी नहीं, ख़ासकर जब दोनों जन पुस्तक व संगीत प्रेमी हों। वह रूसी साहित्यकारों गोर्की, चेख़व के अलावा हेमिंग्वे तथा मिलान कुंद्रा जैसे लेखकों से प्रभावित था, पर हिन्दी साहित्य में केवल प्रेमचन्द, शरतचन्द्र तथा धर्मवीर भारती तक सीमित। मैं इन सब से कॉलेज के दिनों में ही परिचित हो चुकी थी, लेकिन मेरा पश्चिमी संगीत से कोई वास्ता न था। मैंने उसका अज्ञेय, निर्मल वर्मा तथा श्रीलाल शुक्ल से साक्षात्कार करवाया, तो उसने मुझे एल्विस प्रेसले व बॉब डिलन की दुनिया से जोड़ दिया। मैं उसे अपने कॉलेज की लाइब्रेरी से किताबें लाकर पढ़ने को देती तो वह मुझे कॉफ़ी पीने के बाद न केवल अपनी कार में कोई अच्छा-सा अंग्रेज़ी गाना सुनाता, बल्कि चलने से पहले अपने ऑफ़िस बैग से उस गाने के लिरिक्स का प्रिंट भी मुझे थमा देता। शुक्रवार को कॉलेज में मेरी क्लास ग्यारह बजे शुरू होती थी। अत: उस दिन तो हम देर तक ख़ूब गपशप करते। उसे विशेषकर मेरे कॉलेज की गतिविधियों के बारे में जानकर साल भर पहले यूनिवर्सिटी में बिताये अपने दिन याद आ जाते। चूँकि मैं उससे उम्र में आठ साल बड़ी थी, इसलिए उससे कई मायनों में अधिक आत्मविश्वासी, अनुभवी व अधिक परिपक्व। यह बात उसे प्रभावित करती। वह मेरे खुले व्यवहार और सेंस ऑफ ह्यूमर की वजह से भी मुझे बेहद पसन्द करता। वह स्वयं एक संवेदनशील, समझदार व हँसमुख प्रवृत्ति का लड़का था। मुझे भी उसमें एक अच्छा दोस्त दिखायी देता, लेकिन किताबों व संगीत के आदान-प्रदान ने हमारी दोस्ती को धीरे-धीरे एक अलग ही दिशा में मोड़ दिया। हम कभी-कभी शाम को पार्क में घूमने चले जाते और वहाँ बेंच पर बैठे देर तक बतियाते रहते। जल्दी ही हमारी बातों के सिरे किताबों व संगीत की दुनिया से बाहर पाँव पसार हमारे व्यक्तिगत जीवन में प्रवेश पाने लगे थे।

वह तीन बहनों का अकेला भाई था और घर में सबसे छोटा। उसकी दो बहनों की शादी हो चुकी थी। तीसरी बहन कहीं नौकरी कर रही थी जबकि वह कम्पनी की ओर से जर्मनी जाने के सपने देख रहा था। मैं अपने कॉलेज की नौकरी से सन्तुष्ट थी। मेरी भी दोनों बड़ी बहनों की शादी हो चुकी थी और मेरे माता-पिता मेरे लिए लड़का ढूँढ़ रहे थे।

"तुम कैसे लड़के से शादी करना चाहती हो?" एक शाम उसने मुझसे पूछा था।

"कोई भी, अच्छी नौकरी व स्वतन्त्र विचारों वाला, जो मुझे समझ सके और हर परिस्थिति में मेरा साथ दे।" मैंने कहा था।

मेरा जवाब सुनकर वह एकदम चुप-सा हो गया था। किसी झील के ठहरे शान्त पानी की तरह। उस दिन हमने पहली बार बिना कोई बात किये पार्क में एक लम्बी सैर की थी और फिर वहाँ अँधेरे में एक बेंच पर चुपचाप देर तक बैठे रहे थे। दूर आसमान के एक कोने में मसूरी शहर की जगमगाती बत्तियाँ तारों-सी दिपदिपा रही थीं।

वह देर तक मेरा हाथ अपने हाथों में लिए रहा। न जाने क्या महसूस होगा उसने, उस शाम मेरी ठण्डी हथेली में।

दिन बीते जा रहे थे। हम दोनों फ्रेंच क्लास के बाद कभी-कभी पास के एक साइबर कैफ़े में जा बैठते। वह मेरे कहने पर अलग-अलग मैट्रिमोनियल साइट्स पर मेरा बायोडाटा भेजने में मेरी मदद कर देता। कोई ठीक-ठीक प्रपोज़ल आने पर मैं उसकी उपस्थिति में ही ईमेल भेज देती। उससे कुछ न छिपा था। फलस्वरूप, मैं तीन-चार लड़कों से मिली भी, पर कहीं कोई बात न बनी। दिसम्बर का महीना धीरे धीरे-धीरे सरक रहा था। अब हम धूप में बैठ मन लगाकर फ्रेंच पढ़ते और फिर फ़रवरी के अन्त में हम सब सहपाठी परीक्षा देने दिल्ली चले गये। चूँकि परीक्षा शाम पाँच बजे तक चलने वाली थी, इसलिए उस शाम हम सबका दिल्ली में ठहरने का कार्यक्रम तय था। वह 'गुड नाइट' कहने मेरे कमरे में आया था।

"अच्छा! ठीक से सो जाना। बहुत थक गयी हो न?" उसने कहा था।

"तुम भी तो।"

"नहीं, मैं ठीक हूँ। अच्छा! कल सुबह मिलते हैं" वह कमरे से बाहर जाते-जाते अचानक मेरी ओर मुड़ा था। उसका चेहरा एकदम ख़ामोश था और आँखें दूर कहीं डूबी हुई-सी। मैं एकटक उसकी ओर देख रही थी। अचानक वह मेरे क़रीब आ गया और मेरे कन्धे पर हाथ रख कर बोला।

"मैं तुमसे शादी करना चाहता हूँ।"

"क्या?" उससे मुझे हैरत में डाल दिया था।

लड़कियाँ बहुत भावुक होती हैं और पागल भी। किसी पसन्दीदा लड़के से शादी का प्रस्ताव पा वह बल्लियों हवा में उछलने लगती हैं, मानो सातों आसमान उनकी मुट्ठी में आ गये हों। उसकी बात सुनकर मैं निश्चित तौर पर हैरत में थी, लेकिन जल्दी ही उसके प्रस्ताव ने मुझे हैरत से मुक्ति दिला कुछ क्षण हवा में बल्लियों उछालने के बाद अचानक औंधे मुँह ज़मीन पर ला पटका था। क्षण भर पहले चमकती मेरी सपनीली आँखों से आँसू बहने लगे थे। कारण स्पष्ट था।

"जानता हूँ, हमारे बीच का उम्र का यह फ़ासला, लेकिन हम कोई न कोई रास्ता ज़रूर निकाल लेंगे।" उसने मेरे आँसू पोंछते हुए मुझे अपने सीने से लगा लिया था। मेरी रुलाई फूट पड़ी। उसकी आँखें भी डबडबा आयी थीं। आँसुओं के इस गीलेपन ने हमारे सम्बन्धों की ज़मीन को सींचने का काम किया था। अब हम लगभग हर शाम एक साथ होते। वह घर में मीटिंग का बहाना बना मेरे साथ अधिक से अधिक समय बिताता तो कभी ऑफ़िस के टूर का बहाना बना हम एक-दो दिन के लिए पहाड़ों में घूमने निकल जाते। कुछ महीनों बाद हम फ्रेंच लैंग्वेज के हायर लेवल में प्रवेश कर चुके थे। वह फ्रेंच सीखने के प्रति गम्भीर हो गया था, जबकि गर्मी की छुट्टियों में दो महीनों के लिए अपनी बड़ी बहन के पास कनाडा जाने के कारण मेरी फ्रेंच क्लास छूट गयी थी। मेरे कनाडा प्रवास के दौरान हम ई-मेल से सम्पर्क में रहे। वहाँ से लौटी तो फिर से हर शाम उससे मुलाक़ातों का सिलसिला शुरू हो गया। हमारे बीच आया दो महीनों का अन्तराल हमें एक-दूसरे के अधिक क़रीब ले आया था। मैं अभी भी मैट्रिमोनियल साइट्स पर आने वाले रिश्तों पर ग़ौर कर रही थी। उसने इस बात का कभी बुरा न माना, बल्कि वह इस सबकी परवाह न कर मेरे और क़रीब

आता जा रहा था। यह एक विचित्र स्थिति थी, जिसे मैं ठीक से नहीं समझ पा रही थी। एक दिन मैंने ही उससे बात शुरू की थी।

"हम कब तक ऐसे मिलते रहेंगे, राहुल? जिस मुझे कोई योग्य लड़का मिल जाएगा, मेरी शादी हो जायेंगी। उसके बाद तुम्हारा क्या हाल होगा, कभी सोचा है तुमने?"

"तब जो होगा, देखा जाएगा। क्या करूँ, तुम्हें शादी की जल्दी है, इसलिए मैं तुम्हें रोकना नहीं चाहता।" उसने कहा था।

"तो उस रोज़ तुम्हारे उस शादी के प्रस्ताव का क्या मतलब था?" मैंने उससे पूछा।

"मैंने जो कहा था, बिल्कुल सच कहा था और आज भी दिल से यही चाहता हूँ, पर मेरे घरवालों की सोच एकदम संकीर्ण है। वे कभी इस शादी के लिए तैयार नहीं होंगें। यह सब कैसे होगा, कुछ समझ नहीं आता।" उसका स्वर निराशजनक था।

"तुम एक बार घर में बात चलाकर तो देखो!" मैंने राहुल को सुझाव दिया था।

"नहीं-नहीं। अभी ऐसा करना बिल्कुल उचित न होगा। घर वाले बहुत परेशान हो जायेंगे, जिससे हमारी परेशानी भी बढ़ जायेगी। हमें इन्तज़ार करना होगा।" राहुल का स्वर चिन्ता से भरा था।

"तुम्हें और कितना वक़्त चाहिए, राहुल? हमारी दोस्ती को दो साल से ऊपर हो चुके हैं। तुम्हारे ठोस आश्वासन के बावजूद मुझे तो हमारे विवाह की कोई सम्भावना नहीं दिखायी देती।"

"सुमि! मैं तुम्हारे साथ हूँ, मेरा विश्वास करो। कोई न कोई रास्ता ज़रूर निकल आयेगा।" उसने ठण्डी साँस लेकर कहा था।

वह क्या रास्ता निकालना चाहता था, वह रास्ता कब और कहाँ से प्रकट होगा, मैं कभी नहीं जान पायी। शादी का प्रसंग आते ही राहुल एकदम उदास व परेशान हो जाता, लेकिन मेरे प्रति उसका प्यार निरन्तर बढ़ता ही जा रहा था। धीरे-धीरे मैंने भी शादी के लिए लड़के देखने छोड़ दिये। मैं उसके साथ एक अनजाने रास्ते पर चलने के लिए आतुर थी और संकल्पबद्ध भी।

लेकिन मुझे यह ज़रूर लगता कि उसे अपने परिवार वालों को हमारे सम्बन्धों के बारे में जल्दी बताना चाहिए। इतना ही नहीं, मुझे अपने घरवालों से बेझिझक मिलवाना भी चाहिए ताकि वे धीरे-धीरे मानसिक रूप से हमारे रिश्ते के लिए तैयार हो सकें, लेकिन राहुल में यह सब करने की कतई हिम्मत न थी जबकि वह स्वयं मेरे मम्मी-पापा की उपस्थिति में अक्सर मुझसे मिलने मेरे घर आया करता। मेरे घर वालों से हमारा सम्बन्ध छुपा न था। उन्हें राहुल से मेरे विवाह को लेकर कोई आपत्ति भी नहीं थी, लेकिन बात राहुल की वजह से ही अटकी हुई थी।

हमारे यहाँ कुछ एक लड़के एक ठीक-ठाक उम्र के बाद भी अपने परिवार वालों से इस क़दर बँधे रह जाते हैं कि कभी उस बन्धन की बेड़ी से मुक्त नहीं हो पाते, जबकि कुछ लड़कियाँ, लड़कियाँ होकर भी युवावस्था में ही इस बन्धन से मुक्त हो स्वयं अपनी दिशा तलाशने लगती हैं और उनका आकाश निरन्तर विस्तृत होता चला जाता है। यह सब घर-परिवार वालों पर तो निर्भर करता ही है, लेकिन बहुत कुछ स्वयं व्यक्ति पर भी। मेरी शादी में देर हो रही थी, लेकिन मैं किसी दबाव में निर्णय नहीं लेना चाहती थी। मेरे माता-पिता मेरी शादी को लेकर बेहद चिन्तित रहते, बावजूद इसके वे मुझ पर अपनी मर्ज़ी थोपने के पक्ष में नहीं थे। इसके विपरीत राहुल के परिवार वालों ने उसे कभी अपने परिधि से मुक्त नहीं होने दिया। एक आज्ञाकारी व शिष्ट पुत्र की भूमिका का निर्वाह करते राहुल हुए धीरे-धीरे परिवार की लक्ष्मण रेखा में ही बँधकर रह गया था।

राहुल के माता-पिता व बहनों की सोच संकीर्ण, जीवन पद्धति बँधी-बँधाई और हर काम करने के तौर-तरीक़े भी निश्चित थे और इसमें बदलाव लाने की राहुल ने कभी कोई ज़रूरत महसूस न की। ऑफ़िस की लेट मीटिंग्स व ऑफ़िस टूर के बहानों के सिर पर वह मेरे साथ ढेर सारा वक़्त बिताता हुआ बख़ूबी से प्रेम सम्बन्ध निभाता चला आ रहा था। मैं उसके साथ खुश थी, मगर मुझे हमारे सम्बन्धों का एक 'डैड एंड' दिखायी देता। राहुल के घरवालों की छाया उसके सिर पर हरदम मँडराती रहती। मैं समझ न पाती कि वह कैसे अपने घरवालों को हमारी शादी के लिए राज़ी कर पायेगा, पर वह मुझे हमेशा यह कहकर तसल्ली देता कि सही वक़्त आने पर वह कोई न कोई रास्ता निकाल लेगा और फिर उसने एक साल बाद अपने हिसाब से एक रास्ता निकाल लिया था।

राहुल मुझे बिना बताये साल भर से फ्रांस में नयी नौकरी के लिए प्रयासरत था। फलस्वरूप, उसे पेरिस में एक फ्रेंच कम्पनी में कम्प्यूटर इंजीनियर की नौकरी मिल गयी थी। दो महीने की इंटर्नशिप थी और फिर पक्की नौकरी। ख़ूब अच्छी सैलरी के साथ कम्पनी की ओर से रहने के लिए फ़्लैट का इन्तज़ाम भी था, पर मैं यह खुशख़बरी सुनकर उसके विदेश जाने की बात से बेहद उदास हो गयी थी।

"सुमि! परेशान मत होओ। साल भर में मैं वहाँ अच्छी तरह से सेटल हो जाऊँगा। इस बीच मेरी छोटी बहन की शादी भी हो जायेंगी। घरवाले उसके लिए जी-जान से लड़का ढूँढ़ने में लगे हैं। साल भर बाद तुम फ्रांस आ जाना। तब भी अगर घरवाले न माने तो हम शादी कर लेंगे। तुम्हें तीन साल की छुट्टी मिल सकती है।" राहुल अनेक सम्भावनाओं पर विचार कर रहा था।

"राहुल! तुम्हें जाने से पहले अपने परिवार वालों से हमारे सम्बन्ध के बारे में बात ज़रूर करनी चाहिए ताकि वे आने वाले समय के लिए मानसिक रूप से तैयार हो सकें।" मैं अपनी बात पर अड़ी हुई थी।

"सुमि! समझने की कोशिश करो। अभी बात करने से कोई फ़ायदा नहीं है। मेरा सारा प्लान बिगड़ जाएगा। घरवाले मुझ पर किसी और से शादी करने का दबाव डालने लगेंगे। साल बीतने में देर ही क्या लगती है? तुम छह महीने बाद गर्मी की छुट्टियों में दो महीने के लिए पेरिस आ जाना।" उसने मुझे समझाने की भरपूर कोशिश की थी।

"साल बाद तुम्हारे घर वाले हमारी शादी के लिए मान जायेंगे, इस बात की क्या गारंटी है?" मैंने तर्क किया था।

"सच तो यह है सुमि कि वे कभी इस रिश्ते को स्वीकार नहीं करेंगे, लेकिन मैं अपना वादा ज़रूर निभाऊँगा। ज़्यादा से ज़्यादा घरवाले हमसे साल-दो साल बात नहीं करेंगे, पर समय बीतने पर धीरे-धीरे सब बातें नॉर्मल हो जायेंगी।" वह भी अपनी बात पर अड़ा हुआ था।

"पर तुममें यह सब करने की हिम्मत कहाँ से आयेगी, राहुल, यह मेरी समझ से बाहर है।" मैं रुआँसी हो आयी थी।

"सुमि! प्लीज़ मेरा विश्वास करो। मैंने बड़ी मुश्किल से यह रास्ता निकाला है। मैं तीन साल से तुम्हारे साथ हूँ। थोड़ा और धीरज रखो। समय आने पर सब सम्भव व ठीक हो जाएगा"।

राहुल के घरवाले फ्रांस में उसकी नौकरी लगने पर फूले न समाए थे। विदेश में बेटे की नौकरी लगने पर रिश्तेदारों में उनका रुतबा बढ़ गया था। अच्छा-ख़ासा पे पैकेज होने की वजह से राहुल हर दूसरे-तीसरे महीने एक बड़ी रकम अपने घरवालों को भेज देता। उसने अपने पिता के रिटायर होने पर उन्हें नयी गाड़ी भी ले कर दी थी। साल भर बीत जाने पर भी जब राहुल की छोटी बहन की शादी की बात कहीं तय न हुई तो मेरे दबाव डालने पर राहुल ने परिवार वालों से मेरे बारे में बात की थी। यह जानकर वे सब भौंचक रह गये थे।

"दिमाग़ फिर गया है तेरा। हमारी नाक कटवाएगा क्या? किसी को मुँह दिखाने लायक नहीं रहेंगे हम।" राहुल के पिता ने उसे ख़ूब फटकारा था।

"मेरे जीते जी तो यह कभी न होगा।" यह राहुल की माँ का कहना था। बड़ी बहनों ने भी उसकी अक्ल पर पत्थर पड़ने की दुहायी दी थी। राहुल से यह सब जानकर मैं एकदम निराश हो गयी। मेरी तरह वह भी बेहद हताश व निराश था, फिर भी वह अक्सर मुझसे इंटरनेट के ज़रिये बात करता और मेरी हिम्मत बढ़ाता रहता।

गर्मी का मौसम आते ही राहुल ने मुझे पेरिस आमन्त्रित किया और मैं गर्मी की छुट्टियों दो महीने में पेरिस चली गयी। राहुल को कम्पनी की ओर से मिला फ़्लैट आधुनिक सुविधाओं से लैस था। राहुल के साथ इतने दिन रहना किसी सपने के सच होने जैसा था। हम आये दिन नई-नई जगह घूमते, अच्छे-अच्छे रेस्तरां और पब्ज़ में शाम बिताते। वीकेंड पर नाइटक्लब जाने का अनुभव भी बेहद रोमांचक था। राहुल ने दो सप्ताह की छुट्टी लेकर मुझे स्विट्ज़रलैंड और इटली की सैर भी करायी थी। हम एक नवविवाहित जोड़े की तरह महसूस कर रहे थे। मैंने राहुल को पहली बार इतना खुश देखा था। अपने घरवालों की छाया से दूर वह कितना सहज व स्वतन्त्र महसूस करता है, यह भी महसूस किया मैंने। सोचा, अच्छा ही हुआ जो वह पेरिस चला आया। अपने परिवार वालों की घुटन से दूर। राहुल निकट भविष्य में मुझसे शादी करने की योजना बना रहा था। मुझे पहली बार राहुल द्वारा चुने रास्ते पर विश्वास हुआ था।

मुझे पेरिस से लौटे दो महीने भी न हुए थे कि राहुल को अचानक देहरादून आना पड़ा। पता चला कि उसकी छोटी बहन की शादी है। शादी बड़ी आनन-फानन में हो रही थी। राहुल की बहन ने किसी दूसरी जाति के लड़के से प्रेम-विवाह करने का निश्चय किया था। राहुल के घरवालों द्वारा बहुत विरोध करने पर भी जब वह न मानी, तो सबको उसके निर्णय के आगे झुकना पड़ा था। राहुल सिर्फ तीन सप्ताह के लिए आया था। मैं उससे मिली तो वह बेहद परेशान था, पूरी तरह से उखड़ा हुआ।

"इसमें परेशानी की क्या बात है, राहुल? यदि लड़का योग्य है तो तुम्हारे घरवालों को तुम्हारी बहन की शादी में कोई आपत्ति नहीं होनी चाहिए।" मैंने उससे कहा था।

"तुम ठीक कह रही हो, सुमि! मैं कल ही उस लड़के से मिला हूँ, लड़का अच्छा है। कहीं कोई दिक़्क़त नहीं है, पर मेरे घरवालों को कोई बात समझ ही नहीं आती। ऊपर से हमारे रिश्तेदारों का तो और भी बुरा हाल है। मेरे ताऊ जी और बड़े मामा ने तो शादी में आने से ही मना कर दिया है। मेरे माता-पिता व मेरी बड़ी बहनें भी इस शादी के पक्ष में नहीं हैं। दस दिन बाद शादी है और घर में एकदम सन्नाटा छाया हुआ है।"

"राहुल! कुछ भी हो, तुम अपने माता-पिता को समझाओ व उनका हौसला बढ़ाओ। साथ ही, अपनी छोटी बहन को भी सहारा दो। इससे घर का माहौल भी बेहतर होगा और तुम्हारी खुद की टेंशन भी कम हो जाएगी।" मैंने उसे समझाया।

तीन-चार दिन बाद राहुल फिर से मुझे मिलने आया। उसकी बहन की मँगनी हो गयी थी और हफ़्ते बाद उसकी शादी थी।

"चलो! बहुत अच्छा हुआ। शादी होते ही यह तूफ़ान धीरे-धीरे शान्त हो जाएगा।" मैंने राहत की साँस ली। यह सुनते ही राहुल मुझसे लिपटकर सुबकने लगा।

यह क्या? मैं धक-सी रह गयी। यह तो किसी बड़े तूफान का अन्देशा था।

मैंने राहुल को सँभालने की कोशिश की, मगर वह एकदम बेहाल था। मेरे बार-बार ज़ोर देने पर उसने बड़ी मुश्किल से बताया कि उसके घरवालों ने

उसके लिए तीन-चार लड़कियाँ देख रखी हैं और वे चाहते थे कि राहुल फ्रांस लौटने से पहले किसी एक लड़की को पसन्द कर ले ताकि तीन-चार महीने बाद उसकी भी शादी कर दी जाए। राहुल के घरवाले उसके मामले में रत्ती भर रिस्क लेने को तैयार नहीं थे। यह सुनते ही मेरे पैरों तले की ज़मीन खिसक गयी।

"तुमने क्या सोचा है, राहुल? घरवालों के दवाव में आकर बिना किसी को ठीक से जाने आँखें मूँदकर कैसे किसी से शादी कर सकोगे तुम?" मैंने उससे पूछा था।

"क्या करूँ, सुमि! मैं तो बुरी तरह फँस गया हूँ।"

"फँसने की क्या बात है, राहुल! अगर तुम्हारी बहन अपनी शादी के लिए स्वतन्त्र निर्णय ले सकती है, तो तुम पर ही बन्दिश क्यों? तुम्हें ही क्यों बलि का बकरा बनाया जा रहा है? तुम्हारे घरवाले हमारे सम्बन्ध के बारे अच्छी तरह जानते हैं। उन्हें तुम्हारी खुशी की कोई परवाह नहीं? और तुम उनके दबाव में आकर अपना जीवन दाँव पर लगा दोगे क्या?" मैंने राहुल से पूछा था।

"मुझे बहुत घबराहट हो रही है, सुमि। मैं तुम्हें बहुत प्यार करता हूँ, पर मैंने कुछ भी उल्टा-सीधा किया तो घरवालों का बहुत बुरा हाल हो जाएगा। मेरे पास अब कोई रास्ता नहीं बचा।" उसकी आँखें एकदम सूनी और उदास थीं।

राहुल की बात सुनकर मैं पूरी तरह ढह गयी थी।

मेरे आँसुओं का आवेग रोके न रुकता था। मेरे भीतर सब बिखर गया था। मैंने बड़ी मुश्किल से स्वयं को संयत किया। सोच रही थी कि काश! मैं राहुल से उम्र में आठ साल बड़ी न होती, लेकिन सवाल केवल उम्र या विवाह का नहीं था। राहुल के निर्णयों की डोर उसके घरवालों के हाथ में कसकर बँधी थी, जिसकी छटपटाहट उसके चेहरे पर साफ़ पढ़ी जा सकती थी। वह बेहद कातर दृष्टि से मेरी ओर देख रहा था। न जाने क्यों उस क्षण मुझे न तो राहुल पर गुस्सा आया और न ही मेरे मन में उसके लिए सहानुभूति का कोई भाव ही उपजा।

मैंने अपनी डोर राहुल के हाथों से छुड़ाकर खुले आसमान में छोड़ दी थी।

उजास

श्रीधर बाबू की नींद आज सुबह पाँच बजे ही खुल गयी। बाहर हल्की-हल्की बारिश हो रही थी। सैर पर जाना सम्भव न था। एक घंटा और सो लिया जाए। करवट बदलकर वह फिर से सोने की कोशिश करने लगे। दस-पन्द्रह मिनट की एक हल्की-सी झपकी आयी ही थी कि तेज़ बारिश की आवाज़ ने फिर से उनकी नीद में ख़लल डाल दिया। वह अनमने-से उठ बैठे। इतनी बारिश में तो अख़बार वाला भी क्या ही आयेगा समय पर। श्रीधर बाबू बीती रात रोज़ जैसी नींद न ले पाये थे। दरअसल, कल दोपहर अनुज से फ़ोन पर बात होने के बाद से ही वह उत्साहित थे।

"अंकल, कैसे हैं आप?"

"मैं ठीक हूँ, बेटा! तुम सुनाओ! तुम कैसे हो? आज इतने दिनों बाद कैसे फ़ोन किया?"

"दरअसल कल दो कॉलीग्स कार से ऑफ़िस के काम के लिए लुधियाना जा रहे हैं। सोच रहा हूँ, क्यों न मैं भी उनके साथ आ जाऊँ? आपसे मिलना हो जाएगा। तीन-चार घंटे आपके साथ बिताकर उन्हीं के साथ लौट आऊँगा।"

"अरे वाह! यह तो बहुत अच्छी ख़बर है। कितने बजे के आस-पास आओगे?"

"लगभग बारह के आस-पास।"

"तो फिर दोपहर का खाना मेरे साथ ही खा लेना। किसी अच्छे रेस्टोरेंट में चल चलेंगे।"

"ठीक है, मगर समय कम होगा। घर पर ही कुछ खा लेंगे या बाहर से मँगवा लेंगे।"

"क्यों नहीं? वैसे मेरी कामवाली भी अच्छा खाना बनाती है। नॉनवेज खा लेते हो न?"

"हाँ, अंकल खा लेता हूँ, मगर आप बेवजह कष्ट न करें"

"कष्ट की क्या बात है? नीना से बोलूँगा, चिकन बिरयानी और रायता बना देगी हम दोनों के लिए। मज़ा रहेगा खाने का।"

"ठीक है, अंकल। कल मिलते हैं। लुधियाना पहुँचते ही फ़ोन करता हूँ। आप अपना पता व्हाट्सएप कर दीजिए।"

"ज़रूर।"

अनुज को घर का पता भेजने के बाद श्रीधर बाबू हरकत में आ गये। उन्होंने किचन में जाकर देखा। सब्ज़ी की टोकरी में दो-चार प्याज़ व आलू पड़े थे। फ्रिज में भी सब्ज़ी न के बराबर थी। चिकन लाना होगा और दही भी ताकि बिरयानी की तैयारी शुरू की जा सके। आख़िर चिकन को मैरिनेट करके कुछ घंटे रखने पर ही तो बिरयानी का असली स्वाद आता है। उनके मुँह में अचानक किरण के हाथ के बनी चिकन बिरयानी का स्वाद आ घुला, पर जल्द ही वह स्वाद उनके तालू से चिपक-सा गया। एक गहरी उदासी उन्हें घेरती-सी प्रतीत हुई, पर उन्होंने उसे झटकते हुए मन ही मन सामान की सूची बनायी और तुरन्त बाज़ार की राह ली। बाज़ार घर की बगल में ही था। प्याज़, टमाटर व कुछ अन्य सब्ज़ियाँ लेकर उन्होंने दही ख़रीदा। किरयाने की दुकान से बिरयानी के लिए मसाले ख़रीदते समय उन्हें बढ़िया बासमती ख़रीदने का ख़याल आया। बासमती का एक सौ अस्सी रुपये किलो दाम सुन वह एक पल के लिए चौंके, पर कोई इतने दिनों बाद चाव से मिलने आ रहा है, यह सोच बासमती महँगा होने के बावजूद उनसे रहा न गया।

सब सामान लेकर अब वह मीट की दुकान पर थे।

"नमस्ते अंकल! बड़े दिनों बाद आये आप?" दुकानदार स्वागत की भाषा में बोला।

"हाँ ! बहुत दिन से आना नहीं हुआ। एक किलो बढ़िया सा चिकन तोल दे बिरयानी के लिए।"

"ज़रूर! लगता है, कोई मेहमान आ रहा है जो आप पूरा किलो चिकन ख़रीद रहे हैं?"

"सही अन्दाज़ा लगाया तुमने। मेरी बहू का भाई आ रहा है दिल्ली से मुझे मिलने। अब कोई रिश्तेदार इतनी दूर से व इतने प्यार से मिलने आये तो आवभगत होनी ही चाहिए।"

उत्साह से भरे उनके लहज़े में लहज़ा मिलते हुए दुकानदार बोला "बिलकुल सही फ़रमाया आपने। वैसे भी अपनों के साथ तो खाने का मज़ा सौ गुना हो जाता है।"

दुकानदार की चहकती आवाज़ ने अचानक उन्हें उदास कर दिया।

"अपने अब रहे ही कहाँ?" सोचते हुए उन्होंने भारी क़दमों से घर की राह ली। भारी होने के बावजूद कन्धे पर लदे सामान का बोझ दिल के बोझ से कहीं हल्का था।

सामान लेकर घर पहुँचे तो कमला आ चुकी थी। किसी मेहमान के आने की ख़बर सुनकर उसे भी बहुत अच्छा लगा। चहकते हुए से हुए बोली। "अच्छा हैं, बहुत दिनों से कोई आपसे मिलने नहीं आया। आप सारा दिन अकेले पड़े रहते हैं। आपको अच्छा लगेगा।"

"सो तो है, पर कल तुम्हें यहाँ ज़्यादा समय रुकना होगा, कमला ! घर का हाल तो तुम देखी रही हो। मेरी वजह से सारा घर ही अस्त-व्यस्त हो रखा है। स्टोर से डाइनिंग टेबल भी निकालना पड़ेगा। यहाँ सोफ़े पर बैठकर खाना खाना तो अटपटा लगेगा और यहाँ से अख़बारों व पत्रिकाओं का यह ढेर भी हटा देना। सोफ़े और कुर्सियों की गद्दियों के कवर एकदम मैले हो चले हैं। धुल जाते तो अच्छा रहता। दीवान की चादर तो बदल ही दो।"

उन्होंने ड्राइंग रूम में चारों ओर दृष्टि घुमायी। दीवारों की पुताई मैली हो आयी थी। किचन और बाथरूम में जगह-जगह जाले लगे थे। खिड़कियों के आर-पार धूल का साम्राज्य थी। किचन में बेहद कम और पुराने बर्तन थे क्योंकि सब अच्छे बर्तन उठाकर स्टोर में रख दिये गये थे।

"क्या-क्या हो पाएगा इतने कम समय में?" उनका चिन्ताजनक स्वर सुनकर कमला बोली।

"काहे को परेशान होते हो, बाबूजी? मैं अभी फ़ोन करके इन्हें बुला लेती हूँ। जितनी देर में मैं गद्दियों के कवर धोऊँगी और किचन साफ़ करूँगी, उतनी देर में वह बाक़ी की सफ़ाई कर देंगे। झाड़ू-पोंछा तो कल सुबह अच्छे-से हो ही जाएगा।"

थोड़ी देर में ही मीना का पति वहाँ पहुँच गया और देखते ही देखते घर में सफ़ाई अभियान शुरू हो गया। सबसे बड़ा काम स्टोर से डाइनिंग टेबल निकालने का था। कमला और उसका पति इसके लिए पूरी तरह तैयार थे, लेकिन ऐन वक़्त श्रीधर बाबू ने ही अपना फ़ैसला बदल दिया। डाइनिंग टेबल निकालने के लिए उसके आगे बेतरतीब ढंग से रखे ढेर सारे सामान को निकालना काफ़ी मुश्किल भरा व लम्बा काम था। और फिर अनुज के जाने के बाद उस टेबल के उपयोग की कोई सम्भावना न थी। उन्हें याद आया, जब तक किरण जीवित थी, वे दोनों हमेशा डाइनिंग टेबल पर खाना खाते। किरण बड़े शौक़ से टेबल पर खाना लगाती और दोनों चाव से एक साथ खाने का मज़ा लेते। किरण को घर के रखाव का बेहद शौक़ था। सारा घर हमेशा साफ़-सुथरा नज़र आता और चीज़ें अपनी-अपनी जगह करीने से रखी हुईं। लेकिन उसके जाने के बाद श्रीधर बाबू के जीवन की तरह घर भी सिमटता-सा चला गया। न जाने कब स्वयं उन्होंने नौकरानी से कहकर सभी अच्छे बर्तन डिब्बों में पैक करवा स्टोर में रखवा दिये थे। घर में यहाँ-वहाँ रखीं अनेक सजावट की चीज़ें भी हटवा दी थीं। उनकी झाड़-पोंछ करवाना श्रीधर बाबू को बेहद झंझट का काम लगता। अब उनका पूरा दिन ड्राइंग रूम में ही बीतता। वहाँ रखी एक बड़ी-सी कुर्सी पर बैठ अख़बार पढ़ने से सुबह की शुरुआत होती व दिन गुज़रते-गुज़रते रात हो जाती और वह वहीं दीवान पर बैठे टी.वी. देखते-देखते सो जाते।

दरअसल किरण के जाने के बाद उन्हें अपने बेडरूम में अकेले सोना इस कदर उदास कर देता कि उन्हें देर तक नींद न आती। वह परेशान होकर ड्राइंग रूम में चक्कर काटते और फिर थककर वहाँ लगे दीवान पर आ लेटते। न जाने कब उनकी आँख लग जाती। कुछ ही दिनों बाद उन्होंने दीवान पर ही सोना शुरू कर दिया था। दो साल हो गये किरण को गये। उनका अपने बेडरूम में सोने का कभी मन ही नहीं हुआ। उन्होंने अपनी रोज़मर्रा की तमाम ज़रूरत की

अनेक चीज़ें दीवान के पास रखी एक टेबल पर रखवा ली थीं। टेबल पर चीज़ों का अच्छा-ख़ासा जमघट-सा लग गया था। अख़बार भी पढ़ने के बाद टेबल के नीचे स्टैंड पर डाल दिया जाता। बहुत-सी चीज़ें दिनोंदिन अपनी जगह से इधर-उधर पड़ी रहतीं, पर श्रीधर बाबू का इस तरफ कतई ध्यान न जाता। जब किरण जिन्दा थी तब कौन-सा वह अपनी चीज़ों को तरतीब से रखते थे। घर तो किरण की वजह से ही साफ़ एवं व्यवस्थित रहता, पर न जाने क्यों किरण के जाने के बाद उन्हें यह बेतरतीबी ज़रा न अखरती। सच तो यह था कि धीरे-धीरे घर और जीवन में पसरी इस बेतरतीबी में ही उन्होंने जीने की तरतीब पा ली थी। जब किरण नहीं है तो वह उसके अनुपस्थिति में उसके साथ होने जैसा जीवन जीने की कोशिश भी क्यों करें? पर अनुज के आने की ख़बर सुनकर उन्हें अचानक वह बेतरतीबी बेहद खलने लगी थी। शुक्र है कि कमला और उसके पति ने दो-तीन घंटे में घर की ठीक-ठाक सफ़ाई कर दी थी। बावजूद इसके, श्रीधर बाबू को बीती रात ठीक से नींद नहीं आयी।

बारिश रुकने के बीसेक मिनट बाद ही अख़बार वाला आ गया और श्रीधर बाबू का दिन रोज़ की तरह अख़बार पढ़ने के साथ शुरू हो गया। किरण के जाने के बाद वह सप्ताह में सिर्फ़ दो दिन ही शेव करते। आज उनका शेव करने का दिन न था, फिर भी उन्होंने बड़े आराम से शेव की और हल्का नाश्ता कर दस बजे ही नहा-धोकर तैयार हो गये। कमला को उन्होंने उस रोज़ कुछ जल्दी बुला लिया था। उसने पर्याप्त समय लगाकर घर के कोने-कोने की सफ़ाई की। आँगन तो बारिश से ही धुल गया था। इस बीच श्रीधर बाबू ने ड्राइंगरूम में रखे काग़ज़ों के ढेर का जायज़ा लिया और अनेक फ़ालतू काग़ज़ कूड़ेदान में फेंक ज़रूरत के कुछेक काग़ज़ों को एक बड़े लिफ़ाफ़े में बन्द कर टेबल की दराज़ में डाल दिया। देखते ही देखते पौने बारह बज गये। अनुज के आने में अभी कुछ देर बाक़ी थी, यह सोचकर उन्होंने टी.वी. लगा लिया। किसी भी टी.वी. चैनल पर कोई विशेष कार्यक्रम नहीं आ रहा था। हाँ, सभी न्यूज़ चैनल सनसनी फैला रहे थे। झारखण्ड के मुख्यमंत्री के इस्तीफ़ा देने की ख़बर बार-बार आ रही थी। उन्होंने घड़ी की ओर देखते हुए टी.वी. बन्द कर दिया। सवा बारह बज चुके थे। वह अनुज को फ़ोन करने की सोच ही रहे थे कि उसी का फ़ोन आ गया।

“अंकल मैं वर्धमान मिल के पास पहुँच गया हूँ। यहाँ से कितनी दूर है आपका घर?”

“कार में पाँच मिनट का रास्ता होगा मुश्किल से!”

“अंकल! आप मुझे अपने घर की लोकेशन भेज दीजिए।”

“लोकेशन? यह सब तो मुझे करना नहीं आता। आजकल तो गूगल से भी रास्ता पता लग जाता है।”

“ठीक है। मैं देखता हूँ और पहुँचता हूँ थोड़ी देर में।”

श्रीधर बाबू बड़ी बेसब्री से अनुज के आने का इन्तज़ार करने लगे। वह उससे पूरे तीन साल बाद मिल रहे थे। अनुज चार साल पहले अपनी बड़ी बहन प्रिया और उनके बेटे रजत की शादी के सिलसिले में अपने पिता के साथ उनसे मिलने दो-तीन बार लुधियाना आया था। प्रिया और रजत की शादी के अलावा उनकी अनुज से एक-दो बार पारिवारिक समारोह में मुलाक़ात हुई थी। वह उसके मुदु एवं शालीन व्यवहार के कारण उसे पसन्द करने लगे थे। शादी के साल भर बाद ही प्रिया और रजत के अमेरिका चले जाने के बाद उनका अनुज से मिलने का कोई अवसर न बन सका। पिछले दो-ढाई साल तो करोना की वजह सब एक-दूसरे से कट गये और फिर किरण की मृत्यु के कारण तो श्रीधर बाबू का तो मानो पूरी दुनिया से ही नाता टूट गया था। मात्र एक बेटा रजत, लेकिन करोना की वजह से वह और उनकी बहू प्रिया भी किरण की मृत्यु पर भी नहीं आ पाये। और तो और, करोना के ख़ौफ़ के कारण लुधियाना में रहने वाला किरण का भाई तक नहीं आया उसकी मृत्यु पर। सब जानते थे कि किरण को पेट का कैंसर था। बावजूद इसके, करोना के ख़ौफ़ ने ऐसी दर्दनाक परिस्थिति में किसी को भी उनके पास फटकने तक नहीं दिया। किरण के दाह-संस्कार पर मुश्किल से दो-चार पड़ोसी मौजूद थे। परिवार और रिश्तेदारी में से कोई भी उस विकट घड़ी में श्रीधर बाबू के पास न था। वह किसके कन्धे पर सिर रखकर रोते? किससे अपनी दुःख साझा करते? सुबह-शाम हर घड़ी नाते-रिश्तेदारों के फ़ोन का जवाब देते देते वे तीसरे ही दिन इस कदर थक गये थे कि उन्होंने कई दिन तक फ़ोन को हाथ ही नहीं लगाया। बस! देर रात रजत व प्रिया से बात होती। कुछ दिन बाद तो उनसे भी उनका अधिक बात करने का

मन न होता। किरण के अभाव से उपजा अँधेरा उनके भीतर तक फैलता चला गया था। न खाने का मन होता व न ही देर रात तक नींद आती। हर दिन चुप्पी से शुरू होता और रात होते-होते सन्नाटों के भँवर में डूब जाता। कभी-कभी मन दुःख से इतना घिर जाता कि वह रोते-रोते बेहाल हो जाते और कभी अकेलेपन से इतनी घुटन होती कि घर छोड़कर कहीं भाग जाने को मन करता, पर कहाँ जाते और किसके पास जाते? था ही कौन इस दुनिया में उनकी दर्द भरी पुकार सुनने वाला? करोना के बाद हालात सामान्य होने पर कुछ क़रीबी दोस्त और रिश्तेदार उनसे मिलने आये थे, लेकिन तब तक श्रीधर बाबू को अपनी तरह से अपने अकेलेपन में जीने की आदत हो गयी थी। और यूँ भी दोस्तों और रिश्तेदारों का आना केवल दुनियादारी का औपचारिक सिलसिला मात्र था जो जल्दी ही थम गया। साल भर से ऊपर हो गया उन्हें किसी के यहाँ गये और न ही कोई उनके यहाँ आया था। इसीलिए कल शाम अनुज के आने की बात सुनकर उनका मन खिल उठा था।

अनुज का फ़ोन आये बीस मिनट बीत चुके थे। वर्धमान मिल से उनके यहाँ आने में इतनी देर तो नहीं लगती। उन्होंने फिर से अनुज को फ़ोन लगाया। फ़ोन की घंटी बजती रही, पर कोई जवाब नहीं आया। परेशान होकर श्रीधर बाबू घर से निकल पड़े और चलते-चलते गली से सटे बाज़ार तक पहुँच वहाँ खड़े-खड़े अनुज का इन्तज़ार करने लगे।

इतने में फिर से अनुज का फ़ोन आ गया।

"माफ़ करना अंकल ! आने में देर हो रही है। दरअसल ट्रैफ़िक बहुत है।"

"तुम हो कहाँ? वर्धमान मिल से यहाँ के रास्ते में तो कोई ख़ास ट्रैफ़िक नहीं होता।"

"मैं तो हौज़री के होलसेल बाज़ार से निकल रहा हूँ। यहाँ तो बहुत ज़्यादा ट्रैफ़िक जाम है।"

"ओह ! उस रास्ते क्यों चले गये? वहाँ तो सुबह के नौ बजे से रात के नौ बजे तक ट्रैफ़िक जाम रहता है। तुमने गूगल मैप में रास्ता नहीं देखा क्या?"

"गूगल मैप से ही आ रहा हूँ, अंकल! यह सबसे शॉर्ट रास्ता दिखाता है। इसी में गड़बड़ हो गयी। ख़ैर, कोई बात नहीं ! आप परेशान मत होइए।

मैं जल्दी पहुँच जाऊँगा। यहाँ से सिर्फ़ दस मिनट का रास्ता दिखा रहा है गूगल मैप।"

"ठीक है बेटा! आ जाओ। तुम्हारा इन्तज़ार कर रहा हूँ।" कहते हुए श्रीधर बाबू घर की ओर चल दिये। उनमें वहाँ और देर तक खड़े होने की हिम्मत न थी। मारे गर्मी और उमस के उनका हाल बेहाल हो रहा था।

लगभग पन्द्रह मिनट बाद अनुज से मिलते ही श्रीधर बाबू की तबीयत हरी हो आयी। उन्होंने बड़ी गर्मजोशी से अनुज को गले लगा लिया।

"कैसे हैं अंकल? सब ठीक-ठाक चल रहा है? बहुत अरसे बाद मिलना हुआ।"

"मैं ठीक हूँ। तुम सुनाओ? यार! तुम तो पहले से भी अधिक हैण्डसम हो गये हो। नौकरी कैसी चल रही है तुम्हारी?"

"सब ठीक है आपके आशीर्वाद से। आप सुनाइए?"

"क्या सुनाऊँ? बस मैं तो वीज़ा का इन्तज़ार कर रहा हूँ। अगले महीने मेरा अमेरिकन एम्बेसी में वीज़ा के लिए अपॉइंटमेंट है। देखो! क्या होता है?"

"मिल जाएगा आपको वीज़ा। चिन्ता मत कीजिए।"

"मुझे तो बहुत टेंशन हो रही है वीज़ा की। पता नहीं क्या-क्या सवाल पूछेंगे एम्बेसी वाले? और वीज़ा मिलेगा, इस बात की भी कोई गारंटी नहीं है। डेढ़ साल हो गया वीज़ा के लिए अप्लाई किये। इतनी मुश्किल से अपॉइंटमेंट मिली है। पता नहीं क्या होगा? तुम तो कई बार विदेश जा चुके हो। अनुज! वीज़ा वाले आमतौर पर किस तरह के सवाल पूछते हैं? वैसे रजत ने कुछ सवालों की एक लिस्ट बनाकर भेजी है मुझे व्हाट्सएप पर। तुम्हें दिखाता हूँ अभी।"

"मेरे ख़याल से वीज़ा ऑफिसर आपसे थोड़ी-बहुत बातचीत करेगा और अमेरिका जाने का कारण पूछेगा। बता दीजिएगा कि आपका बेटा-बहू वहाँ सेटल हैं। इसलिए आप कुछ महीने के लिए उनके साथ रहना चाहते हैं।"

"हाँ, मगर मुझे बहुत टेंशन हो रही है। वीज़ा न मिला तो न जाने क्या होगा? तीन साल से घर में बैठा-बैठा घुट गया हूँ।"

"ज़्यादा मत सोचिए, अंकल! इससे ज़्यादा क्या ही सवाल पूछेंगे आपसे इस उम्र में?"

"मेरा पड़ोसी शर्मा भी तिहत्तर साल का है, मुझसे साल भर बड़ा। उसका दो हफ़्ते पहले ही अमेरिका का वीज़ा लगा है। वह भी कह रहा था कि चिन्ता की कोई बात नहीं है। आसानी से मिल जाएगा वीज़ा। उसे दस साल का मल्टीप्ल वीज़ा मिला है। मुझे तो एक बार जाने का वीज़ा भी मिल जाए तो भी मैं परमात्मा का लाख शुक्र मनाऊँगा। तीन साल हो गये रजत व प्रिया से मिले। और उस नन्ही जान नेहा को तो मैंने एक बार भी नहीं देखा। दो साल की हो गयी है वह। जब भी वीडियो कॉल करो एक ही बात कहती रहती है, "दादू! आप मेरे पास कब आओगे?" कहते-कहते श्रीधर बाबू उदास-से हो गये।

अनुज ने उनका हौसला बढ़ाते हुए कहा। "ठीक कह रहे हैं आपके पड़ोसी शर्मा जी। बिल्कुल चिन्ता मत कीजिए। वीज़ा मिल जाएगा आपको।"

"देखो तो, वीजा की चिन्ता में तो मैंने तुम्हारे आते ही यह बात शुरू कर दी और बातों-बातों में यह तक भूल गया कि तुम्हें चाय-पानी भी पूछना है। जल्दी बताओ, क्या पीना चाहोगे? चाय का तो मौसम नहीं है। ठण्डे में जूस पियोगे कि लिम्का या कोक?"

"कुछ भी दे दीजिए।"

"जो तुम्हें अच्छा लगे। सब कुछ है फ्रिज में।"

श्रीधर बाबू ने कमला को आवाज़ लगायी और उसे कोक तथा चिप्स लाने के लिए कहा।

कोक के दो-तीन घूँट पीते ही श्रीधर बाबू को कुछ राहत-सी महसूस हुई।

"और सुनाइए अंकल! क्या करते हैं दिन भर?"

"करना क्या है, बेटा? सुबह-शाम पड़ोस के कुछ लोगों के साथ सैर करने चला जाता हूँ। एक-दो घंटे अख़बार पढ़ने में लग जाते हैं। ज़्यादा समय तो टी.वी. देखने में बीतता है। सारा दिन अकेला इसी कमरे में बैठा रहता हूँ। कभी एक कुर्सी पर बैठता हूँ, कभी दूसरी पर तो कभी दीवान पर लेटे-लेटे सो जाता हूँ। दिन कट जाता है जैसे-तैसे। बिना कुछ किये, बिना कुछ हुए। जीवन बिना कुछ किये और बिना कुछ हुए भी बीत जाता है, मैंने पहले कभी अनुभव नहीं किया था।" श्रीधर बाबू की उदासी को भाँपते हुए अनुज ने बातों का सिलसिला

अपनी नौकरी से जुड़ी बातों की ओर मोड़ लिया, लेकिन बातों-बातों में आये करोना के प्रसंग ने अचानक श्रीधर बाबू को उदासी के गहरे भँवर में धकेल दिया।

किरण की मृत्यु की घटना को याद कर उनका कलेजा मुँह को आने लगा। "बड़ा मुश्किल समय था, बेटा। किरण की तबीयत बदतर होती जा रही थी। डॉक्टरों ने तो करोना के आने से पहले ही हमें जवाब दे दिया था। जाने से पहले बेचारी बहुत तड़पी बच्चों और भाई को देखने के लिए। बच्चे तो नहीं आ सकते थे, पर भाई ने भी मुँह मोड़ लिया। बड़ी बार बुलाया उसे मिलने के लिए, पर वह हर बार यह कहकर टाल देता कि करोना कम होते ही ज़रूर मिलने आयेगा। कैसे कहता उससे कि तब तक वह ज़िन्दा ही न रहेगी।" श्रीधर बाबू का रुआंसा चेहरा देख अनुज ने फिर से बातों का विषय बदलना चाहा। श्रीधर बाबू भी यही चाहते थे शायद। वह अचानक उठे और बेडरूम में चले गये। खाना देने के इन्तज़ार में बेड पर बैठे-बैठे कमला को नींद आ गयी थी। कमला को अपने बेड पर सोया देख श्रीधर बाबू को पलभर के लिए बेहद अटपटा लगा, पर वह कुछ न बोले, बल्कि उन्होंने कमला को डिस्टर्ब किये बिना धीरे-से लकड़ी की अलमारी खोली और वहाँ से एक बड़ा-सा लिफ़ाफा निकालकर उसे अनुज को देते हुए कहा, "यह तुम्हारे लिए है। देखो तो ! क्या तुम्हें पसन्द है?"

लिफ़ाफ़े में एक गर्म सूट का कपड़ा था और एक रेडीमेड शर्ट। यह देखकर अनुज बोला, "अंकल! इतना कुछ क्यों कर रहे हैं आप? इस सब की जरूरत नहीं है। बहुत कपड़े हैं मेरे पास। आप सिलवाइए इसे।"

"नहीं बेटा! यह कुछ ख़ास नहीं है। तुम्हारी आंटी होती तो तुम्हारे आने की खुशी में पता नहीं क्या-क्या करती? तुम्हारे लिए अपने हाथों से खाना बनाती और तुम्हें एक-दो दिन यहाँ रहे बिना वापस न जाने देती। तुम तो जानते ही हो कि वह कितनी हँसमुख और मिलनसार थी? एकदम स्मार्ट और नये ज़माने की। मैं तो उसके कारण हर तरफ़ से बेफ़िक्र रहता। घर-परिवार, रिश्तेदारी—सब कुछ उसी ने सँभाल रखा था। और तो और, नयी टेक्नोलॉजी की हर चीज़ से वाकिफ़ थी वह। दोनों बच्चों से व्हाट्सएप मैसेज व वीडियो कॉन्फ्रेंसिंग,

हर चीज़ की ऑनलाइन पेमेंट और ऑनलाइन शॉपिंग वग़ैरह—सब कुछ उसी की बदौलत होता था। मुझे तो यह सब कुछ भी करना नहीं आता और न ही मैंने कभी सीखने की कोशिश की। वह कई बार मुझे यह सब सिखाना चाहती, लेकिन मैं इस सबको फालतू के काम बताकर टाल देता। सोचता, यह क्या समझाएगी मुझे इस उम्र में। उसके जाने के बाद मेरी नासमझी की वजह से कैसे बुरे दिन कटे मेरे, मैं ही जानता हूँ। लॉकडाउन खुलने के कई दिन बाद भी बच्चों से वीडियो कॉन्फ्रेंसिंग के ज़रिये सम्पर्क न कर सका। भला हो मेरे पड़ोसी शर्मा जी का, जिन्होंने मेरी मदद की और धीरे-धीरे मुझे यह सब सिखाया। काश! मैंने अपनी ईगो परे रख तुम्हारी आंटी की बात मानी होती।" कहते-कहते श्रीधर बाबू का गला भर आया और आँखों से आँसू बहने लगे। कुछ और भी कहना चाहते थे वह, लेकिन शब्द उनकी रुँधी हुई आवाज़ में घुटकर रह गये।

अनुज ने उन्हें साँत्वना देने के लिए जैसे ही उनके कन्धे पर हाथ रखा, श्रीधर बाबू की रुलाई फूट पड़ी और वह अनुज के कन्धे से लग कर ज़ोर-ज़ोर से रोने लगे। यह देख अनुज एकदम चुप हो गया। उसने श्रीधर बाबू को सहारा दिया और बह जाने दिया बरसों से उनके भीतर जमे सैलाब को। रुलाई थमने पर श्रीधर बाबू बाथरूम में गये और हाथ-मुँह धोकर दो-तीन मिनट बाद ड्राइंग रूम में आकर अनुज से बोले, "अच्छा यह बताओ, स्वीट डिश में क्या खाओगे? खाना खाने का समय हो चला। मैं कल जान-बूझकर मीठा इसलिए ख़रीदकर नहीं लाया कि तुम्हारी पसन्द की चीज़ ख़रीदकर लाऊँगा। आइसक्रीम के साथ कौन-सी मिठाई खाना पसन्द करोगे? गरम गुलाब जामुन या ठण्डे रसगुल्ले?"

"जो आपको पसन्द हो, अंकल।"

"तो चलो, फिर चलते हैं! बाज़ार पास में ही है। जाकर मिठाई व आइसक्रीम ले आते हैं। मैं तो चाहता था कि खाना खाने किसी रेस्त्रां में जायें। चले जाते तो अच्छा ही रहता। मैं तो ठहरा पेंशनर। बिल का भुगतान तो तुम ही को करना पड़ता, पर तुम्हारा जीजा रजत बड़ा होशियार है। अपने साले का ख़र्चा बचाना चाहता था। इसीलिए उसने कल रात मुझे फ़ोन पर घर पर ही खाना खाने की सलाह दे डाली।" कहते-कहते श्रीधर बाबू का स्वर हँसी से लबरेज़ हो गया।

उन्होंने अनुज के साथ बाज़ार जाकर बड़े चाव से वनीला आइसक्रीम और बंगाली रसगुल्ले पैक करवा लिए। डायबिटीज़ है तो क्या हुआ ! कौन-सा वह रोज़-रोज़ खाते हैं यह सब?

घर पहुँचते ही कमला ने खाना लगा दिया। चिकन बिरयानी, बूँदी वाला रायता और चटपटा सलाद। चिकन बिरयानी अच्छी बनी थी। बावजूद इसके, श्रीधर बाबू को किरण की हाथ की बनायी बिरयानी के स्वाद की याद सताने लगी। खाते-खाते बोले- "तुमने तो अपनी आंटी के हाथ बनी चिकन बिरयानी खायी है। वैसी बिरयानी तो अब शायद ही कभी खाने को मिले।"

"सही कहा आपने।" अनुज बोला।

कमला ने अति उत्साह में बिरयानी में कुछ ज़्यादा ही मसाले डाल दिये थे, जिसकी वजह से श्रीधर बाबू ने एक बार फिर से कमला से कोल्ड ड्रिंक लाने के लिए कहा। बिरयानी में मसाला अधिक होने के बावजूद दोनों ने खाने का डटकर मज़ा लिया। खाना ख़त्म होते ही कमला दो प्लेटों में रसगुल्ले डाल कर ले आयी। श्रीधर बाबू ने आइसक्रीम लाने के लिए कहा तो पता चला कि आइसक्रीम पिघल गयी है। ग़लती श्रीधर बाबू की ही थी। दरअसल, बाज़ार से लौटने पर उन्होंने बेध्यानी में आइसक्रीम फ्रीज़र में रखने की बजाय रसगुल्लों के साथ फ्रिज में ही रख दी थी। उन्होंने आइसक्रीम का डिब्बा फ्रीज़र में रख दिया ताकि कुछ देर बाद जमने पर खायी जा सके।

श्रीधर बाबू कुछ दिनों बाद अमेरिका का वीज़ा लेने के लिए दिल्ली जाने के सम्बन्ध में अनुज के साथ बातचीत करने लगे। अनुज ने आश्वासन दिया कि वह उनके दिल्ली आने पर उन्हें अमेरिकन एम्बेसी ले जाएगा। उसने उन्हें अपने यहाँ कुछ दिन बिताने के लिए भी आमन्त्रित किया। अनुज की सहृदयता से श्रीधर बाबू का मन खिल उठा और वह मन-ही-मन कुछ दिन उसके यहाँ बिताने की कल्पना से प्रसन्न हो गये।

कुछ ही देर बीती थी कि अनुज के कॉलीग्स का फ़ोन आ गया। वे कुछ ही देर में वहाँ पहुँचने वाले थे। उन सबको वापस दिल्ली लौटना था। श्रीधर बाबू की गली में पाइप लाइन का काम चल रहा था, जिसकी वजह से वहाँ

सड़क बन्द थी। अत: कार का उनके घर तक आना सम्भव न था। वह अनुज से बोले- "अपने साथियों से कहो कि वे चर्च के बाहर इन्तज़ार करें। मैं तुम्हें वहाँ तक छोड़ देता हूँ।"

"आप कष्ट न करें। मैं अकेला वहाँ तक चला जाऊँगा।"

"कष्ट की क्या बात है बेटा! इस बहाने तुम्हारे साथ दो-चार मिनट और गप्पबाज़ी हो जायेंगी"

अनुज के कॉलीग्स के आने में कुछ मिनट बाक़ी थे। क्यों न इस बीच आइसक्रीम खा ली जाए। यह सोचकर श्रीधर बाबू ने फ्रीज़र खोलकर देखा, पर आइसक्रीम अभी तक न जमी थी। उन्हें अपने किये पर बेहद अफ़सोस हुआ, पर क्या कर सकते थे?

उन्होंने कमला को घर जाने की इजाज़त दे दी और स्वयं अनुज के साथ चर्च की तरफ चल पड़े। सुबह की तरह हर तरफ बादल छाये हुए थे और बारिश का अन्देशा था। अनुज को विदा करते हुए श्रीधर बाबू को हल्की-सी उदासी ने घेर लिया, पर फिर वह सोचकर सहज हो गये कि वह कुछ ही दिनों बाद दिल्ली में अनुज को मिलने वाले हैं।

घर लौट कर श्रीधर बाबू ने कपड़े बदले और आराम करने लगे। उन्हें जल्दी ही नींद ने आ घेरा। आँख खुली तो शाम के छह बज चुके थे। बारिश फिर से शुरू हो गयी थी और सुबह की तरह असम्भव हो गया था सैर पर जाना। श्रीधर बाबू ने चाय बनायी और कुर्सी पर बैठे देर तक बूँदों का बरसना देखते रहे। देखते ही देखते बाहर की दुनिया पूरी तरह अँधेरे में डूब गयी। श्रीधर बाबू ने टी.वी. लगा लिया। समाचार चैनलों में अभी भी झारखण्ड के मुख्यमंत्री के त्यागपत्र देने की ख़बर ज़ोर-शोर से चल रही थी, जिसे सुन उन्हें ऊब होने लगी। उन्होंने बहुत कोशिश की, लेकिन उनका मन किसी भी टी.वी. कार्यक्रम में न लगा। घंटे भर बाद उन्होंने टी.वी. बन्द कर दिया और आराम कुर्सी पर पसर गये।

बारिश की आवाज़ तेज़ हो रही थी और बढ़ रहा था उनके भीतर-बाहर गहराता सन्नाटा। लम्बे अरसे बाद बेहद साफ़-सुथरा होने के बावजूद उन्हें अपना घर बेहद ख़ाली और बेरौनक़ लगा। अचानक उन्हें बेचैनी-सी हुई।

वह उठे और फ्रिज से ठण्डा पानी लेने चले गये। उन्होंने फ्रीज़र खोलकर देखा। आइसक्रीम पूरी तरह जम चुकी थी, लेकिन एकदम ठण्डा पड़ चुका था उनका उत्साह, जिसके बल पर वह कल शाम से लेकर कुछ देर पहले तक खुशनुमा महसूस कर रहे थे। रात के दस बज चुके थे। उन्हें ज़रा भी भूख न थी और न ही नींद आने की कोई सम्भावना। बावजूद इसके, वह थोड़ी देर बाद बिस्तर पर लेट गये और वीज़ा के बारे में सोचने लगे। कुछ ही मिनटों बाद वह उठे और उन्होंने व्हाट्सएप पर रजत द्वारा भेजी सवालों की सूची वाला मेसेज खोला। वह मन-ही-मन हर सवाल पढ़ रहे थे और हर सवाल का मन-ही-मन का जवाब भी दे रहे थे, पर न जाने क्यों उनका मन आशंका से घिरता जा रहा था और उन्हें इससे भी अधिक क्रूरता से कुचलता प्रतीत हो रहा था अकेलापन। इससे पहले कि वह इसकी चपेट में आकर लहूलुहान होते, वह एकाएक उदासी और अकेलेपन के मोर्चे के ख़िलाफ़ डट गये। कुछ भी हो, वह इस बार उसकी गिरफ़्त में नहीं आने वाले। उन्होंने आँखों में उतरती नमी को दरकिनार करते हुए स्वयं को संयत किया। उनकी आँखों के आगे अपनी दो साल की पोती नेहा का चेहरा तैर आया और कानों में घुलने लगा उसका मीठा व प्यार भरा स्वर। वह उससे एक बार भी नहीं मिले, लेकिन वह हर बार वीडियो कॉल पर उन्हें झट पहचान लेती है और अपनी नन्ही बाँहें फैला मुस्कुराते हुए उन्हें बार-बार अपने पास बुलाती है। नेहा की इस प्यार भरी पुकार की स्मृति ने देखते ही देखते श्रीधर बाबू के भीतर गहरे में पैठी उदासी को न जाने किस गर्त में धकेल दिया। जैसे-जैसे नेहा का प्यार भरा स्वर उनके कानों में घुलता जा रहा था, वैसे-वैसे उनके मन की उड़ान मज़बूत होती जा रही थी और गहराता जा रहा था यह विश्वास कि वह जल्दी ही अपनों के पास होंगे।

दो अँधेरे

आख़िर उसे स्ट्रीट फ़ेस्टिवल की परेड से घर लौटना ही पड़ा। म्यूनिख़ की सड़कों पर लोगों का ऐसा हुजूम उसने पहले कभी न देखा था। साल भर लोगों की पदचाप सुनने को तरसती शहर की सुनसान सड़कों पर आज तिल रखने की जगह न थी। पारम्परिक वेशभूषा में सजे-धजे हर उम्र के अनगिनत लोग, अनेक वाद्यों के संगम से उठते लाइव म्यूज़िक की ताल पर थिरकते हज़ारों क़दम, जोश-जवानी और मौज-मस्ती की लहर में लबालब डूबता-उतराता लोगों का सैलाब। साल में एक बार ही सही, पुरानी संस्कृति का जीवन्त प्रदर्शन कर आधुनिक पीढ़ी के स्मृति पटल पर खुद को दर्ज़ करवाता, हर किसी को अपनी रौ में बहा ले जाता है- म्यूनिख़ का यह स्ट्रीट फ़ेस्टिवल।

वह भी मंत्रमुग्ध-सा डूब रहा है उस रंग में।

बीयर की पहली बोतल ख़ाली हुई ही थी कि पीटर ने उसके हाथ में दूसरी बोतल थमा दी।

"इंजॉय। इट्स अ ग्रेट डे।"

"थैंक्यू पीटर! चीयर्स..." वह भी उत्साह से भर गया।

जुलूस के साथ चलते-चलते कभी उसके क़दम हल्के-हल्के थिरकने लगते, तो कभी वह हुजूम से थोड़ा बाहर निकल एक ओर खड़ा होकर परेड का नज़ारा लेते हुए बीयर की चुस्कियों में डूब जाता। लेकिन जल्दी ही उसके दोस्त पीटर, जूली, रॉबर्ट इत्यादि में से कोई न कोई उसे जुलूस में खींच लेता आवाज़ देकर या हाथ हिला कर। अपनी प्यार भरी निगाहों से उसे मदहोश करती और हवा में चुम्बन उछालकर उसे अपनी ओर खींचती मारिया के आग्रह पर तो वह खिंचता ही चला जाता था। मारिया एकदम चुलबुली व मस्त-मिज़ाज है,

लेकिन उसने उसे पहले कभी इस हद तक बेकाबू होते न देखा था। मारिया चुम्बक है, चिंगारी है, आग की लपट है मारिया। उसने पहली बार महसूस किया। मारिया के हवा में उछाले चुम्बनों ने उसे न केवल अपनी ओर खींचा, बल्कि उसे इस कदर अपनी गिरफ़्त में ले लिया कि उसकी लपटों से बचना असम्भव हो गया।

"क्या बीयर का नशा तो मारिया के सिर चढ़कर नहीं बोल रहा?" उसने मरिया को इस 'डाउट' तले छूट देनी चाही, मगर नहीं। वह ग़लत था। नशे में तो सभी हैं हल्के-हल्के। जूली और क्रिस्तीन भी, पर और तो कोई भी उसे इस तरह अपनी ओर नहीं खींच रहा मदहोश निगाहों से, दहकते होठों से। मारिया नाचते-नाचते उसके साथ इस तरह कदर सटती चली गयी कि भावनाओं के उद्दाम आवेग को हल्का-सा विराम देने के लिए उस क्षण मारिया को चूमना निहायत ज़रूरी जान पड़ा था उसे। वह चाहता भी तो नहीं बच सकता था इससे। मारिया के सुर्ख़ गुलाबी होठों ने उसके चेहरे पर जगह-जगह अपनी छाप छोड़ दी थी। वह भी मारिया के होठों पर छाप छोड़ने के उन्माद से नहीं बच पाया था। हालाँकि अपने अन्तर्मुखी स्वभाव के कारण शुरू के क्षणों में उसे अचानक यूँ सरेआम लोगों के बीच किसी लड़की के साथ इस तरह फ़िज़िकली इंटीमेट होना बड़ा अजीब-सा लगा था। भले ही वह पिछले तीन सालों में ऐसे दृश्यों का आदी हो चुका है, पर वह स्वयं इस तरह सरेआम—सरे बाज़ार किसी की बाँहों में... इस बात की तो उसने कभी कल्पना तक न की थी। अचानक वह कुछ सजग हो आया। इस अनहोनी-सी पर काबू पाना चाहता हो जैसे। उसके शरीर में बिजली-सी कौंधी-सी थी, जिसने बियर के नशे को हल्का-सा उतार फेंका था, लेकिन देखते ही देखते वह मानो आसमान से टपककर किसी गहरी खाई में धँसता ही चला गया था। मारिया के होठों का निरन्तर बढ़ता कसाव... उसके शरीर पर लिपटती-कसती मारिया की बाँहें... जैसे दो देहों को कसकर बाँध दिया हो किसी ने।

वह भी उससे गुँथता ही चला गया— बेलौस, बेतरतीब, बेपरवाह।

जुलूस धीमी गति से आगे बढ़ रहा था। वह और मारिया रह-रहकर किसी उफ़ान की तरह एक-दूसरे से गुँथते ही चले जाते और फिर स्वयं कुछ शान्त-से

हो जाते। मेन बाज़ार में पहुँचने पर जुलूस की रंगत और भी लाजवाब हो गयी। वहाँ सड़कों के किनारे स्वागत में पहले से ही खड़े सैकड़ों लोगों के जुलूस में शामिल होने से जोश-जवानी और मस्ती का दरिया अपने किनारे तोड़-तोड़ बहने लगा। जर्मन बैंड 'मैजिक वर्ल्ड' का जादू सबके सिर चढ़कर बोल रहा था। हर कोई हवा में था। बीयर की अनगिनत बोतलें ठकाठक खुलतीं और देखते ही देखते ख़ाली होती जातीं। सुबह से बेहिसाब बीयर पी रहे थे लोग। इतना खुलापन, फिर भी सब कुछ कितना सहज। मज़ाल है किसी कि कोई नशे में किसी से ज़रा-सी भी बदसलूकी व बदतमीज़ी कर जाए। इस बात के लिए वह यहाँ के लोगों की बड़ी कद्र करता है। हिन्दुस्तान में तो ऐसे किसी उत्सव की कल्पना करना ही असम्भव है। वहाँ ऐसा कोई अवसर होता तो अब तक न जाने कितनी लड़कियों के... यह ख़याल आते ही उसका मुँह कसैला होने लगा। उसने जल्दी-से इस ख़याल को झटक दिया और धीरे-धीरे म्यूज़िक धुन में डूबने लगा। तभी अचानक मारिया ने उसके हाथ में बीयर की तीसरी बोतल पकड़ा दी।

वह और मारिया अब एक ही बोतल से बीयर पी रहे थे। हल्के-हल्के झूमती मारिया फिर से उसकी बाँहों में सिमट आयी थी। वे दोनों एक-दूसरे को चूम रहे थे। वह बेतहाशा बहक रहा था कि तभी अचानक उसने मारिया को बुरी तरह झटकते हुए स्वयं से अलग कर दिया। पीटर, डेनियल व क्रिस्तीन— सभी ने उसे रोकने की बहुत कोशिश की थी, पर वह गुस्से में उफ़नता बेकाबू तूफ़ान-सा भीड़ को चीरता हुआ सड़क के किनारे आ गया और फिर तेज़ क़दमों से मेन बाज़ार पार कर सिटी सेंटर के मेट्रो स्टेशन पहुँच गया। उसने वहाँ पानी की बोतल ख़रीदी और लगभग आधा घंटा निरुद्देश्य वहाँ बैठा रहा। घर की ओर जाने वाली ट्रेन के प्लेटफ़ॉर्म पर आते ही वह उसमें सवार हो गया। दस मिनट बाद उसका स्टॉप आ गया था। शाम होने वाली थी। उसका घर वहाँ से सिर्फ़ दो सौ क़दम की दूरी पर था, पर न जाने क्यों उसका घर लौटने का कतई मन न हुआ। वह स्टेशन से बाहर आ सड़क पार कर बस स्टॉप पर खड़ा हो गया। चार-पाँच मिनट बाद ही वह बस में था। बस लगभग ख़ाली थी। ये बसें आज आधी रात बाद भरी होंगी, जब स्ट्रीट फ़ेस्टिवल ख़त्म होने पर नशे में डूबे लोग

घरों को लौटेंगे, उसने सोचा। लगभग आधे घंटे बाद वह बीथोवन स्ट्रीट पहुँच गया और कुछ ही देर बाद उसने स्वयं को इस्कॉन मन्दिर के बाहर खड़ा पाया। अन्य दिनों की तुलना में मन्दिर में ख़ासी चहल-पहल थी। कुछ लोग मन्दिर के प्रवेश द्वार को फूलों से सजा रहे थे। मन्दिर के भीतर भी कुछ औरतें मन्दिर की सजावट में व्यस्त थीं। उसने घड़ी की ओर देखा। आरती शुरू होने वाली थी। पता चला कि अगले दिन कृष्ण जन्माष्टमी है, उसी की तैयारी चल रही थी। वह मन्दिर के मेन हॉल में चला आया। आरती शुरू हो चुकी थी। आरती के स्वर ने धीरे-धीरे उसे बाँध लिया।

हरे कृष्णा, हरे कृष्णा, कृष्णा कृष्णा, हरे हरे...

आरती का स्वर तेज़ हो गया था। मृदंग की थाप उसके हृदय को उद्वेलित कर रही थी। सब गा रहे थे और नाच रहे थे मृदंग की थाप पर, लेकिन वह सबसे पीछे खड़ा हल्के-से बुदबुदा रहा था- आरती के उखड़े-उखड़े-से बोल। सहसा उसने स्वयं को उस माहौल के प्रतिकूल पाया। वह मन-ही-मन सोच रहा था कि वह स्ट्रीट फ़ेस्टिवल से घर जाता-जाता वहाँ क्यों चला आया? इतना ही नहीं, वह पिछले साल भर से अक्सर रविवार की शाम वहाँ क्यों चला आता है, वह खुद भी ठीक से नहीं जानता। हिन्दुस्तान में इस्कॉन मन्दिर उसके घर के एकदम बगल में था, पर उसने कभी उस तरफ झाँका तक नहीं। लेकिन यहाँ आने के बाद न जाने क्यों और कैसे यहाँ आने का सिलसिला शुरू हो गया था। ऐसा भी नहीं था कि वह वहाँ आकर अपना सामजिक दायरा विकसित करना चाहता था बल्कि वह तो अक्सर कीर्तन शुरू होने के बाद वहाँ पहुँचता। चुपचाप सबसे पीछे खड़ा हो जाता और घंटे भर बाद कीर्तन व आरती ख़त्म होते ही बिना किसी से मिले वहाँ से निकल जाता। फिर भी इस दौरान तीन-चार लोगों के पते उसके मन पर लिखे गये थे। रॉबर्ट, लीजा, जॉन और कानपुर का मधुकर व उसकी पत्नी शिल्पा। मन्दिर से निकलते हुए कभी-कभार इनसे 'हाय-हेलो' हो जाती। मधुकर और शिल्पा से तो लेक साइड वाले कॉफ़ी हाउस में अक्सर भेंट भी हो जाती। तीन-चार बार तो हँसते-बतियाते हुए पूरी शाम एक साथ गुज़ारी थी उन सब ने। आरती ख़त्म हो चुकी थी। बहुत-से लोग जा चुके थे,

पर न जाने क्यों उसका मन वहाँ से उठने का नहीं हुआ। वह चुपचाप वहाँ बैठा रहा अपने में सिमटा, फिर भी कुछ बिखरा-बिखरा-सा। तभी उसका ध्यान एक हिन्दुस्तानी नवविवाहिता की ओर खिंच गया। गहरे नीले रंग की सिल्क की साड़ी, माथे पर बड़ी-सी बिन्दी, गले में मंगलसूत्र व हाथ में काँच की चूड़ियाँ पहने थी वह। किसी परिचित से बड़े अपनेपन से खिले स्वर में बात करती हुई, "ठीक है, जीजा जी! अगले इतवार आना मत भूलिएगा। कोई बहाना न चलेगा। न आये तो मैं सच में नाराज़ हो जाऊँगी। घर जाकर दीदी से बात करवाइएगा और यह भी बताइएगा कि क्या खाना पसन्द करेंगे उस दिन?"

उसे उसका यूँ खुले स्वर में हिन्दी में बात करना बेहद अच्छा लगा। पिछले कुछ सालों में शायद उसने पहली बार किसी को यों बेझिझक व ऊँची आवाज़ में हिन्दी में बात करते देखा था। आमतौर पर सार्वजनिक स्थलों पर हिन्दुस्तानी लोग जब कभी हिन्दी या प्रादेशिक भाषा में बात करते, उनका स्वर कुछ दबा-दबा-सा होता। ऐसे ही दबे स्वर में किसी ने उसे पुकारा था। सामने से मधुकर आता दिखायी दिया-

"कैसे हो, यार? बहुत दिन बाद दिखायी दिये। नौकरी कैसी चल रही है?' मधुकर ने पूछा।

मधुकर को देख उसकी तबीयत हरी हो आयी-"ठीक हूँ। बहुत दिनों से इधर आना नहीं हुआ। दरअसल, पिछले तीन वीकेंड्स पर दफ़्तर के काम से बर्लिन जाना पड़ा और उससे सप्ताह भर पहले अमेरिका से कम्पनी के क्लाइंटस आ गये थे। उनके साथ व्यस्त था। तुम सुनाओ! कैसा चल रहा है सब?"

"बस ठीक-सा ही, इस बार घर जाने का कार्यक्रम कब है?" मधुकर ने कुछ सोचते हुए पूछा था।

"नवम्बर में, दीवाली के आस-पास। तुम्हारा और शिल्पा का प्रोग्राम कब है घर जाने का?"

"हमारा प्रोग्राम तो अब क्या ही होगा?" कहते-कहते मधुकर का चेहरा एकदम उतर गया। एक गहरी साँस लेकर में एकाएक चुप हो गया मधुकर।

"क्या बात है, मधुकर?" उसका हाथ मधुकर के कन्धे पर था।

"कुछ नहीं, यार। बस! मैं और शिल्पा... दरअसल हम अलग हो गये हैं।"

"क्या?" उसे बिजली का करंट-सा लगा था जैसे।

"पर आख़िर ऐसा क्या हो गया?"

"बस! मैं हार गया। मैंने पूरी कोशिश की, पर बात नहीं बनी। शिल्पा को कोई और मिल गया है।" मधुकर का चेहरा ज़मीन की ओर झुक गया।

"रिया किसके पास है?" उसकी आँखों के सामने छह वर्षीय रिया का मासूम चेहरा तैर आया।

"रिया को शिल्पा ने कुछ दिन पहले ही कानपुर भेज दिया है नानी के पास। वह वहाँ स्कूल जाने लगी है।"

"मुझे तो विश्वास ही नहीं हो रहा तुम्हारी बात पर। तुम लोग तो इतने क़रीब थे एक-दूसरे के। बेहद दु:ख की बात है यह।" उससे इससे अधिक कुछ कहते न बना। कहता भी तो शायद मधुकर जज़्ब न कर पाता। वह जाने को उद्यत था।

"कभी बैठते हैं कॉफ़ी हाउस में। मैं तुम्हें फ़ोन करूँगा, जल्दी ही।" मधुकर ने हाथ मिलाते हुए उस से विदा ली।

मधुकर के एकदम ठण्डे निष्प्राण हाथ।

"ठीक है, अपना ध्यान रखना। जल्दी मिलेंगे"। उसने धीरे-से कहा।

अपनी हथेलियों से चिपके मधुकर के हाथों के ठण्डे निष्प्राण स्पर्श को महसूसता वह कुछ देर वहीं खड़ा उसे जाते हुए देखता रहा। मधुकर मन्दिर के गेट से बाहर जा चुका था और वह अभी भी वहीं खड़ा था। मौन... अवाक्।

वह उस शाम वहाँ क्यों चला आया? भारी क़दमों से मन्दिर से बाहर निकलते हुए इस सवाल ने उसे फिर से घेर लिया था, पर उसके पास इसका कोई जवाब न था। मौसम साफ़ था, बावजूद इसके हवा अपने घेरों में क़ैद थी—बोझिल, बेजान।

अचानक उसे अपने भीतर एक गहरे ख़ालीपन का अहसास हुआ। एक अजीब-सी बैचैनी। चार-पाँच मिनट बाद ही वह बस में बैठ चुका था। अब उसे घर पहुँचने की जल्दी थी। पता नहीं क्यों? घर पहुँचकर देर वह तक बिस्तर पर अलसाया-सा लेटा आ रहा, लेकिन पेट की पुकार ने उसे उठने के लिए विवश कर दिया। उसने किचन में जाकर चावल उबालने के लिए रख दिये और फ्रिज से उबले हुए चने निकाल उन्हें बनाने के लिए प्याज़-टमाटर काटकर

मसाला भूनना शुरू कर दिया। थोड़ी देर में खाना तैयार हो गया। बहुत दिनों बाद अपने हाथ का खाना खाकर उससे बेहद सन्तुष्टि हुई। लैपटॉप पर बजता राहत फ़तेह अली ख़ान का गाना 'तेरी दीवानी... तेरी दीवानी...' सुनते-सुनते वह काफ़ी हद तक सहज महसूस करने लगा था कि तभी मोबाइल पर मैसेज की बीप सुनायी दी।

"आर यू कमिंग बैक?" मारिया का मैसेज था। उसने मैसेज का कोई जवाब न दिया। दो-तीन मिनट ही बीते थे कि स्काइप पर रिंगटोन बजने लगी। गगन ऑनलाइन था। गगन का नाम पढ़ते ही उसने आंसर पर क्लिक कर दिया।

"अरे भाई, कैसा है तू ? बहुत दिनों से बात ही नहीं हुई तुमसे। क्या बात है, आजकल तू ऑनलाइन ही नहीं होता। सब ठीक तो है न? अगर आज भी न मिलता तो मैं फ़ोन करने वाला था।" गगन का स्वर उत्साह से भरा था।

"दरअसल पिछले महीने हर वीकेंड पर दफ़्तर के काम से बर्लिन जाना पड़ा। वही दो तो दिन होते हैं अपने कामों के लिए। तू सुना, क्या चल रहा है?"

"कुछ ख़ास नहीं। हाँ ! एक छोटी-सी गुड न्यूज़ है। पिछले हफ़्ते मेरी और नेहा की सगाई हो गयी है।" गगन चहका था।

"अरे वाह! मुबारक हो। इसे छोटी-सी गुड न्यूज़ कह रहा है? साले! पिछले चार साल से उसे पाने के लिए नाक रगड़ रहा था और कहता है कि छोटी-सी गुड न्यूज़?" गगन की सगाई की ख़बर सुनकर वह एकदम सही मूड में आ गया था।

गगन कपूर। उसका पुराना सहपाठी और पुराना कुलीग। दोनों ने एक ही कॉलेज से एम.बी.ए. किया था। गगन उसका जूनियर था, पर दिल्ली में एक ही कम्पनी में नौकरी करते हुए उन दोनों की अच्छी दोस्ती हो गयी थी। हालाँकि अपने अन्तर्मुखी स्वभाव के कारण वह एक सीमा के बाद किसी से भी अधिक न खुल पाता और म्यूनिख़ आने के बाद तो उसका अपने गिने-चुने मित्रों से भी सम्पर्क टूट गया था। सिर्फ गगन ही था जो उसके क़रीब आता चला गया था—अपने खुले, हँसमुख, सहज स्वभाव व सहृदयता के कारण।

"यार! यह तो बड़ी अच्छी ख़बर सुनायी तूने। शादी कब है?" उसने गगन से पूछा।

"अबे! तुझसे पूछे बिना शादी की तारीख़ पक्की कर सकता हूँ क्या? इंडिया कब आ रहा है तू?."

"नवम्बर में, दीवाली के आस-पास। तीन हफ़्ते के लिए।"

"यह तो बहुत अच्छा रहेगा। घर वाले भी नवम्बर में ही शादी की सोच रहे हैं। तेरा वहाँ होना बहुत ज़रूरी है। अपनी शादी की मेन शॉपिंग तो मैं तेरे साथ जाकर ही करूँगा। वैसे अब तू भी कर ले कहीं न कहीं बात पक्की। बेटा! मलाई खा-खा कर कब तक पेट भरता रहेगा?" गगन ने हँसते हुए तीर छोड़ा था।

"छोड़ यार! ऐसी कोई बात नहीं है।" वह कुछ झेंपते हुए बोला।

"अच्छा! तेरी ऐसी वैसी बातें तो चलती रहेंगी, जब तक तू इस रंगीन दुनिया में अविवाहित है, पर लाइफ़ में सेटल होने की भी कोई उम्र होती है। चौंतीस का हो चुका है तू। दो-तीन साल और निकल गये तो फिर कुँवारी लड़की की उम्मीद मत करना। बता दिया मैंने। वैसे तो तू अब तक इन सब बातों से काफ़ी ऊपर उठ चुका होगा, मैं अच्छी तरह जानता हूँ।" गगन ने ठहाका लगाया।

"बस कर, यार! मेरी ऐसी वैसी कोई एक्सपेक्टेशन नहीं है।"

"समझता हूँ, बहुत अच्छी तरह समझता हूँ और इसका कारण भी जानता हूँ।" गगन ने फिर से चुटकी ली।

"सब ठीक है, यार! जिंदगी में किसी चीज़ की कोई गारंटी नहीं।"

"अबे! अपनी यह फ़िलॉसफी छोड़ और शादी का मूड बना। इस बार मेंटली तैयार होकर आना। मेरे ससुराल में रिश्तेदारों के यहाँ तीन-चार लड़कियाँ अविवाहित हैं। इस बारे में नेहा से बात करूँगा। सम्भव हुआ तो अपनी शादी के मौक़े पर तेरा किसी न किसी से मामला फ़िट करवा दूँगा। यहाँ की दोस्तियाँ तो टाइम पास हैं। करेगा तो तू अरेंज मैरिज ही। मैं यह भी अच्छी तरह जानता हूँ। बस! हाँ बोलने के लिए तैयार रहना।" गगन उसे पूरी तरह घेरने पर आमादा था।

"ठीक है। तू जो कहेगा वही होगा। मैं पूरी तरह तैयार हूँ।" उसने हँसते हुए कहा।

इतने में उसके मोबाइल की घंटी बज उठी।

"गगन! अगले हफ़्ते आराम से लम्बी बात करें क्या? एक फ़ोन आ रहा है। मुझे थोड़ी देर के लिए बाहर जाना पड़े शायद।"

"कोई बात नहीं। अगले हफ़्ते बात करते हैं' गगन ऑफ़लाइन हो गया था।

फ़ोन की घंटी फिर से बजी। उसने फोन नहीं उठाया, बल्कि लैपटॉप और मोबाइल, दोनों ऑफ़ कर बिस्तर में लेट गया। शनिवार का दिन था। अभी रात के सिर्फ़ दस बजे थे। वीकेंड पर वह अक्सर देर से सोता, ख़ासकर शनिवार को। शनिवार की रात 'येलो चिली' बीयर बार के नाम होती। वीकेंड पर 'येलो चिली' में पच्चीस वर्ष से कम उम्र वालों को आने की मनाही होती, जिस वजह से वीकेंड पर वहाँ का क्राउड बेहतर होता, कुछ मैच्योर किस्म का। रात के ग्यारह बजे के आस-पास लोग आना शुरू हो जाते और लगभग घंटे भर में वहाँ अच्छी-ख़ासी भीड़ जमा हो जाती। शुरू-शुरू में तो वह किसी कोने की टेबल के आस-पास बैठा देर तक वाइन या बीयर पीता रहता व उस माहौल का मज़ा लेता, लेकिन धीरे-धीरे वह वहाँ रेगुलर आने वाले कुछेक चेहरों से परिचित हो गया था, पर यह परिचय एक साथ पीने व सुरूर आने पर म्यूज़िक के साथ झूमने तक ही सीमित था। हाँ, दो-तीन लड़कियों का डांस पार्टनर बनने की वजह से वह उनके कुछ क़रीब आ गया था, लेकिन यह क़रीबी भी बीयर व वाइन के घूँटों से शुरू होकर एक-दूसरे की आँच में जलने व दहकने के साथ ख़त्म हो जाती। शुरू-शुरू में तो उसने एक-दो लड़कियों से डांस के दौरान परिचय बढ़ाने के प्रयास में कुछ व्यक्तिगत सवाल पूछ उन्हें बोर ही कर किया था। उसकी एक डांस पार्टनर, रूबी तो उसके दो-चार सवाल पूछने पर बुरी तरह से उखड़ गयी थी— "प्लीज़ डोंट वेस्ट माय टाइम। आई एम हियर टू हैव फ़न।"

हालाँकि रूबी ने उसे आधी रात तक घेरे रखा था। तीन-चार शनिवार काफ़ी रंगीन गुज़रे थे रूबी के साथ, पर दो-तीन हफ़्ते बीयर बार में न आने पर रूबी ने एक नया पार्टनर ढूँढ़ लिया था। उस रात तो उसे रूबी पर और भी हैरानी हुई थी जब उसके द्वारा 'हेलो' कहने पर रूबी बड़े औपचारिक स्वर में 'एक्सक्यूज़ मी' कहकर उसकी घोर उपेक्षा करती हुई अपने नये डांस पार्टनर के साथ जाकर डांस करने लगी थी। उसने ग़ौर किया कि केवल रूबी ही नहीं और भी कई लोग उस रात अपने नये डांस पार्टनर के साथ थे। बहुत-से चेहरों को वह वहाँ पहली बार देख रहा था। बीयर बार की हल्की रोशनी में डांस शुरू होने पर डिस्को की जलती-बुझती चुँधियाती रोशनी में वे सब चेहरे केवल नाचते हुए मुखौटे भर प्रतीत हुए थे उसे। अलग-अलग रंगों से लबरेज़ बेरंग मुखौटे। डिस्को लाइट्स की बदौलत उनके चेहरे पर एक रंग आता तो दूसरा रंग जल्दी ही उसे लील जाता। किसी से कुछ छुपाने की ज़रूरत नहीं है यहाँ और न ही

किसी झूठ का सहारा लेने की। एक-दूसरे से न कुछ पूछना और न ही अपने बारे में कुछ ख़ास बताना। सभी के लिए यही सुविधाजनक था और एक मायने में सेफ़ भी, पर उसे यह सुविधा कभी-कभी एक गहरी साज़िश-सी प्रतीत होती। सुरक्षा की आड़ में रची गयी एक ख़तरनाक साज़िश। लेकिन वह स्वयं कैसे इस साज़िश का हिस्सा बनता चला गया? इस सवाल ने उसे बुरी तरह जकड़ लिया था, पर फिर उसके चेहरे पर पड़ती डिस्को की रंग बदलती रोशनी में यह सवाल संगीत की तेज़ लहरियों में थरथराकर रह गया। इस थरथराहट ने उसे क्षण भर के लिए भीतर तक कँपा दिया था। वह दोनों हाथों से अपना चेहरा ढके कुछ देर अकेला एक टेबल पर बैठा रहा। हर कोई अपने तक सीमित है यहाँ। परिवार, रिश्ते नाते, दोस्तियाँ— सब अपने-अपने खाँचों में बन्द। ज़रा-सी हिल-जुल हुई नहीं कि खाँचे चटकने लगते हैं। फिर भी सब कुछ न जाने कैसे जल्दी ही सहज लगने लगता है। कुछ भी चरमरा जाये, टूटकर बिखर जाए, दो-चार क़दम लड़खड़ाने के बाद सब आगे की दिशा में चल पड़ते हैं। ज़िन्दगी भाग रही है। रुकने का मतलब है— पीछे छूट जाना और इसी रौ में सब भाग रहे हैं— बहते जा रहे हैं। भीतर से दरकते, चटख़ते, सिसकते, पर ऊपर से मुस्कुराते, हँसते, ठहाके लगाते। जीना इसी का नाम है यहाँ।

हिन्दुस्तान में कितनी सीधी-सरल थी उसकी ज़िन्दगी। ऑफ़िस के बाद वह अक्सर शाम सोनाली के साथ बिताता। वीकेंड पर तो पूरा दिन ही सोनाली के फ़्लैट पर बीतता। दोनों दुनिया से बेख़बर एक-दूसरे में डूबे रहते। जीना-मरना एक साथ था दोनों का, पर यहाँ आने के कुछ समय बाद वह जैसे 'वह' नहीं रहा। धीरे-धीरे इस दुनिया से परिचित होता हुआ न जाने क्यों वह स्वयं से भी अजनबी होता चला गया। सोनाली को कैसे बताता कि वह उसे किनारे पर अकेला छोड़ बहुत दूर निकल आया है। पर तीन साल पहले हिन्दुस्तान जाने पर उसने बड़ी हिम्मत बटोरकर सोनाली से कह दिया था कि वह उसका इन्तज़ार न करे। उफ़! कितनी भयावह थी वह शाम। सोनाली तो रो-रोकर पागल हो गयी थी। बेतहाशा रोने से घंटे भर में ही उसकी आँखें व होंठ सूज गये थे। कभी वह चीत्कार करती हुई उसके कन्धे झिंझोड़ने लगती तो कभी फूट-फूटकर रोती हुई दर्द से कराह उठती। हृदय को चीरती हुई एक दर्दनाक और बेबस रुलाई। काश!

वह भी सोनाली के साथ रो पाता, पर न जाने क्यों उसका कलेजा तो जैसे पत्थर हो आया था उस शाम। इस हद तक कि म्यूनिख़ लौटने के बाद उसे कभी भी अपने भीतर नमी का एक क़तरा तक महसूस न हुआ। लेकिन आज बरसों बाद अचानक उसके भीतर लम्बे अरसे से सोखे सोनाली के वे आँसू किसी नदी की तरह उसे अपने भीतर से उमड़ते प्रतीत हुए थे। वह रोना चाहता था खुलकर, जी भरकर, लेकिन न जाने क्यों उसने अपने पिघलते कलेजे को चुपचाप पत्थर हो जाने दिया था सायास। पता नहीं, उसने यहाँ आकर ठीक किया या ग़लत? कभी-कभी एक डर-सा उसे घेर लेता है, पर फिर वह उसे झटकने में जल्दी ही कामयाब हो जाता है। वह हिन्दुस्तान छोड़कर यहाँ न आता तो ज़िन्दगी का यह चेहरा कभी न देख पाता और एक मायने में बहुत-सी बातों के बारे में ज़िन्दगी भर अनजान ही बना रहता। बहरहाल, जो हुआ ठीक ही हुआ। उसे किसी से कोई अपेक्षा नहीं है और न ही कोई शिकायत, मगर कभी-कभी चीज़ें उसकी बर्दाश्त से बाहर हो जाती हैं। सुबह स्ट्रीट फ़ेस्टिवल में सब कुछ कितना रंगीन था! सब मस्ती के मूड में थे। वह मारिया के आग्रह को सहज स्वीकार कर उसके रंग में रँगा स्वयं को बेहद हल्का-हल्का महसूस कर रहा था। लेकिन जुलूस सिटी सेंटर पहुँचने के बाद तो मारिया ने हद ही कर दी-

"और पास आओ न।" वह उसे बार-बार अपनी ओर खींच रही थी।

फिर डांस करते-करते अचानक मारिया ने अपने हाथ उसकी टी-शर्ट में डाल दिये थे। टी-शर्ट आगे-पीछे से ऊपर उठ गयी थी और मारिया के होंठ उसकी गर्दन पर तेज़ी-से गड़ते जा रहे थे। वह एकदम सकपका गया था, जबकि उसका नंगा बदन देख मारिया एकदम बेकाबू हो गयी थी।

"यू हैव सच नाइस बॉडी। यू मस्ट शो दैट।" वह ज़बरदस्ती उसकी टी-शर्ट उतार रही थी।

"स्टॉप दिस, मारिया। आई डोंट लाइक इट।" उसने घोर विरोध किया था।

"बट आई लाइक इट। फ़ॉर माइ सेक ..." उसके बदन से टी-शर्ट को तेज़ी-से उतारते मारिया के हाथ उसके कन्धों तक पहुँचे ही थे कि उसने अचानक पूरे ज़ोर-से मारिया के हाथ झटक कर उसे खुद से अलग कर दिया था। मारिया उससे गुत्थमगुत्था हो गयी थी। हर हाल में उसकी टी-शर्ट उतारने पर आमादा।

"नॉनसेंस!" वह मरिया को भीड़ में धकेल चुका था।

"साली! यह होती कौन है यूँ सरेआम मेरे कपड़े उतारने वाली? मेरा शरीर है। किसी को दिखाऊँ या न दिखाऊँ। ब्लडी बिच।"

उसके सभी दोस्तों ने उसे रोकने की बहुत कोशिश की, लेकिन वह बेतहाशा गुस्से में बड़बड़ाता हुआ जुलूस से बाहर निकल गया था।

दोपहर का यह प्रसंग याद आते ही उसके माथे की नसें तन गईं। उसने उठकर खिड़कियाँ खोल दीं। बाहर से आती ठण्डी हवा का स्पर्श उसे बेहद मुलायम जान पड़ा, पोर-पोर को सहलाता हुआ। उसने फ्रिज से बीयर की बोतल निकाली और सोफ़े पर अलसाया-सा चुपचाप बीयर पीने लगा। पीते-पीते उसके कानों में गगन की हँसी गूँजने लगी। गगन की उन्मुक्त निश्छल हँसी में कहीं कुछ था, जो उसे काँटे-सा गहरा बेंध रहा था— भीतर ही भीतर। हाँ! वह चौंतीस का हो चुका है। उसे भी अहसास है इस बात का। चाहता तो वह भी है कि उसे यहीं कहीं कोई अच्छी लड़की मिल जाए। विदेशी लड़की का ख़याल तो उसे करंट की तरह छूकर गुज़र गया। मगर कोई ठीक सी हिन्दुस्तानी लड़की मिल जाती तो कितना अच्छा होता। उसकी आँखों में कुछ घंटे पहले इस्कॉन मन्दिर में दिखी उस नवविवाहिता का चेहरा तैर आया। एक नन्ही-सी हिलोर उसके भीतर सिर उठाने लगी, पर देखते ही देखते उस चेहरे पर शिल्पा का चेहरा चस्पां हो गया। उसने बीयर के आख़िरी दो-तीन घूँट जल्दी-से अपने भीतर उतारते हुए बत्ती बुझा दी और बिस्तर पर लेट गया। उसे हल्की सी घुटन महसूस हुई। उसने उठकर बालकनी का दरवाज़ा खोल भी दिया। मौसम एकदम साफ़ था, बावजूद इसके हवा अपने घेरों में क़ैद थी। बोझिल, बेजान।

अचानक उसे कसमसाहट-सी होने लगी, सीने में जकड़न और पैरों तले एक साथ सैकड़ों चीटियों के रेंगने की एक तीखी-सी चुनमुनाहट। एक गहरे ख़ालीपन ने उसे भीतर तक चीर दिया। उसने तीन-चार बार करवट बदली। वह उठना चाहता था बिस्तर से, मगर चाहकर भी न उठ सका। चुपचाप लेटा ही रहा। भीतर बाहर दो घुप्प अँधेरे पैठ रहे थे। बालकनी के बाहर मैदान में लगे दो विशाल वृक्षों की छाया उन अँधेरों की स्याही में पूरी तरह घुल गयी थी। बावजूद इसके, दो अँधेरों में लिपटी वह छाया उस रात उसके भीतर तक पसरती चली गयी।

जुगनू भर रोशनी

उस दिन अगर वह न भी आता तो भी चलता। सूरज को वैसे ही ढलना था। रोज़ की तरह गहराना था शाम को। दिन की समूची काया को अँधेरे की गिरफ़्त में लपेटती शाम हर रोज़ की तरह धीरे-धीरे से स्याह होकर सर्द हो जाती। उसे वहाँ उस मोड़ पर खड़े होकर उसकी प्रतीक्षा करना ज़रा भी न अखरा था। प्रतीक्षा करना उसे अच्छा लगता है। कहीं रुककर चुपचाप समय को जैसे अपनी मुट्ठियों से झड़ते हुए देखने का अहसास। हो सकता है, उसके भीतर कोई धुकधुकी रही होगी— छोटी-सी, बेआवाज़, निराश्रित कि अगर वह न आया तो क्या होगा? बहरहाल, यह बात तो पहले हो चुकी है कि वह न भी आता तो भी चलता।

पिछली बार की तरह इस बार भी तय नहीं था कि कहाँ जाया जाए। बस! मिलना भर चाहा था उन्होंने। इतना तय था उन दोनों के बीच। जब वह उसके पास पहुँचा, सूरज के तेज़ उजाले से आँखें चुंधिया रही थीं, ख़ासकर किसी-किसी मोड़ पर यह उजाला कुछ ऐसे कोण से छनकर आँखों पर पड़ रहा था कि आँखें बन्द-सी होने लगतीं। इसीलिए धूप की ऐनक लगा रखी थी उसने ड्राइविंग में आसानी के लिए। वह शान्त चेहरा लिए उसकी बगल वाली सीट पर बैठ गयी। उसी की तरह धूप का चश्मा लगाये और हाथ में जैकेट लिए। पहाड़ों पर मौसम का क्या भरोसा? शहर से बाहर निकलते ही सड़क पर नाम मात्र का ट्रैफ़िक रह गया था। वे कहाँ जा रहे थे, दोनों ही नहीं जानते थे। मौसम खुशनुमा था और आकाश एकदम नीला। हरे-भरे जंगलों के ऊपर पसरा अन्तहीन विस्तार। थोड़ी देर बाद उसने एक मोड़ पर गाड़ी रोक दी। वहाँ सड़क काफ़ी चौड़ी थी। वे दोनों चलते-चलते सड़क के किनारे लगी रेलिंग तक आ गये। वहाँ से सामने तराई में फैले घने जंगल एक बेहद चौड़ी हरी ढलान का अहसास दिलाते काफ़ी

ऊँचाई तक तने थे। वे कुछ देर वहाँ खड़े रहे। धूप में चमकते देवदार के सिरों को निहारते। अच्छी ख़ासी धूप के बावजूद गर्मी न थी। फिर भी एकाएक उसे प्यास ने आ दबोचा। उन्होंने इधर उधर देखा। आस-पास दुकान तो क्या कोई खोमचा तक न था। वे लौटकर कार में बैठ गये।

वह किसी अच्छी सी जगह बैठकर शाम बिताने के बारे में सोच रहा था, जबकि उसने रह रहकर एक ही चीज़ घेर रही थी- प्यास। तीन-चार किलोमीटर बाद एक छोटा सा बाज़ार आ गया। उसने गाड़ी रोकी और पानी की एक बोतल ख़रीद लाया. वह तेज़ी से पानी पी रही थी। देखते ही देखते आधे से ज़्यादा बोतल ख़ाली हो गयी। वह कुछ क्षण के लिए रुकी और पानी की बोतल होठों से हटाते हुए बोली-

"चलो न ! रुक क्यों गये?"

"तुम आराम से पानी पी लो।"

"पी लिया मैंने पानी। अब बचा ही क्या है बोतल में?"

उसने बोतल की तरफ़ देखा। उसमें दो घूँट पानी शेष था। उसके लिए इतना ही काफ़ी था। उसे तो घूँट भर की ही प्यास थी और वह भी उसे इस कदर पानी पीते देखकर जगी थी शायद। पानी की बोतल अब उसके हाथ में थी। घूँट भर प्यास को दो घूँट पानी से नाप उसका हाथ स्टीयरिंग पर आ गया। लगभग आधा घंटे की ड्राइव के बाद उसने ऊँचाई में बने एक होटल की ओर जाती सड़क पर गाड़ी बढ़ा दी, लेकिन वहाँ लगे शमियाने व उसके आस-पास सजी-धजी औरतों को चहलक़दमी देख वह कुछ निराश-सा हो गया। कोई शादी थी होने वाली थी वहाँ। हर तरफ़ लोग ही लोग होंगे और शोर भी होगा, यह सोचकर वे दोनों फिर से मेन रोड पर आ गये। दस-बारह किलोमीटर रास्ता तय करने के बाद भी कहीं कोई रेस्तरां या बैठने की जगह न दिखायी दी। उस ओर आबादी न के बराबर थी। उनके पास अब वापस शहर लौटने के अलावा कोई चारा शेष न था। ढलती शाम का जादू शहर की जगमगाहटें में खो जाने के अन्देशे के कारण वह कुछ निराश-सी हो आयी थी। देखते ही देखते उसने गाड़ी मोड़कर शहर की ओर लौटने की बजाय नीचे जाती एक अनजान सड़क पकड़ ली। कार उतराई की ओर बढ़ रही थी। थोड़ी ही देर बाद उन्हें जंगल

की ओर जाता एक कच्चा रास्ता दिखायी दिया। उसने बिना कुछ सोचे-समझे गाड़ी उधर मोड़ दी।

"चलो! देखते हैं, यह रास्ता किधर जाता है?"

"हाँ! रास्ता है, तो कहीं न कहीं ज़रूर जाता ही होगा।"

"तुम ठीक कहती हो। हर रास्ता कहीं न कहीं ज़रूर जाता है और जाने वाले को भी ले जाता है अपने साथ।"

हालाँकि कुछ दूरी तय करने के बाद उस पथरीले रास्ते पर कार चलाना दूभर हो रहा था। रास्ते पर पड़े अनेक छोटे-बड़े नुकीले पत्थरों के कारण बेहद सावधानी से ड्राइव करने की ज़रूरत थी। मार्गदर्शक की तरह उनके आगे जाती एक कार कुछ दूर जाकर ही रुक गयी। उस कार से तीन लोग उतरे और चुपचाप पैदल चलने लगे। उनमें एक औरत थी जो बेहद धीरे-धीरे चल रही थी। शायद वह लोग वहीं कहीं रहते होंगे। आस-पास के किसी छोटे-से गाँव में, क्योंकि उनके क़दम उस रास्ते से चिर-परिचित जान पड़ते थे। जैसे ही उनकी कार उन लोगों के पास से गुज़री, उन्होंने कुछ रुककर उन दोनों की ओर देखा। कुछ देर बाद रास्ता कुछ आसान हो गया। सड़क अब बेहतर थी। दो-तीन किलोमीटर जंगल का रास्ता तय करने के बाद भी कहीं कुछ न दिखायी दिया।

"वैसे हम कहाँ जा रहे हैं?" उसने पूछा।

"तुम तो ऐसे पूछ रही हो मुझसे जैसे कि मैं यहाँ पहले भी कई बार आया हूँ। हम एक बिलकुल अनजान, मगर ख़ूबसूरत रास्ते पर हैं और यह रास्ता कहीं न कहीं ज़रूर जाता होगा। थोड़ी देर पहले ही कहा था न तुमने।" उसने कुछ मस्ती के अन्दाज़ में कहा।

तभी उसकी दृष्टि सड़क के किनारे लगे बोर्ड पर पड़ी। उस पर बड़े-बड़े अक्षरों में लिखा था- 'हैवन ऑन द अर्थ रिज़ॉर्ट'। उसके नीचे कुछ छोटे अक्षरों में रिज़ॉर्ट में उपलब्ध सुविधाओं की लिस्ट थी।

"देखा! कहाँ आ गये हैं हम। हैवन ऑन द अर्थ। अरे सुनो! यहाँ तो बॉलीवुड बार भी है तुम्हारे लिए।" वह बोर्ड पढ़ते हुए बोला।

"मेरे लिए क्या मतलब?"

"तुम जानती हो कि मैं टी टोटलर हूँ जबकि तुम वाइन की शौक़ीन"

उसने सच ही कहा था।

"निराश होने की कोई बात नहीं। देखो! तुम्हारे लिए और भी मज़ेदार चीज है यहाँ रिजॉर्ट में।"

"क्या?"

"हनीमून हट।" वह बोर्ड पढ़ते हुए चहकते हुए बोली।

"वाह! यह तो एकदम बढ़िया रहेगा। तुम बॉलीवुड बार में बैठकर अकेले वाइन का मज़ा लेना।"

"और तुम हनीमून हट में अकेले मज़ा करना।" उसने उसकी बात बीच में ही काट दी थी।

"यह तो सम्भव न होगा।" उसने होंठ बिचकाते हुए कहा।

"क्यों? अगर मैं बॉलीवुड बार में अकेले वाइन कर मज़ा ले सकती हूँ तो तुम हनीमून हट में अकेले मज़े क्यों नहीं कर सकते?"

"दोनों बातों में बहुत फ़र्क़ है। ख़ैर! तुम बॉलीवुड बार में बैठकर वाइन का लुत्फ़ लेना और मैं हनीमून हट में इन्तज़ार करूँगा।"

"किसका?"

"तुम्हारे नींद के आगोश में चले जाने का।"

"क्या मतलब?"

"अरे! तुम्हें नींद आने पर रातभर बॉलीवुड बार में यूँ अकेले थोड़े ही पड़े रहने दूँगा?"

"तो?"

"कुछ नहीं। तुम्हें नींद में ही आहिस्ता-से उठाकर हनीमून हट में ले आऊँगा।"

"फिर?"

"फिर क्या! तुम्हें चुपचाप सोते हुए देख लूँगा। तुम्हारी ये ख़ूबसूरत आँखें नींद में और भी ख़ूबसूरत लगेंगी, मुझे पूरा यकीन है।" वह डूब रहा था धीरे-धीरे।

"अच्छा! सिर्फ़ देखोगे उन्हें, छुओगे नहीं?"

"ज़रूर छुऊँगा, मगर हाथों से नहीं। सिर्फ़ अपनी आँखों से, अपनी नज़रों से ताकि तुम जगो नहीं, सुख से सोती रहो।"

वह हल्के-से मुस्कुराई। उसने कुछ कहने की बजाय उसकी आँखों में देखा और फिर अपने आप में सिमट आई।

"बॉलीवुड बार- हनीमून हट" बोर्ड पर लिखे ये चारों शब्द उसे बड़े मायावी से प्रतीत हुए थे उस क्षण, लेकिन भटकने के लिए तो बाहर फैला हरा-भरा मैदान व जंगल भी कम न था। रिज़ॉर्ट के बाहर कार पार्क कर अब वे खड़े-खड़े चुपचाप आस-पास की दुनिया को अपनी आँखों से भेद रहे थे।

"चाय-कॉफ़ी हो जाए कुछ?" उसने पूछा।

"नहीं, अभी कुछ नहीं। इस सब में ही शाम ढल जाएगी। फिर आस-पास कुछ न देख पायेंगे।"

"ठीक कह रही हो तुम।" वह उसके साथ चलने लगा था धीरे-धीरे।

वे दोनों चलते-चलते रिज़ॉर्ट की बाहरी परिधि से कुछ दूर एकदम खुली जगह में आ गये। दूर तक फैला घास का एक चौड़ा मैदान। उस पर बीचोंबीच चलने से घास मर गयी थी और उसकी जगह एक पतली सी दूर तक खिंची लकीर ने रास्ते की-सी शक्ल अख़्तियार कर ली थी। वे दोनों चल रहे थे, उसी लकीरनुमा रास्ते पर। दायीं ओर एक फुट की सीमेंट की दीवार पर थोड़ी-थोड़ी दूरी में गढ़े लोहे की कुँडलियों में कँटीले तार बाँधे गये थे। कुछ ही दूरी पर लोहे का एक बड़ा-सा गेट था, जिस पर लोहे का ताला लटका था। नीचे उतरायी में एक और चौड़ा मैदान था और मैदान के बीचोंबीच स्थित था–हरे टीन की छत वाला एकमात्र एक बड़ा-सा घर, जो कि आस-पास लगे पेड़ों के झुंड में अधछुपा था। घर की दूसरी ओर दूर-दूर तक फैले थे हरे-भरे घने जंगल। वे दोनों चुपचाप चलते चले गये। थोड़ी दूरी पर बेहद ऊँचाई तक फैले आलू के हरे-भरे खेत दिखायी दिये। वहाँ लगे एक बोर्ड ने बयान कर दिया था कि वह ज़मीन 'पटेटो रिसर्च सेंटर' की थी। ऊपर तक फैले आलू के खेतों के बीच आख़िरी सिरे तक बने सीढ़ीदार चौड़े रास्ते पर कोई सुनहरे रंग की वनस्पति लगी थी, जिसने उसे एक चमकती चौड़ी पट्टी में बदल दिया था। वह चलते-चलते रुक गया और वहाँ लगे लोहे के गेट के कुंडे पर लपेटे तार को खोलने लगा।

"छोड़ो! रहने दो। यहाँ जाने की मनाही होगी, तभी इस पर तार लगाया गया है।" उसने उसे रोका।

"कुछ नहीं होगा। हम आराम से ऊपर तक टहल कर आते हैं। हमें इस वीराने में देख कोई-न-कोई ख़ुद ही आ टपकेगा यहाँ। उससे बात कर लेंगे।" वह गेट के भीतर था तो वह बाहर।

"आओ न! क्या सोच रही हो?"

अब वह भी उसके साथ धीरे-धीरे चलने लगी। दस-बारह मिनट बाद वह खेतों की आख़िरी सीढ़ी पर जाकर बैठ गयी। वे दोनों अब काफ़ी ऊँचाई पर थे। वहाँ से दिखता जंगल और पर्वत शृंखलाओं का विस्तार अद्भुत था। उनके पीछे कुछ ही दूरी पर एक छोटी-सी कोठरी बनी थी।

"वाह! मज़ा आ गया। देखो! एक हनीमून हट यहाँ भी है।" उसने शरारती अन्दाज़ में कहा।

"तो तुम जाओ न उसमें। वह तो तुम्हारे लिए नियत है आज शाम।" वह निश्चिन्त भाव से बोली।

"हूँ। ठीक कहा तुमने।" वह चुप-सा हो गया।

वह भी चुप थी। उसका मन वहाँ से दूर आसमान की ऊँचाइयों में स्थिर एक सुनहरी सघन बादलों के गुच्छे में अटक गया था। बादलों के उस गुच्छे का निचला किनारा सपाट था जबकि ऊपर की ओर उसके गोल घुँघराले-से सुनहरी फ़ाहे उसकी उठान को पुख़्ता कर रहे थे। उसका मन देर तक उन फ़ाहों पर अटका रहा। वह चलते-चलते थोड़ी दूर एक खेत की मुंडेर पर आकर खड़ा हो गया। वहाँ से आस-पास फैले जंगल, तराई में बनी एक इमारत व आसमान में टँगा बादलों का वह सुनहरी गुच्छा एकदम साफ़ दिखायी दे रहे थे। वह खेत काफ़ी बड़ा था। खेत के आख़िरी छोर पर एक गाय घास चर रही थी। सूरज ढलने को था और पश्चिमी दिशा में सुनहरी आलोक फैल गया था। उसने गाय की ओर देखा। सुनहरी आलोक में उस हरे भरे घास के झुरमुट में चरती वह गाय उसे अचानक कामधेनु-सी प्रतीत हुई। उसका मन एक अज्ञात सुख से भर गया।

उसे लगा कि यदि उस क्षण उसकी कोई इच्छा होती तो ज़रूर पूरी हो जाती।

क्या चाह सकता है वह उस क्षण?

उसने सोचना चाहा था किसी एक इच्छा के बारे में।

उसकी दृष्टि अनायास ही उसकी ओर मुड़ गयी। वह थोड़ी दूर अभी भी उसी आख़िरी सीढ़ी पर बैठी थी। घास की सुनहरी पतली बालियों को तोड़-तोड़ कर उनसे अपना चेहरा छूती हुई। सुनहरी आभा में दमकता उसका शान्त चेहरा

बेहद ख़ूबसूरत लग रहा था। एक अद्‌भुत क्षण था वह। उस सुखद क्षण की सघन परिधि में वह वहाँ था उसके साथ। उसे कोई भी इच्छा उस क्षण के आगे तुच्छ जान पड़ती। वह अपलक उसे देखता रहा।

एक नन्हा-सा आलोक उसके भीतर फैलने लगा था।

थोड़ी देर बाद एक छोटे क़द का दुबला-पतला-सा आदमी उनकी ओर आता दिखायी दिया। वह पग बहादुर था- पटेटो रिसर्च सेंटर का नेपाली चौकीदार।

पग बहादुर के पास आने पर वह सफ़ाई देने के लहजे में बोला- "हम लोग बिना किसी से पूछे यहाँ चले आये। पूछते ही किससे? आस-पास कोई न था। यहाँ आने की मनाही होगी, मगर यह जगह इतनी सुन्दर है कि हम यहाँ आने से खुद को रोक ही नहीं पाये।"

"नहीं, नहीं। ऐसी कोई बात नहीं।" पग बहादुर ने शान्त भाव से कहा।

"पर वहाँ गेट पर ताला लगा रखा है न।" उसने कहा।

"वह तो पशुओं को यहाँ आने से रोकने के लिए है।" पग बहादुर बोला।

"फिर यह गाय यहाँ अन्दर कैसे आई?" उसने सामने खेत में चरती गाय की ओर इशारा करते हुए पग बहादुर से पूछा।

"शाहब! यह गाय हमारे सेंटर की है। इसलिए इसे यहाँ घास चरने के लिए छोड़ देते हैं हर शाम।"

"तो क्या गाय को पता है कि कौन-सा खेत आलू का है और कौन-सा घास का?" उसने चौकीदार की ओर देखते हुए ठहाका लगाया।

पग बहादुर भी 'खीं-खीं' करके हँसने लगा। दबे से स्वर में बोला-"यह बात तो मैं नहीं जानता, शाहब।"

"पग बहादुर! अगली बार हम यहाँ नीचे बने गेस्ट हाउस में आयेंगे और आपके हाथ की बनी चाय पीयेंगे।"

"जरूर, शाहब। जब कभी भी मन हो, आइए। मैं आपको हमेशा यही मिलूँगा।"

वे दोनों पग बहादुर के साथ चलते-चलते गेट से बाहर आ गये। पग बहादुर उन्हें विदा करके वहीं रुक गया था, कामधेनु को लौटा लाने के लिए।

कुछ देर बाद वे दोनों 'हैवन ऑन अर्थ' रिज़ॉर्ट में थे। रिज़ॉर्ट के अन्दर घुसते ही एक ओर मूविंग रेस्टोरेंट था और दूसरी ओर काँच के बड़े-से दरवाज़े पर सुनहरे अक्षरों में लिखा था—बॉलीवुड बार।

"लो! तुम्हारी बॉलीवुड बार आ गयी।" उसने उसका ध्यान अपनी ओर खींचते ही हुए कहा।

"पर तुम्हारी हनीमून हट कहीं नहीं दिखायी दे रही।" उसने भी चुटकी ली।

"अभी पता करता हूँ।" वह एक वेटर से रिज़ॉर्ट के बारे में जानकारी ले रहा था। अब वे दोनों मेन रेस्तरां में थे। रेस्तरां में रखे पुरानी लकड़ी के फ़र्नीचर पर नक्काशीदार काम देखने लायक था। सामने की ओर दो झरोखे भी थे। बैठने के लिए एक आयताकार टेबल और चार-चार कुर्सियों के सेट रखे थे। झरोखों से नीचे स्थित कई कॉटिजेज़ दिखायी दे रही थीं— हरे टीन की छत वाली और वहाँ से एकदम साफ़ व पास दिखायी दे रहे थे दूर-दूर तक फैले पहाड़। उन दोनों के अलावा वहाँ कोई न था। वेटर जल्दी से कॉफ़ी और कुछ स्नैक्स बनाकर ले आया। रेस्तरां में हल्की-सी रोशनी थी, जबकि झरोखे के बाहर ढलती शाम का धुँधलका पसरा था। वे कॉफ़ी के गर्म घूँट के साथ चुपचाप वहाँ पसरे सन्नाटे को सुनते रहे। थोड़ी देर पहले खेतों से दिखता आसमान में स्थित सुनहरी बादलों का वह गुच्छा वहाँ झरोखे से एकदम पास दिखायी दे रहा था। उसका मन बादल के गुच्छे के घुँघराले गोल सिरों पर तैरने लगा था- हल्के-हल्के, जबकि वह उससे बेख़बर ख़यालों में डूबी न जाने कब बॉलीवुड बार में चली आयी थी।

बार किसी यूरोपियन बार की तरह सजी थी। उसके सिवा वहाँ कोई न था। बारटेंडर एक सीधा-सादा पहाड़ी लड़का था। उसे वाइन का गिलास देते हुए उसके चेहरे पर छिटकी हल्की-सी झिझक आसानी से पढ़ी जा सकती थी। वह उसे वाइन देकर काउंटर के पीछे कहीं चला गया। उसे वहाँ निपट अकेला होना और भी अच्छा लगा था। उसने वाइन का ग्लास उठाया। उसे ध्यान से देखा और फिर से नाक से सटाकर उसे हल्के-हल्के सूँघा। महक अच्छी थी। उसने वाइन के गिलास को हल्के-से घुमाया और उसे एक बार फिर से सूँघते हुए जीभ की नोक से छूते हुए एक छोटा-सा घूँट भरा। फिर वाइन के स्वाद व

ख़ुशबू को पूरी शिद्दत के महसूस करते हुए उसे हलक से नीचे उतार लिया। उसकी साँस-साँस उस ख़ुशबू से महकने लगी थी।

कुछ देर बाद वाइन का दूसरा गिलास ख़त्म करते ही वह पुराने दिनों में लौट गयी थी। उसे याद आया, पहली यूरोप यात्रा के दौरान वह कई हफ़्तों तक हर शाम किसी नयी किस्म की वाइन के साथ सेलिब्रेट करती। हर शाम नयी-सी लगती। उसे जीवन में पहली बार कम्पलीट मेंटल फ्रीडम का अहसास हुआ था। अनजानी धरती पर आये दिन नयी जगह, नये लोगों के होने के बावजूद उसे कुछ ही दिनों में वह दुनिया जानी-पहचानी-सी लगने लगी थी। कितने-कितने नये नाम सुने थे उसने उन दिनों और न जाने कितने नये व अजनबी चेहरों से मिली थी वह उन तीन महीनों के दौरान। सब-के-सब अब स्मृति के धुँधले आकाश में तारों से टँगे हैं यहाँ-वहाँ, समय की गर्द के नीचे, लेकिन तब उन दिनों उन तमाम शामों को जीते हुए वह सब कितना सच व शाश्वत् लगता था। ऐसा लगता मानो वह सब कुछ अपनी तहों में सुरक्षित सहेज रही हो हमेशा-हमेशा के लिए, पर हर बीते बरसों ने उन तमाम शामों को एक-एक करके कहीं बहुत दूर लौटा दिया था उससे। कभी-कभी बहुत मन होता है उसका— अँधेरे में टँगी किसी सीढ़ी से उतरकर समय की मुँडेर पर छिटके कुछ लम्हों को फिर से सहेजने का। उन्हें फिर से जीने का। बस! ऐसे ही कभी-कभार वह कुछ देर के लिए ही सही, फिर से उस अजनबी धरती के उन चुनिन्दा कोनों को छूकर लौट आती है, जिन्हें उसने कभी अपने नन्हे क़दमों से नापा था। वाइन का तीसरा गिलास पीने के बाद उसने अपने में लौटना चाहा था क्योंकि सुरूर में आसानी से भटक सकती थी वह।

सच में लौटना चाह रही थी वह उस शाम। केवल अपने लिए नहीं बल्कि उसके लिए भी। वह हनीमून हट में बैठा उसका इन्तज़ार कर रहा होगा।

हालाँकि सारी बातें मज़ाक़ में हुई थीं और वह भी यह बात अच्छी तरह जानता था। फिर भी उसे उस हट में आये बिना चैन न पढ़ रहा था। हनीमून हट बेहद सुन्दर थी, किसी जादुई लोक का अहसास करवाती। वहाँ जाकर उसने पाया कि वह पहले से ही वहाँ पहुँच चुकी थी— एक मखमली बिस्तर वाले ख़ूबसूरत पलंग पर लेटी हुई। अधखुली आँखें लिए। यह तय करना मुश्किल

था कि वह सोई थी या जगी। वह एकदम निश्चिन्त था क्योंकि वह वहाँ था। उसके क़रीब। सुख में डूबता-उतराता वह उसकी अधखुली आँखों को निहारता रहा कुछ देर। फिर पता नहीं कब वह गहरी नींद के आगोश में चली गयी। उसकी साँसें कुछ तेज़-तेज़ चल रही थीं। उसने सोचा कि अगर वह जगी होती तो वह अपनी साँसों से उसकी साँसों में और गति भर देता, पर वह सो रही थी। उसकी उपस्थिति से बेख़बर। नींद में डूबी उसकी आँखें बेहद सुन्दर लग रही थीं, किसी दूसरे ही लोक में खोयी हुई। उससे रहा न गया। जैसा कि उसने उससे पहले ही कहा था, वह उसकी बन्द आँखों को हल्के-हल्के छू रहा था और चूम रहा था उन्हें अपनी कोमल दृष्टि से। बार-बार। उसकी गर्दन के काले तिल ने उसे आज से पहले कभी इतना आकर्षित न किया था। वह कुछ देर तक उसे निहारता रहा। फिर उसने उसे भी छुआ और हल्के-से चूमा। सिर्फ अपनी आँखों से। अब वह अपनी कोमल दृष्टि से उसके सोये चेहरे, उसकी मुँदी आँखों और उसकी निढाल गर्दन को सहला रहा था धीरे-धीरे। फिर अचानक कोई तिलिस्म-सा टूटा था जैसे। वह लौट आया था उसकी खुली, हँसती, मुस्कुराती आँखों के सामने। उनमें डूबता-उतराता हुआ।

"इतने ध्यान से क्यों देख रहे हो मेरी ओर?" उसने पूछा।

"कुछ नहीं।" उसने बस इतना ही कहा।

कुछ देर उन दोनों के बीच सन्नाटा पसरा रहा।

"क्या तुम मेरा हाथ अपने हाथों में ले सकते हो थोड़ी देर?" उसने चुप्पी तोड़ी थी।

"क्या हुआ?" वह ठीक से समझ न पाया।

"कुछ नहीं। हाथ एकदम सुन्न हो रहे हैं मेरे।" उसका स्वर बेहद कोमल था और हाथ एकदम सर्द।

वह उसकी हथेलियों को सहला रहा था। गर्मा रहा था उन्हें अपने गर्म हाथों से। दो-तीन मिनट बीत गये। वह काफ़ी हद तक संयत हो आयी थी। बाहर अँधेरे में खड़े एकमात्र चीड़ के पेड़ की फुनगियों के ऊपर टँगा था—एक बड़ा सा झिलमिलाता हुआ तारा।

"तुमने वह तारा देखा चीड़ के ऊपर?" वह उससे पूछ रही थी।

"कहाँ?" उसने बाहर की ओर झाँका।

"चीड़ के बिल्कुल ऊपर। उसके आख़िरी सिरे पर अटका-सा। तुम दूसरी तरफ़ बैठे हो। शायद उस तरफ़ से नहीं दिख रहा है वह।"

उसने तारे को बड़े ध्यान से देखते हुए कहा, "वैसे तो यहाँ से भी दिख रहा है तारा, पर वैसा नहीं जैसा तुम देख पा रही हो, क्योंकि वह सीधा तुम्हारी दिशा में झिलमिला रहा है।"

"हाँ! मुझे तो इतने पास लग रहा है कि उसे मुट्ठी में भर लेने को जी चाह रहा है।" उसकी आवाज़ में भरपूर प्यास थी।

वह अचानक कुर्सी से उठते हुए बोला-"चलो! ज़रा बाहर चलते हैं खुले में। बाहर हम दोनों को तारा एक-सा दिखेगा।"

वे दोनों रेस्तरां से बाहर आकर चलते-चलते रिजॉर्ट से भी बाहर निकल आये। बाहर एकदम अँधेरा था। अँधेरे से कोई ख़ास फ़र्क नहीं पड़ा था, लेकिन बाहर खुले में ठण्ड ने एकदम-से जकड़ लिया था उसे। वह अपना जैकेट वहीं रेस्तरां में ही भूल आयी थी। ठण्ड के कारण अचानक उसके दाँत ज़ोर-ज़ोर से बजने लगे और काँपने लगी थी उसकी समूची काया। बावजूद इसके, उसने अपना एक हाथ आसमान की ओर उठाकर उसे वहाँ देखने के लिए कहा, पर सर्द दाँतों के लगातार बजने के कारण उसके शब्द स्पष्ट न थे। वह उसका उठा हुआ हाथ देख चुका था।

उसने आसमान की ओर देखा। पूरा का पूरा आसमान सितारों से भरा था। स्याह रात में झिलमिलाते, चमकते असंख्य तारे। अनेक टिमटिमाते रंगों की चादर ओढ़े एक बेहद ख़ूबसूरत रात थी वह। क्षण भर के लिए उसका मन हुआ था कि उसे अपनी बाँहों में भर ले और उसके काँपते होंठों को अपने होंठों की गर्मी से सेंक दे पूरी तरह। वह उसके पीछे खड़ा था, लगभग उससे सटा हुआ। वह चुप थी। अपने होंठों को अपने हाथों से हल्के-से ढके। अपनी कँपकँपी को अपनी सर्द उँगलियों से सिलती, आसमान की ओर ताकती हुई। आसमान की ओर खुली उसकी आँखें इस क्षण बेहद चमक से भरी होंगी। वह अच्छी तरह जानता था यह बात। बस! इसी चमक ने बाँध लिया था उसे और रोक लिया था आगे बढ़ने से। उस रोशनी में ख़लल डालने का मन-सा नहीं हुआ था उसका। वह क़दम भर पीछे हट गया। तभी वह पीछे की ओर मुड़ी। नहीं जानती थी कि वह उसके इतने क़रीब खड़ा है। अनजाने में उसकी कोहनी

उसकी कमर से रगड़ खाती हुई उसे पूरी तरह छू गयी थी। एक सरसराहट से हुई थी वहाँ हल्की-सी, पर वह अभी भी खोयी थी। उसकी आँखें अभी भी आसमान की ओर खुली थीं।

वह भी उसके साथ तारों से भरा आसमान देख रहा था और बीच-बीच में निहार रहा था उसकी भरपूर चमकती आँखें।

"सच! कितनी सुन्दर दुनिया है यह।" वह फुसफुसाई थी।

उसने अपने दोनों हाथों से उसके कन्धों को हल्का-सा छुआ— उन्हें हल्के से पकड़ने की तर्ज़ पर। वह बिना हिले-डुले खड़ी रही। उसके हाथों की छुअन की पकड़ से बँधी आसमान को एकटक निहारती हुई।

"मैंने बरसों बाद इतना तारों भरा आसमान देखा है।" वह उससे कह रही थी।

"वाकई अद्भुत लग रहा है आसमान।" वह तारों पर थी तो वह तारों के भी पार। भीतर बाहर उजास से भरा हुआ।

उसके हाथ उसके कन्धों को अब निश्चिन्त भाव से थामे हुए थे।

"तारों के नीचे में बादलों की झीनी-सी जाली देखो! कितनी जादुई लग रही है न?" वह उसे तारों के इस पार लौटा लाई थी।

"यहाँ एक जादू और है तुम्हारे लिए।" वह उसके बेहद क़रीब आ गया।

"क्या?" उसकी जिज्ञासु आँखें फैल गयीं।

वह उसके साथ धीरे-धीरे क़दम-क़दम चलता उसे पीछे की ओर लौटा लाया। रिज़ॉर्ट की दीवार के दूसरी ओर। वहाँ उतराई में फैला देवदार का जंगल घुप्प अँधेरे में डूबा था। पेड़ों के घेरे इतने घने थे कि वे रात की स्याही में घुल-से गये थे। वह वहाँ बनी एक छोटी-सी दीवार पर बैठी थी।

वहाँ एकदम सन्नाटा गहरा था। वह चुपचाप बेख़बर-सी बैठी रही वहाँ कुछ देर। चीड़ के पेड़ के आख़िरी सिरे पर टँगा वह तारा अपनी भरपूर चमक लिए पहले की तरह कायम था अपनी जगह। उन दोनों ने उसे वहाँ से एक साथ, एक नज़र से देखा।

आस-पास घुप्प अँधेरा था, लेकिन वे दोनों एक-दूसरे को देख पा रहे थे।

घुप्प अँधेरे के बावजूद उन दोनों के बीच शेष थी,

जुगनू भर रोशनी।

908-लाल क्वार्टर, मिंटो रोड

एक नज़र में तो टैक्सी ड्राइवर सामान देखकर हक्का-बक्का-सा रह गया। हालाँकि दिल्ली एयरपोर्ट जाने वालों का सामान अक्सर भारी-भरकम होता है, लेकिन दिल्ली जाने वाले किसी यात्री का इस तरह का सामान तो उसने पहले कभी न देखा था। छोटे-बड़े अनगिनत पैकेट, गत्ते के कई डिब्बे, किचन का तरह-तरह का सामान, ठसाठस भरे हुए कपड़े के तीन-चार थैले, दो-तीन बड़ी-बड़ी गठरियों में बँधे कम्बल— रजाई व चादरें, पर्दों का एक बड़ा पैकेट, एक पुराना कारपेट, फलों-सब्ज़ियों और खाने के दो भारी-भरकम बैग, पानी की तीन-चार बड़ी-बड़ी बोतले, बबल रैप में लिपटीं बड़े-छोटे आकार की काँच के फ्रेम में जड़ी तस्वीरें और न जाने क्या-क्या? सफ़र के लिए गाड़ी में सामान रखना भी एक कला है और उसकी खुशक़िस्मती थी कि उस रोज़ टैक्सी ड्राइवर इस कला में माहिर था। ड्राइवर ने बड़े धैर्य और सलीक़े से सामान के अलग-अलग डिब्बों को कार की डिक्की के अलावा ड्राइवर के साथ वाली सीट के ऊपर-नीचे जमा दिया। चूँकि सामान ज़्यादा था, ड्राइवर ने पीछे वाली सीटों में भी सामान रखने के बावजूद उसके बैठने के लिए ठीक-ठाक जगह बना थी। सामान रखने में पन्द्रह-सोलह मिनट लग गये, लेकिन कार में सामान फ़िट होते ही उसकी पिछले रोज़ दिन भर सामान पैकिंग करने से उपजी थकावट देखते ही देखते ग़ायब हो गयी। मन में एक सन्तुष्टि का भाव था और जल्दी से दिल्ली पहुँच उससे मिलने की पुलक। दिल्ली है ही कितनी दूर?

हालाँकि तय तो यह हुआ था कि वह उसके पहुँचने से पहले ही अपार्टमेंट में मौजूद रहेगा, लेकिन दिल्ली के ट्रैफ़िक के चलते उसे अपना पुराना कमरा छोड़ने और वहाँ तक पहुँचने में देर हो ही गयी। जब वह वहाँ पहुँची तो संयोग

से कॉन्प्लेक्स का केयर टेकर व उसकी पत्नी बाहर बेंच पर बैठे धूप सेंक रहे थे। वे बिना कहे सामान निकालने में उसकी मदद करने लगे। उन दोनों की सहायता से कार ड्राइवर आठ-दस मिनट में ही लिफ़्ट से सारा सामान आख़िरी यानी नौवीं मंज़िल के अन्तिम फ़्लैट के बाहर रखकर जा चुका था। 908 इस फ़्लोर का आख़िरी अपार्टमेंट था। वहाँ तक पहुँचने के लिए एक लम्बा कॉरिडोर था, जिसमें पूरी तरह सन्नाटा पसरा था। ज़ाहिर था कि सब लोग नौकरीपेशा थे और घर पर नहीं थे। जब वह अपार्टमेंट में पहुँची तो वहाँ सफ़ाई का काम चल रहा था और जी-जान से फ़र्श रगड़ने में जुटा था— एक अधेड़ उम्र का दुबला पतला सांवले रंग का थका सा आदमी।

उसने मेन डोर से अन्दर की ओर झाँका। दरवाज़ा खुलते ही लगभग पाँच फुट ख़ाली जगह थी और उससे सटी हुई थी— किचन, जिसकी काँच की खिड़कियों से बाहर खुले आकाश में सिर उठाये कई ऊँची व विशाल इमारतों के सिरे दिखायी दे रहे थे। मेन डोर के दायीं ओर एक बड़ा कमरा था, जिसमें खुला-सा ड्रेसिंग एरिया और अटैचड बाथरूम था। कमरा जहाँ ख़त्म होता था, वहाँ एक अच्छे-ख़ासे साइज़ की बालकनी थी। वहाँ भी बारह-तेरह काँच की लम्बी खिड़कियाँ थी। ऐसी ही पाँच-छह खिड़कियाँ मुख्य कमरे यानी कि बेडरूम में भी थीं। कुल मिलाकर किचन से शुरू हुई लम्बी काँच की खिड़कियों की एक झालर-सी घूम गयी थी पूरे घर में, जिसके बाहर पसरी दुनिया दूर-दूर तक कई रंगों में लहराती दिखायी देती थी। यह देखने वाले पर निर्भर करता था कि उसकी आँखें कौन-सा रंग चुनें। बस इतना-सा ही था अपार्टमेंट— एक कमरे और एक छोटी-सी किचन वाला, मगर दुनिया के अनेक रंगों व अनन्त विस्तार का सतत् साक्षी।

मेन डोर के बाहर की सारी जगह सामान से भर गयी थी। अच्छा हुआ कि सामने के अपार्टमेंट वाले दफ़्तर गये थे, नहीं तो उन्हें अपने घर में प्रवेश करने में दिक़्क़त होती। आधा घंटा भी न बीता था कि वह सामने दिखायी दिया। एक बड़ा बैग पीठ पर तो दो भारी-भरकम बैग कन्धों पर लादे, धीरे–धीरे आता हुआ। बैग कपड़ों से भरे थे तो पीठ पर लैपटॉप वाला बैग था। सामान ज़मीन पर रख वह पुन: लिफ़्ट से नीचे चला गया। लौटा तो किताबों का एक भारी-भरकम बैग

और एक रोलिंग सूटकेस उसके साथ था। बस, यही थी उसकी जमा पूँजी यानी कि उसके पिछले घर से लाया गया कुल सामान। एक पुराना स्टडी टेबल और एक फोल्डिंग बेड उसी घर में छूट गया था, जिसे वह बाद में लाने वाला था।

"कुछ और भी सामान है क्या?" उसने पूछा।

"नहीं। बस ! एक पुरानी स्टडी टेबल, एक फोल्डिंग बेड वहाँ छोड़ आया हूँ। किसी और दिन लेता आऊँगा।" उसने कहा।

"बस! इसके सिवा और तो कुछ नहीं छूटा वहाँ"? उसने फिर से पूछा था।

"नहीं, बिल्कुल नहीं।" उसने पूरे विश्वास से कहा था।

उसने उसकी बात सुन ली है, पर मानी कहाँ है।

वह चुप थी।

हो ही सकता है कि कुछ न कुछ छूट गया हो उसका वहाँ, जिसका अहसास उसे अभी नहीं हो रहा था।

मगर वह चुप थी।

पता नहीं क्यों उससे लगता है कि कई बार घर बदलने पर सारा साज़ो-सामान समेटकर साथ ले जाने के बावजूद कुछ न कुछ पुराने घर में छूट जाता है। किसी घर में बचपन, किसी घर में जवानी तो किसी घर में कुछ ख़ास लम्हों की सघन स्मृतियाँ, जिन्हें हम चाहने के बावजूद पूरी तरह सहेजकर अपने साथ नहीं ला पाते। बरसों बीत जाने पर जब कभी भूले-भटके वे स्मृतियाँ दस्तक देती हैं, तो न जाने कहाँ से बरसों पहले छूट चुके घर अपनी दीवारों, छतों, आँगन व दरवाज़ों समेत अपनी समूची काया में उभर आते हैं।

अतीत से जुड़ा उसे अपने कॉलेज के दिनों वाला घर ही याद आता है हमेशा।

तीस बरस वर्ष हो चुके उस घर को छोड़े, फिर भी कुछ है जो अभी भी आधा उसके भीतर जीवित है और शेष वहीं कहीं उस घर में छूट गया है जैसे— हमेशा के लिए।

एक बज चुका था। सफ़ाई वाला खाना खाने चला गया। जाने से पहले किचन अच्छी तरह साफ़ कर गया था वह। उन दोनों ने खाने-पीने का सामान किचन की शेल्फ़ पर रख दिया।

"नीचे खाना पार्क में बैठकर खाएँ क्या?" उसने पूछा।

"नहीं ! वहाँ बच्चे खेल रहे हैं, धूल-मिट्टी होगी वहाँ। यहीं खा लेते हैं"। वह खाना परोसने लगी थी।

"कैसा लग रहा है यहाँ?" उसने पूछा

उसने किचन की खिड़कियों के पार सड़क पर बहते ट्रैफ़िक और दूर-दूर तक दिखती राहत देती हरियाली को जी भर कर देखा। एक हल्की-सी मुस्कान उसके थके चेहरे व सूखे होंठों पर फ़ैल गयी। वह एकाएक उसकी ओर खिंचता चला आया। उसके थके चेहरे को अपनी कोमल हथेली से सहलाता... उसके सूखे होंठों को अपने होंठों से हल्के-से सींचता-सा। उसके चेहरे को अपने चेहरे से पूरी तरह ढकता हुआ।

बाहर फैले अन्तहीन आकाश में पक्षियों की लम्बी व धुँधली पाँतें हल्के-हल्के-से लहरा रही थीं।

शाम के साढ़े सात बजे तक घर अच्छी तरह साफ़ हो चुका था। उन्होंने सारा सामान घर के अन्दर रख तुरन्त फ़र्नीचर की दुकान की ओर रुख़ किया। बैड तैयार था। लकड़ी व पॉलिश का रंग एकदम उनकी पसन्द के अनुरूप। दुकान के मालिक गुजराल ने बातों-बातों में उन्हें एक बढ़िया कम्पनी के गद्दे भी पसन्द करवा दिये। बगल में ही प्लास्टिक के फ़र्नीचर की दुकान थी। वहीं से चार प्लास्टिक की कुर्सियाँ और एक टेबल भी ख़रीद लिया गया।

जब तक सारा सामान घर पहुँचा, रात के साढ़े नौ बज चुके थे। बैड पर बिस्तर लगते ही कमरा एकाएक घर-सा लगने लगा। प्लास्टिक की टेबल बेड के सामने की दीवार से सटाकर रख दी गयी और उसके दोनों तरफ़ दी गयी थी एक-एक कुर्सी। जैसा कि पहले से ही तय था, दो कुर्सियाँ किचन के बाहर वाली छोटी-सी ख़ाली जगह में रख दी गयीं थीं, जहाँ एक छोटे-से टेबल की ज़रूरत थी। यह जगह खाना खाने के लिए चुनी गयी थी।

खाना खाने के बाद वे दोनों इत्मीनान से अगले दो-तीन दिनों में ख़रीदे जाने वाले घर के सामान की लिस्ट बनाने लगे। वैसे तो लिस्ट उसके मन में बनी थी, पहले से ही। बस! उसे काग़ज़ पर उतारना भर बाक़ी था।

वह घर का ढेर सारा सामान अपने साथ लेकर आयी है, बावजूद इसके घर की मुख्य चीज़ों के अलावा एक और इतनी बड़ी लिस्ट। वह उसे तेज़ी-से

लिखते देख लम्बी होती जा रही लिस्ट के बारे में सोच रहा था और हल्का-सा थक रहा था मन ही मन। शॉपिंग करना उसे कतई नहीं भाता।

अगले दिन शनिवार था। उन्होंने तय किया कि वे घर की बड़ी व मुख्य चीज़ें कल ही ख़रीद लेंगे क्योंकि रविवार को ज़्यादातर बाज़ार बन्द रहते हैं। उस दिन वे घर का सारा सामान सहेज लेंगे और बिजली की फ़िटिंग्ज़ करवा लेंगे। बाथरूम में भी काफ़ी कुछ लगना शेष था।

जब वे करोल बाग़ में स्थित क्रोमा की बहुत बड़ी दुकान में पहुँचे, दोपहर का डेढ़ बज चुका था। दुकान दूसरी मंज़िल पर थी। लिफ़्ट से बाहर निकल जब वे दुकान में पहुँचे तो वहाँ का नज़ारा ख़ासा दिलकश था। मेन काउंटर के पीछे की खुली जगह में दुकान के लगभग सभी सेल्समैन सिर पर साँता क्लॉज वाली लाल टोपी लगाये और कुछेक लाल रंग की जैकेट पहने तेज़ म्यूज़िक की धुन पर डांस करने में मस्त थे। एक-दो दुबले-पतले लड़कों को तो कुछ जवान लड़कों ने कन्धे पर उठा रखा था और वे वहीं बैठे-बैठे अपने कन्धे उचका-उचकाकर डांस कर रहे थे। तीन-चार सेल्स गर्ल्स कमाल के डांस स्टेप्स कर रहीं थीं। यह पच्चीस दिसम्बर का दिन था यानी क्रिसमस। दुकान में ज़्यादा ग्राहक नहीं थे। उन्हें देखकर न तो उन युवाओं ने डांस करना बन्द किया और न ही म्यूज़िक की आवाज़ कम हुई। यह सब आठ-दस मिनट चलता रहा। सब लोग डांस का मज़ा लेते रहे और वे चुपचाप दुकान में फ्रिज, वॉशिंग मशीन, वॉटर फ़िल्टर, माइक्रोवेव, जूसर-मिक्सर व टोस्टर इत्यादि देखते रहे। इससे पहले कि कोई सेल्समैन आता, उन्हें अलग-अलग चीज़ों के बारे में अपनी पसन्द तय करनी थी जैसे कि ज़रूरत के हर प्रोडक्ट का ब्रांड, साइज़, उसका डिज़ाइन व रंग भी। वे दोनों अलग-अलग चीज़ें देख रहे थे। कोई चीज़ पसन्द आने पर वह उसकी ओर आता और उसे दूसरी तरफ़ ले जाकर वह चीज़ देखने के लिए कहता। उसी तरह उसने भी तीन-चार अलग-अलग ब्रांड के रेफ्रिजरेटर देखने के बाद एक पर मन बना लिया था। इस बार वह उसकी ओर लौटा और उसके कहने पर एक फ्रिज खोलकर उसका भीतर से अच्छे-से मुआयना करने लगा। फ्रिज उसे भी पसन्द आया। साइज़ न अधिक बढ़ा न ही छोटा। क़ीमत बजट से तीन हज़ार ज्यादा, लेकिन ठीक है- चलेगा। उसने तय किया।

माइक्रोवेव के इतने ज़्यादा फ़ीचर्स थे कि सेल्समैन ने लगभग बीस मिनट की क्लास ही ले डाली। वह बड़े ध्यान से सुन रहा था और सब कुछ बहुत अच्छे-से समझ रहा था, पर वह ज़्यादा दिमाग़ लगाने के मूड में न थी। उसका ध्यान अब वॉटर फिल्टर और वॉशिंग मशीन की ओर खींच गया। दोनों चीज़ों के कई मॉडल वहाँ मौजूद थे। फिर सेल्समैन का वही लम्बा-सा लेक्चर। वॉशिंग मशीन के हर फ़ीचर को इतने विस्तार से बयान किया सेल्समैन ने मानो दुनिया की और कोई मशीन इससे अच्छे कपड़े साफ़ न कर सकती हो। चलिए मान लिया उन दोनों ने और पसन्द कर भी कर ली मशीन, छह किलो की कैपेसिटी वाली। मशीन में धोये जाने वाले वाले कपड़ों के वज़न व कैपेसिटी के अनुसार वॉशिंग मशीन का साइज़ मेकिंग एक नया ही कांसेप्ट है। शुरू में जब वॉशिंग मशीन आयी थी तो मशीन के साइज़ के हिसाब से बात होती थी न कि कपड़ों के भार के हिसाब से। मशीन में कपड़े धोने समय से पहले कौन सोचता होगा कपड़ों के भार के बारे में? लेकिन मार्केटिंग की दुनिया है। यहाँ नित नयी बातें न होंगी तो ग्राहक कैसे आकर्षित होगा और ऐसा न हुआ तो बाज़ार रफ़्तार कैसे पकड़ेगा? सब रफ़्तार का ही तो चक्कर है और कुछ नहीं। शुक्र है कि किसी भी ब्रांड के टोस्टर और मिक्सी के कोई लम्बे-चौड़े फ़ीचर्स न थे। टोस्टर सिर्फ़ ब्रेड टोस्ट करता था और मिक्सी के तीन अलग-अलग जग में अलग-अलग चीजों के मिक्सचर तैयार होते थे। उसने मन ही मन ऊपर वाले का लाख शुक्रिया किया।

जितना समय चीज़ें पसन्द करने में लगा, उससे कहीं अधिक हर प्रोडक्ट पर अलग-अलग बैंकों द्वारा क्रेडिट-डेबिट कार्ड पर दिये जाने वाले विशेष डिस्काउंट स्कीम्स को समझने में। उसका कुछ भी क्रेडिट कार्ड पर ख़रीदने का कोई इरादा न था, लेकिन क्रेडिट में ख़रीदने पर हर चीज़ पर दस पर्सेंट कैशबैक तथा तीन से बारह किस्तों में बिना किसी ब्याज के भुगतान करने की सुविधा थी। सब चीज़ों में कुल मिलाकर आठ हजार कैशबैक का फ़ायदा हो रहा था और ऊपर से बिना ब्याज के किश्तों में पेमेंट करने की सुविधा।

"क्या किया जाए? सामान किश्तों में लूँ क्या?" उसने उससे पूछा।

"जैसा तुम्हें ठीक लगे। वैसे तुम्हें बिना कुछ किये आठ हजार बच रहे हैं और पैसे भी बिना ब्याज दिये किश्तों में कटेंगे। सारा बिल एक साथ भुगतान करने का कोई ख़ास फ़ायदा?"

"नहीं, ऐसा तो कुछ नहीं है, लेकिन हर महीने किश्तें कटवाने के झँझट के बारे में सोच रहा हूँ। दरअसल, मैंने कभी किश्तों पर कभी कुछ ख़रीदा ही नहीं।" एक हल्की सी कोफ़्त भीतर कोंचती-सी प्रतीत हुई उसे।

"किश्तें कटवाने में क्या दिक़्क़त है? कटती रहेंगी खुद-ब-खुद। हो जाए इस बार" वह मुस्कुराते हुए बोली।

उसने भी हल्के-से शरारती अन्दाज़ में सिर हिला दिया।

दुकान में आये लगभग दो घंटे बीत चुके थे। उसने सेल्समैन की मदद से दो अलग-अलग बैंकों के क्रेडिट कार्ड के प्लान को ठीक से समझते हुए भुगतान कर दिया। पूरी प्रक्रिया में बीस-पच्चीस मिनट लग ही गये। जब वह दुकान में घुसा था तो वहाँ की चकाचौंध और वहाँ रखे चमचमाते ढेर सारे तरह-तरह के प्रोडक्ट्स को देखकर उसने कुछ अजीब-सा महसूस किया था। घर के हर सामान की लेटेस्ट व कई तरह के मॉडल्स से लदी-फदी वह बड़ी दुकान अपने आप में एक मिनी बाज़ार की तरह थी— अपनी अत्यधिक चमक से कुछ आतंकित-सी करती हुई। लेकिन वहाँ दो घंटे गुज़ारने के बाद वह कुछ सहज महसूस करने लगा था। शायद घर का सारा ज़रूरत का सामान ख़रीदने से भी उपजी होगी यह राहत। पिछले आठ नौ सालों से वह कभी पी.जी., कभी किसी फ़र्निश्ड अकोमोडेशन में तो कभी दोस्तों के साथ शेयरिंग बेसिस पर रहता आया है। इसलिए उसने न तो कभी घर के लिए कोई विशेष सामान ख़रीदा और न ही इन सब चीज़ों के अभाव से उसे जीवन में कहीं कोई ख़ास मुश्किल ही आयी थी। वह तो तीन दिन पहले तक भी एक दोस्त के साथ ही रह रहा था। उनके पास गिना-चुना ज़रूरत का सामान था, जिससे गुज़ारा चल रहा था। दिन का खाना वह ऑफ़िस की कैंटीन में खा लेता और शाम का खाना अक्सर कहीं न कहीं से जोमैटो द्वारा ऑर्डर करने से घर पर ही आ जाता। फिर भी कभी-कभार वह शाम को अपने स्वादानुसार स्वयं खाना बनाने

का लुत्फ़ उठा लेता। जीवन चल रहा था। नया अपार्टमेंट मिलने पर उसे इतनी तरह की चीज़ों की ज़रूरत होगी, उसने कल्पना भी न की थी। हालाँकि सब चीज़ें ज़रूरत की थीं और उनकी उपयोगिता पर भी कोई सवाल नहीं उठाया जा सकता था, बावजूद इसके वह बाज़ार के दानव द्वारा भीतर ही भीतर कुछ दबोचा व नोचा हुआ महसूस कर रहा था। उसे सबसे अधिक अजीब अगले छह महीने तक किश्तें कटने की बात लग रही थी, पर फिर उसे लगा कि वह इस बारे में बेवजह ही इतना सोच रहा है जबकि इसमें कुछ अटपटा नहीं है।

यह सच है कि अगर वह साथ न होती तो वह शायद इतना सामान न ख़रीदता। हो सकता है, कुछ चीज़ें सेकेंड हैंड ले लेता तो कुछ देर-सवेर। पर इतना कुछ एक साथ, वह भी सब नया। थोड़ा नहीं, कुछ ज़्यादा ही हो गया था उसके लिए। ऐसा भी नहीं था कि उसने यह सारा सामान उसके दबाव में या उसकी बात मानने के लिए ख़रीदा था। लिस्ट दोनों ने मिलकर ही बनायी थी और वह चाहता ही था यह सब ख़रीदना, पर शायद इतनी जल्दी में और एक साथ नहीं। लेकिन यह भी सच था कि उसकी उपस्थिति के कारण उसे सारा शॉपिंग अभियान धीरे-धीरे सहज और एक हद तक ठीक ही लगने लगा था। दुकान वालों ने उन्हें केवल मिक्सर और टोस्टर साथ में ले जाने के देते हुए बाक़ी सामान की डिलीवरी अगले दिन करने का आश्वासन दिया।

सामान लेकर जब वे लिफ़्ट से नीचे आये तो सड़क पर ट्रैफ़िक के बेतहाशा शोर से अचानक उसका माथा भन्नाने लगा। उसने दो बार ऊबर टैक्सी बुक की, लेकिन दोनों बार ड्राइवर ने ही टैक्सी कैंसिल कर दी। उस रूट पर बेतहाशा ट्रैफ़िक जाम की वजह से। टैक्सी मिलने में ही तीस-चालीस मिनट चले गये।

लगभग साढ़े पाँच बजे जब वे टैक्सी में बैठे तो दिल्ली का नज़ारा पूरी तरह बदल चुका था। सड़कों पर केंचुए की रफ़्तार से रेंगते ट्रैफ़िक को देख विश्वास ही नहीं हो रहा था कि उस रोज़ कोई समय से घर पहुँचेगा। मोबाइल की स्क्रीन पर 908-लाल क्वार्टर, मिंटो रोड पढ़ते ही टैक्सी ड्राइवर बोला-

"सर! मिंटो रोड पर जब ट्रैफ़िक जाम हो जाता है तो निकलने में घंटों लग जाते हैं। फिर इसका नाम 'मिंटो रोड' क्यों रख दिया गया, इसका नाम तो 'घंटों रोड' होना चाहिए था।"

"इस सड़क का नाम एक अंग्रेज लॉर्ड मिंटो के नाम पर रखा गया है। इसका समय से कोई लेना-देना नहीं है, भाई !"

"अच्छा ! समझ गया। एक तो हमारे हिन्दुस्तान में यह बड़ी मुसीबत है। दिल्ली की आधी सड़कें तो आज तक अंग्रेज़ों के नाम पर ही पटी हुई हैं। बात बने चाहे न बने। और अब आये दिन सुनने में आता है कि फलाँ सड़क इस नाम से जानी जायेंगी तो कोई दूसरी किसी और ही नाम से। आप ही बताएँ सर, इससे क्या होगा?"

"होना क्या है? नेता लोग हैं। कुछ न कुछ तो करेंगे ही जनता का ध्यान खींचने के लिए।" उसने कहा।

"सर! नाम बदलने से क्या हो जाता है? अब आप ही बताएँ, अगर लालू का नाम बदलकर बिल क्लिंटन रख दिया जाए तो क्या लालू बिल क्लिंटन जैसे हो जायेंगे?" कहकर ड्राइवर ज़ोर-ज़ोर-से हँसने लगा।

ड्राइवर की बात सुनकर उन दोनों को भी खुलकर हँसी आ गयी।

"बात तो सही है तुम्हारी।" उसने टैक्सी ड्राइवर से कहा।

"सर ! ये नेता लोग कुछ नहीं करते। सिर्फ़ लोगों की वाट लगाते हैं, पर अब ज़माना बदल चुका। जनता पागल थोड़े ही है, इनका सब गेम समझती है।"

तभी उसका ध्यान सड़क के किनारे शराब की दो दुकानों की ओर गया। इन दुकानों के बाहर शराब ख़रीदने वालों की बेहद लम्बी कतार लगी थी।

यह देख वह हैरान हुए बिना न रह सकी "अरे! शराब ख़रीदने के लिए कितनी लम्बी लाइन? ऐसा भी क्या?"

"तुम्हें पता तो है कि आज क्रिसमिस है। बस, सब सेलिब्रेशन के मूड में हैं, इसीलिए।" वह बोला।

"पर ये सब लोग इतनी लम्बी लाइन में लगे हैं। शराब खरीदकर ऐसे ट्रैफ़िक जाम में घर कब पहुँचेंगे क्रिसमिस सेलिब्रेट करने ?"

तभी कार ड्राइवर ने उन दोनों को बिल्कुल साथ चल रही कार की ओर देखने के लिए कहा- "यह देखिए सर! यहाँ तो सेलिब्रेशन शुरू भी हो चुका है। अब कर ले जिसे जो करना है।"

उन्होंने ग़ौर किया। कार में तीस-बतीस साल के दो नौजवान लड़के धीरे-धीरे आगे बढ़ रहे ट्रैफ़िक का हिस्सा होते हुए व्हिस्की का मजा ले रहे थे। दोनों काँच के गिलास में सरेआम व्हिस्की पी रहे थे और साथ में कुछ हल्का-फुल्का खा रहे थे।

"यह तो हद ही हो गयी। यूँ सरेआम शराब पीना। नियम-कानून का कोई मतलब ही नहीं है?" वह कुछ खीज कर बोली।

"मैडम! इसीलिए तो कहते हैं मेरा भारत महान। सौ में से अठानवे बेईमान।" ड्राइवर अपने ही कहे पर ठहाका लगाने लगा।

अच्छी बात यह हुई कि कनॉट सर्कल के बेतहाशा ट्रैफ़िक जाम से जैसे ही गाड़ी मिंटो रोड की ओर बढ़ी, गाड़ी ने रफ़्तार पकड़ ली और लगभग तीन-चार मिनट के भीतर ही वे अपने कॉम्प्लेक्स के बाहर थे।

"आज तो इस रास्ते में कोई ट्रैफ़िक जाम न था न?" उसने ड्राइवर को पैसे देते हुए चुटकी ली।

"बिलकुल सर! आज से मैंने मान लिया कि इस जगह का नाम मिंटो रोड एकदम सही है।"

ड्राइवर उन्हें गुदगुदाता हुआ निकल गया।

अगले दो दिन उन्हें घर पर रहना पड़ा, क्योंकि अनेक चीज़ों की डिलीवरी होनी थी। इस बीच उसने अपने साथ लाये सामान के सारे पैकेट्स खोले और अलग-अलग चीज़ों को साफ़ करके जगह पर लगा दिया। ज़्यादातर सामान किचन का था। उसे सबसे ज़्यादा जल्दी दीवार पर तस्वीरें लगाने की थी, लेकिन उसी में सबसे ज़्यादा देर लग रही थी। दरअसल, कमरे की मुख्य दीवार की पुतायी, बेहद ख़राब ढंग से की गयी थी। मेंटेनेंस ऑफ़िस में शिकायत दर्ज करने पर भी दो दिन तक किसी ने इस बात की ख़बर न ली। आख़िर उसे स्वयं मेंटेनेंस ऑफ़िस जाकर जे.ई. से माथापच्ची करनी पड़ी। तब जाकर कहीं काम पूरा हुआ।

राशन उन्होंने ऑनलाइन ही मँगवा लिया था। सामान आते ही उसने सब चीजों को अलग-अलग साइज़ के डिब्बों में डाल शेल्फ़स में लगा दिया। मसालों की छोटी-छोटी अनेक शीशियों की अपनी ही रंगत थी। रसोई का सामान

सहेजते-सहेजते वह सोच रही थी कि रसोई भी एक भरा-पूरा घर ही होती है एक मायने में। और कितनी-कितनी चीज़ों से मिलकर बनती व चलती है रसोई नाम की यह छोटी-सी दुनिया, जहाँ केवल खाना ही नहीं पकता, प्रेम की आँच में रिश्ते भी पुख़्ता होते हैं।

दीवारों पर ख़ूबसूरत बड़ी-छोटी तस्वीरें लगते ही घर का चेहरा-मोहरा ही बदल गया। पीले रंग की दीवार पर एक बहुत ख़ूबसूरत काले बड़े फ्रेम में एक अमूर्त फ़ोटोग्राफ़ में अँधेरे में झाँकती दो रंगीन खिड़कियाँ थीं, जो किसी और ही लोक में खुलती प्रतीत होतीं। उसी दीवार के साथ सटाकर ज़मीन पर नीले फूलों वाला एक कारपेट बिछाया गया, जिस पर बैठकर अच्छे मौसम में लिखने-पढ़ने काम करने के अलावा सुस्ताया भी जा सकता था। सामने की दीवार पर किसी यूरोपियन कलाकार की पेंटिंग का प्रिंट फ्रेम करके लगाया गया था। जहाँ वह पढ़ने के लिए जगह बनाना चाहता था, उसके सामने वाली दीवार उसने काले पत्थर पर उकेरे अपने शिष्यों को उपदेश देते ध्यान मग्न बुद्ध की कलाकृति के लिए चुनी थी ताकि वह जब भी वहाँ बैठे, उसे देख सके। तस्वीरें लगने के बाद उसने कई बार हर दीवार को जी भर कर देखा और निहारा।

'दीवारें भी बोलती हैं' उसने सुना ज़रूर था, पर आज पहली बार महसूस किया।

दीवारों पर टँगी उन तस्वीरों के उम्दा ख़ूबसूरत रंग देखते ही देखते उसके भीतर खिल उठे थे एकाएक।

और वह, वह हर बार उसके चेहरे पर एक नया रंग देखती और एक गहरे सुख में डूब जाती।

"अब कैसा लग रहा है कमरा?" उसने उसकी ओर देखते हुए पूछा।

"अब क्या बताऊँ कि कैसा लग रहा है? यह तो कोई अलग ही लेवल हो गया है चीज़ों का।" वह चहकते हुए बोला।

"तुम्हारे घर वालों को कैसा लगेगा देखकर?" उसने कुछ उत्साह से पूछा।

"अरे ! अभी तो मुझे ही विश्वास नहीं हो रहा है यह सब देखकर। तुम खुद ही सोचो कि उन्हें कैसा लगेगा? माँ तो एकदम चक्कर खा जायेंगी।" वह हँस रहा था और मस्ती में गाने लगा था— "दम मस्त कलन्दर मस्त मस्त..."

उसने सचमुच कभी कल्पना भी न की थी कि वह एक दिन ऐसे ख़ूबसूरत घर में रहने लगेगा, जो न केवल सुविधा सम्पन्न होगा बल्कि बेहद कलात्मक ढंग से सुसज्जित भी। महीना भर पहले जब उसे यह अपार्टमेंट अलॉट हुआ था तो उसने सोचा ज़रूर था कि वह उसे उसकी रुचि के अनुरूप ढालने की कोशिश करेगा ताकि उसे कभी-कभी वहाँ आकर उसके साथ रहना अच्छा लगे। कुछ दिन पहले जब उसने बातों-बातों में दिल्ली आकर घर सेट करने में उसकी मदद करने की बात की, तो वह सहर्ष मान गया था। पर उसे इस बात का रत्ती भर अन्दाज़ा नहीं था कि वह अपनी मेहनत व कलात्मक सुरुचि से कुछ दिनों में ही उस छोटी-सी जगह को इतने ख़ूबसूरत घर में बदल देगी।

सच में उसे कितने साल हो गये इधर-उधर ऐसे ही, न जाने कहाँ-कहाँ और कैसे-कैसे रहते हुए। औरों के साथ रहने में न तो अपने मन मुताबिक़ जीने का पूरा मज़ा आता और न ही कभी अपनी निजता का एहसास ही हो पाता। अच्छा ही हुआ कि उसने यह अपार्टमेंट ले लिया। जीवन में पहली बार उसे अपना घर होने की अनुभूति हुई थी। इस ख़ूबसूरत घर की वजह से देखते ही देखते उसका जीवन पूरी तरह से बदल गया था। वह बेहद खुश था। भीतर कहीं गहरे में जीवन के इस नये प्रवाह के प्रति पूरी तरह कृतज्ञ एवं समर्पित।

इस बीच में वह अपने पुराने घर से अपनी स्टडी टेबल व फ़ोल्डिंग बेड ले आया था। फ़ोल्डिंग बेड तो बालकनी में टिका दिया गया, लेकिन स्टडी टेबल किचन के बाहर रख दिया गया। इस पर एक सुन्दर टेबल कवर डाल यह जगह खाना खाने के लिए बना दी गयी थी। यह भी तय हुआ कि पढ़ने के लिए एक नयी स्टडी टेबल ख़रीद ली जाए। अगले रोज़ वे दोनों फिर से गुजराल फ़र्नीचर की दुकान में थे। स्टडी टेबल उन्हें पसन्द आ गयी थी और साथ ही बगल की दुकान में तैयार पड़ीं चार बाय दो फुट की एक ही डिज़ाइन की दीवार पर टाँगने वाली दो शेल्फ़्स भी।

"एक शेल्फ़ ही काफ़ी है न स्टडी टेबल के ऊपर किताबें वग़ैरह रखने के लिए?" उसने कहा।

"हाँ! मगर मैं चाहती हूँ कि हम दूसरी शेल्फ़ भी ख़रीद लें। मेरे दिमाग़ में एक आइडिया है।"

"कहाँ लगाना चाहती हो यह शेल्फ़?" उसने पूछा।

"एक जगह है मेरे ध्यान में, जहाँ यह बहुत जँचेगी और तुम्हें भी ख़ूब पसन्द आयेगी।"

उसके चयन व कलात्मक अभिरुचि पर विश्वास करते हुए उसने दोनों शेल्फ़्स का भुगतान कर दिया था। उनके घर पहुँचने के कुछ देर बाद ही तीनों चीज़ें दुकानदार ने घर भिजवा दीं। उन्होंने तय किया कि वे अगले दिन बाज़ार से कुछ अन्य सामान भी ख़रीद लायेंगे ताकि सारी चीज़ों की फ़िटिंग एक साथ हो सके। मसलन, किचन में लगने वाली बर्तनों की व मसालों की डिबियाँ रखने के लिए स्टील की शेल्फ़, बाथरूम में सामान रखने के लिए स्टील व प्लास्टिक की शेल्फ़। इसके अलावा कपड़े प्रेस करने के लिए टेबल, कपड़े सुखाने वाला एल्मुनियम का स्टैंड तथा गैस स्टोव ख़रीदना भी निहायत ज़रूरी था। शॉपिंग करने व घर को सेट करने में छह-सात दिन इतनी तेज़ी से गुज़र गये कि समय का पता ही न चला। यहाँ तक कि वह पिछले कुछ दिनों में अपने घरवालों से ठीक से बात भी न कर पाया था। जब भी उसकी माता-पिता का फ़ोन आता, किसी न किसी काम में उलझे होने की वजह से वह नपी-तुली बात करके फ़ोन काट देता।

दिल्ली से सैकड़ों मीलों दूर मुम्बई में रह रहे उसके माता-पिता उसका नया घर देखने के लिए बेहद उत्सुक थे। आख़िर पहली बार बेटे को सरकारी अपार्टमेंट घर मिला है, वह भी सेंट्रल दिल्ली में और उसकी पसन्द के अनुरूप। पर वह चाह रहा था कि घर एक बार अच्छे से सेट हो जाए तो वह वीडियो कॉलिंग करके उन्हें घर दिखा देगा। उसके माता-पिता को इस बात का अफ़सोस था कि उसे अकेले इतना सारा काम करना पड़ रहा है और वे दूर होने की वजह से उसकी मदद करने में असमर्थ हैं। पर उसने उन्हें बता दिया था कि वह अकेला नहीं है और शॉपिंग करने तथा घर को सजाने में एक आर्टिस्ट दोस्त की मदद ले रहा है। अतः वे उसकी चिन्ता न करें। अगली शाम तक बाक़ी का सामान भी ख़रीद लिया गया और कारपेंटर को बुलाकर हर चीज़ नियत जगह पर फ़िट करवा दी गयी। एक शेल्फ़ स्टडी टेबल के ऊपर दीवार पर जँच रही थी तो दूसरी शेल्फ़ उसने किचन के बाहर खाने वाली टेबल के ऊपर दीवार

पर फ़िट करवा दी थी और उस पर सजा दिये गए थे- ख़ूबसूरत कॉफ़ी-चाय के कप, वाइन के चार गिलास, नाश्ते के समय खायी जाने वाली चीज़ों से भरी लम्बी ख़ूबसूरत शीशियाँ, कॉफ़ी, चाय, ड्राई फ्रूट के छोटे-छोटे ख़ूबसूरत काँच के जार। इसके अलावा खाने की टेबल पर एक ख़ूबसूरत नैपकिन स्टैंड तथा दो कैंडल स्टैंड भी सजाए गये थे।

"सुनो ! इधर तो आओ। देखो! कैसा लग रहा है कैफ़े नुवार?" वह उसे बुला रही थी।

वह उस ओर मुड़ा तो देखता ही रह गया। कैंडल लाइट की रोशनी में घर का वह कोना बेहद ख़ूबसूरत लग रहा था। वह तो उसे खाने की जगह मात्र समझ रहा था, लेकिन उसकी कुशलता से वह जगह वास्तव में किसी कैफ़े का एक ख़ूबसूरत कोना प्रतीत हो रही थी।

"अरे वाह! तुमने तो कमाल ही कर दिया। मैंने कहा था न कि यह तो लेवल कुछ और ही हो गया है चीज़ों का, पर तुम्हारी इस क्रिएशन के बाद तो बात पहले वाले लेवेल से भी किसी दूसरे ही लेवेल पर चली गयी है।" वह उसे बाँहों में भरकर चूमने लगा था धीरे-धीरे, मानो उसकी खुशबू को अपनी साँसों में भर लेना चाहता हो और जैसे साँस लेने के लिए उस खुशबू का सहारा निहायत ज़रूरी हो। मोमबती की लौ में उसका कोमल चेहरा रोशनी में नहाया-सा प्रतीत हो रहा था।

"तुम्हारे घर वाले कितना खुश होंगे न घर देखकर?" वह भी बहुत खुश थी।

"एक बात बता दूँ तुम्हें। मेरे घरवालों की बात तो छोड़ो, दुनिया का कोई भी शख़्स इस घर को देखकर नहीं मान सकेगा कि यह किसी पुरुष का काम है, यह बात तो पक्की है।"

"क्यों? ऐसा क्या?"

"बस! बता रहा हूँ। तुम्हारा यह कैफ़े नुवार— माय गॉड! और जिस तरह से तुमने किचन और मेरा बेडरूम सेट किया है, यह सब तो कोई क्रिएटिव स्त्री ही कर सकती है।" वह अचानक चुप-सा हो गया था।

"क्या हुआ?"

"कुछ नहीं। मेरे मम्मी-पापा घर देखते ही समझ जायेंगे कि कुछ न कुछ लफड़ा ज़रूर चल रहा है मेरा।"

"हैं? तो फिर?"

"जिसे जो सोचना है, सोचे। जानता हूँ, यह सब देखकर वे फिर से शादी की बात शुरू करेंगे।" वह शरारती अन्दाज़ में मुस्कुरा रहा था।

"फिर?"

"फिर क्या ? वे अच्छी तरह जानते हैं कि मैं अभी शादी नहीं करना चाहता। बस! बात करके थोड़े दिनों बाद खुद ही चुप हो जायेंगे।" वह अपनी ही रौ में बोलता चला जा रहा था।

उन दोनों ने छह-सात दिन में ही बड़ी मेहनत से उस अपार्टमेंट को एक ख़ूबसूरत घर, एक छोटी-सी सुन्दर दुनिया में बदल दिया था। छोटा होने के बावजूद घर एकदम सुविधासम्पन्न था। हर चीज़ सलीक़े से लगी हुई और ज़रूरत के अनुसार उपलब्ध, जिसे उन दोनों ने बड़े मन व बड़े चाव से ख़रीदा और सजाया था। इस सबसे कहीं बढ़कर घर के कोने-कोने में मौजूद थी उन दोनों के प्यार की छाप, जिसका रंग उनके मन आँगन पर पूरी फ़ैल चुका था। इस रंग में डूबते हुए उसे अचानक ख़याल आया कि तीन-चार साल बाद प्रमोशन होने पर वह इस ख़ूबसूरत घर को छोड़ किसी बड़े घर में रहने चला जाएगा। हो सकता है, उसका दिल्ली से ट्रांसफ़र हो जाए और वह शहर ही छोड़ दे। यह भी असम्भव नहीं कि वह कुछ साल बाद हिन्दुस्तान छोड़ विदेश में ही जाकर बस जाए। यह घर कभी न कभी तो छूट ही जाएगा।

इससे पहले कि उसे कुछ घेर ले, उसने बह जाने दिया इस ख़याल को चुपचाप। बिना किसी आहट के।

साल के आख़िरी दिन यानी एकतीस दिसम्बर को उन दोनों ने मिलकर नए गैस स्टोव पर पहली बार खाना बनाया था। किचन से उठती स्वादिष्ट खाने की खुशबू घर के कोने-कोने में फ़ैल गयी थी। उन्होंने पहली बार कैफ़े नुवार में कैंडल लाइट में खाने के साथ रेड वाइन का भी मज़ा लिया। रात के बारह बजने वाले थे। खाना ख़त्म हो चुका था और हल्की हो रही थी मोमबत्ती की लौ। मोमबत्ती की हल्की थिरकती रोशनी में उन दोनों के होंठ एक-दूसरे की

थाह पाने को आतुर थे। दोनों के होंठों पर एक ही राग था, जिसके बोल उनके भीतर बजते थे। उसकी तान से बँधे, एक-दूसरे में गुँथे वे देर तक घुलते रहे थे उस रात।

अगली शाम वह उसे स्टेशन छोड़ने आया था।

गाड़ी चल पड़ी।

प्लेटफ़ॉर्म पर खुले में हिलता उसका हाथ ट्रेन की दो-तीन खिड़कियाँ गुज़रने पर दिखना बन्द हो गया था।

पिछले कई दिनों से उपजी थकावट के चलते कुछ ही देर में नींद ने उसे घेर लिया। आँख खुली तो सफ़र ख़त्म होने को था। आधे घंटे बाद ट्रेन उसके शहर पहुँच चुकी थी। उसने अपने सामान पर नज़र डाली। दोनों बैग अपनी जगह पर सुरक्षित पड़े थे, पर वह अपनी काली जैकेट उसके यहाँ भूल आयी थी।

अचानक उसकी आँखों में उसके घर का एक-एक कोना तैर आया और यह भी ख़याल आया कि सिर्फ़ जैकेट ही नहीं, उसका और भी कुछ -कुछ छूट गया था वहाँ।

कौन जाने बरसों बीत जाने के बावजूद वह फिर से लौटना चाहेगी उस घर में, उसी पते पर।

908- लाल क्वार्टर, मिंटो रोड

ख़ामोश कोलाहल

बर्लिन पहुँचते-पहुँचते उसने तय कर लिया कि वह उसे एक बार फ़ोन ज़रूर करेगी। खुद को बाँधेगी नहीं। इतना ही नहीं, बहुत मन हुआ तो स्वयं को उससे मिलने से भी न रोकेगी। उन्होंने पिछले चार सालों में एक-दूसरे से एक बार भी बात नहीं की हालाँकि अगर वह चाहती तो उससे स्काइप पर सम्पर्क कर सकती थी। वह जब स्काइप करती है, कई बार उसके नाम के आगे लगी हरी बत्ती देखते ही अक्सर उसका मन घिर जाता है। वह चाहती तो उसे ऑनलाइन देख उससे कभी भी बात कर सकती थी। एक बार क्लिक करने की दूरी पर होता है वह। वह यह भी अच्छी तरह जानती है कि वह उससे बात करने के लिए ज़रा न हिचकिचाएगा, पर सिर्फ़ बात करने से क्या होता है? क्या कहेगी वह उससे? और वह भी किस बारे में बात करेगा? अब तो इस सबकी कल्पना करना भी मुश्किल-सा लगता है उसे। अब कुछ भी तो नहीं रहा उन दोनों के बीच सिवाय इसके कि स्काइप की फ्रेंड लिस्ट में नाम भर है उन दोनों का एक-दूसरे के पास। जब वे दोनों एक ही समय पर ऑनलाइन होते हैं तो उसकी फ्रेंड लिस्ट में उसके नाम के आगे भी तो वही हरी बत्ती दिखायी देती होगी उसे, पर उसने भी कभी उसे कॉल नहीं किया। चार बरस बीत चुके हैं। चाहता तो कभी वह भी बात कर ही सकता था। सोचते ही वह अनायास बिखरने-सी लगती है भीतर ही भीतर।

उसे अपनी दोस्त मार्था के यहाँ आये पाँच दिन हो चुके हैं। हर शाम जब भी वह ऑनलाइन होती, उसे स्काइप पर उसके नाम के सामने लगी हरी बत्ती बुझी मिलती। मतलब कि वह ऑफ़लाइन है, पर छठे दिन तो न जाने क्यों उससे रहा ही नहीं गया। वह स्काइप पर उसके ऑनलाइन न होने के बावजूद

उसके नाम पर क्लिक करने से स्वयं को रोक नहीं पायी। क्लिक करते ही स्क्रिन पर लिखा आया—"द पर्सन इज़ ऑफ़लाइन ओर योर नम्बर हैज़ बीन डिलीटिड फ्रॉम द लिस्ट।" (यह व्यक्ति ऑफ़लाइन है या आपका नाम लिस्ट में से डिलीट कर दिया गया है)।

उसने चार-पाँच बार क्लिक किया। स्क्रीन पर हर बार यही छप जाता। वह छटपटाकर रह गयी। अब क्या करे? ई-मेल लिखे? नहीं। यदि उसने ई-मेल का जवाब न दिया तो उसे और भी बुरा लगेगा। वह घर से इतनी दूर घूमने व मौज-मस्ती करने आयी है, खुद को उदासी की गर्त में धकेलने नहीं। उसने निश्चय किया कि अब वह उससे सम्पर्क करने की कोशिश नहीं करेगी।

ख़ूबसूरत शहर बर्लिन में चार घंटे के बोट ट्रिप के दौरान लगभग पूरे शहर के मुख्य इलाक़े व अनेक ख़ूबसूरत इमारतें देखते हुए उसे याद आया कि चार साल पहले वह भी बर्लिन आया था। बर्लिन बहुत अच्छा लगा था उसे। उसने बर्लिन से लौटते ही उससे बात की थी-

"बेहद सुन्दर शहर है बर्लिन। अगली बार यूरोप जाओ तो बर्लिन ज़रूर घूमने जाना।"

"मैं भला वहाँ अकेली क्यों जाऊँगी? मैं तो सीधा तुम्हारे पास आऊँगी। फिर तुम जानो।"

"ठीक है। मैं ले जाऊँगा तुम्हें बर्लिन घुमाने।" उसने वादा किया था।

वह बर्लिन घूम रही है, लेकिन अकेली। और वह? उसे तो पता तक नहीं कि वह यूरोप में है इन दिनों।

तीन दिन बाद वह म्यूनिख़ में थी। अपने भीतर पनपे इच्छा बीज को खुली धरती, बहती हवा व विस्तृत आकाश में छोड़ वह उन्मुक्त घूम रही है। उसके लिए नितान्त नया है म्यूनिख़ शहर। तीन दिन बाद उसे बारसोवा जाना है, जहाँ उसकी मित्र बारबरा व उसका पति मिशेल उसकी प्रतीक्षा में है। उसने होटल लौटकर डिनर के बाद स्काइप पर बारबरा से बात करने के लिए जैसे ही इंटरनेट ऑन किया, उसके दिल की धड़कन तेज़ हो गयी। वह ऑनलाइन था। उसने तुरन्त उसके नाम पर क्लिक कर दिया। दूसरी ओर तीन-चार बार घंटी बजी और किसी ने फ़ोन उठा लिया। हल्की सी अजनबीयत लिए एक परिचित सी आवाज़।

"हैलो...!" नर्वस-सी वह इतना ही कह पायी।

"हैलो..." फिर वही एकमात्र शब्द।

उसकी आवाज़ की अजनबियत को तोड़ते हुए वह एकाएक बोली-

"कैसे हो? मैं बोल रही हूँ। पहचाना?"

"हाँ, पहचान लिया। मैं बिल्कुल ठीक हूँ, और तुम?"

"मैं भी ठीक हूँ। आजकल कहाँ हो तुम?"

"साल भर से ज़्यूरिख़ में हूँ। इतने सालों बाद आज कैसे फ़ोन किया?"

"यों ही। वैसे इन दिनों तुम्हारे शहर से दूर नहीं हूँ मैं।"

"क्या मतलब ?"

"म्यूनिख़ से बोल रही हूँ।"

"सच ? कब आयी यहाँ ?"

"यूरोप आये तो महीना हो गया है, पर यहाँ तीन दिन पहले ही आयी हूँ।"

"अरे वाह! इतने दिनों से यूरोप में घूम रही हो। कैसी रही यहाँ की सैर ? कहाँ-कहाँ घूमी ?"

उसने एक साँस में हाल ही में देखे सब शहरों के नाम उंडेल दिये- "हैरान तो नहीं हुए मेरी फ़ोन कॉल पर ?"

"हैरान क्यों नहीं होऊँगा? इतने सालों बाद अचानक तुम्हारी कॉल, वो भी म्यूनिख़ से, इतने पास से। सचमुच बड़ा सरप्राइज़ है।"

"सिर्फ सरप्राइज़ है ?"

"अरे, नहीं। मेरा मतलब है कि यह एक बड़ा अच्छा सरप्राइज़ है।" वह अपने सामान्य लहजे से मुक्त हो हल्के-से हँसा। एक सहज-सी हँसी उसकी आवाज़ को अजनबियत से छिटक एक चिर-परिचित स्वर में बदलती हुई।

"मैंने तो कभी सोचा भी न था कि तुम एक दिन इस तरह सालों बाद मुझे अचानक फ़ोन करोगी।"

"अच्छा?"

"सच में, लेकिन अच्छा लग रहा है बरसों बाद तुम्हारी आवाज़ सुनकर।" उसकी आवाज़ कोमल-सी हो आयी।

वह चुप थी। कुछ क्षण ऐसे ही बीत गये। एक ख़ाली चुप्पी, जिसे उसके इस प्रश्न ने तोड़ा था-"अच्छा ! ज़्यूरिख़ आने का प्रोग्राम कब है ?"

"ज़्यूरिख़ ?"

"क्यों ? यहाँ नहीं आओगी ?"

"किसलिए ?"

"मैं इन्वाइट कर रहा हूँ न तुम्हें। इतनी पास से बिना मिले कैसे जा सकती हो ?"

"देखती हूँ। अभी तो मुझे एक सप्ताह के लिए वारसोवा जाना है।"

"कोई बात नहीं। उसके बाद आ जाना। मैं तो यहीं हूँ।"

"ठीक है। सोचती हूँ। और सुनाओ, ज़िन्दगी कैसे चल रही है ?"

"बहुत अच्छी। एक जर्मन कम्पनी में नौकरी कर रहा हूँ। काम भी मेरी पसन्द का है और सैलरी भी अच्छी है। कुल मिलाकर खुश हूँ यहाँ।" उसकी आवाज़ में हल्का-सा उत्साह था।

अचानक उदास हो आयी वह। न जाने क्यों ?

फिर एक चुप्पी। उसे हल्की-सी बेंधती हुई।

"अच्छा, दो-तीन दिन में फिर से बात करते हैं। आने का प्रोग्राम बना लेना। और हाँ ! मेरा दूसरा मोबाइल नम्बर नोट कर लो। ऑनलाइन न दिखूँ तो उस पर फ़ोन कर लेना।" देखते ही देखते कम्प्यूटर की स्क्रीन पर उसका मोबाइल नम्बर छप गया।

"गुड नाइट, अपना ख़याल रखना।"

"गुड नाइट।" उसने फ़ोन काट दिया।

ऑफ़लाइन होते ही उसे एक गहरी उदासी ने घेर लिया। उसके कानों को विश्वास नहीं हो रहा था कि उन्होंने अभी-अभी बरसों बाद उसकी आवाज़ सुनी है। उसने उसके साथ हुए वार्त्तालाप को मन-ही-मन दोहराया। प्रत्येक संवाद कई-कई बार उसके कानों आ घुलता। इस प्रक्रिया में कितने ही और अनकहे संवाद न जाने किन-किन दिशाओं से आकर उन संवादों में घुल-मिल गये थे।

अतीत की अनेक सुखद स्मृतियाँ उसके मन में रस-सा घोलतीं पर दूसरे ही क्षण उसके दूर जाने की पीड़ा उसकी आँखों की कोरों को चुभन से भर देती।

वह उससे दूर क्यों चला गया, वह आज तक नहीं जान पायी। उसने बरसों पहले उससे फ़ोन पर कितनी बार उससे इस विषय पर बात करनी चाही थी, पर वह हर बार टाल जाता, जैसे कुछ न कहने की ज़िद लिए डटा हो ख़ामोशी के मोर्चे पर। उसने भी धीरे-धीरे अपनी छाती पर पत्थर रखकर उससे बात करनी छोड़ दी थी। वही थी जिसने पहल की थी सम्पर्क ख़त्म करने की। वह बेहद असमंजस की स्थिति में था। उससे सम्पर्क रखना भी तो किस वजह से? क्या बातें करने के लिए फ़ोन करता उसे?

सच कहने के लिए केवल ईमानदारी नहीं, साहस की भी ज़रूरत होती है।

दो दिन बाद फ़ोन पर बतियाते हुए उसने उसे ज़्यूरिख़ आने के लिए मना ही लिया। बातों ही बातों में सारा कार्यक्रम बन गया। वह बुधवार, सोलह अगस्त को ज़्यूरिख़ पहुँचेगी उसकी अनुपस्थिति में, क्योंकि वह दो दिन के ऑफ़िशियल टूर के बाद शुक्रवार को लगभग दस बजे फ्रैंकफ़र्ट से लौटेगा। वह चाहे तो एक दिन शहर में घूम-फिर सकती है या फिर उसके घर पर आराम कर बीते दिनों की थकान से निज़ात पा सकती है।

"सुनो !मेरा अपार्टमेंट बिल्डिंग नम्बर साठ में है। फ़्लैट की चाबी बिल्डिंग के अन्दर घुसते ही दायीं दीवार पर टँगे मेरे नाम वाले लैटर-बॉक्स में अख़बारों के नीचे होगी। चौथी मंजिल पर मेरा तीन सौ नौ नम्बर फ़्लैट है और लिफ़्ट का कोड बारह सौ पैंसठ है।"

ज़्यूरिख़ ट्रेन स्टेशन से उसके यहाँ पहुँचते-पहुँचते उसे लगभग एक घंटा लग गया। स्टेशन पर काफ़ी हलचल थी, लेकिन जैसे ही वह स्टेशन से बाहर निकलकर उसके घर की दिशा की ओर बढ़ी, उसने स्वयं को एक बेहद सुनसान जगह पर एकदम अकेला पाया। सड़क के एक ओर पूरी जगह ख़ाली थी जबकि दूसरी ओर एक के बाद एक बड़ी-बड़ी इमारतें थीं। इन इमारतों में सैंकड़ों अपार्टमेंट्स थे। सड़क से हर अपार्टमेंट का मुख्य दरवाज़ा बन्द दिखायी दे रहा था। उन बन्द दरवाज़ों के भीतर घरों में लोग रहते होंगे, इसकी कल्पना करना भी मुश्किल-सा जान पड़ा उसे। सड़क के दोनों ओर वृक्षों की लम्बी कतार थी। खुले में स्थित अनगिनत बड़े-बड़े वृक्ष चुपचाप सन्नाटा ओढ़े पसरे थे, मानो किसी अनुशासन के तहत अपनी-अपनी जगह टिके होने के लिए बाध्य

हों। इस पूरे परिदृश्य में उसे अपना नितान्त अकेला होना अच्छा-सा नहीं लगा। थोड़ी देर बाद वह उस बड़ी-सी इमारत के सामने थी, जिसमें उसका अपार्टमेंट था। इमारत के भीतर घुसते ही दाहिनी दीवार पर अनेक छोटे-छोटे टीन के लैटर बॉक्स टँगे थे। अनेक विदेशी नामों के बीच खोया-सा उसका नाम ऊपर की ओर कोने में लिखा था। लैटर बॉक्स पर ताला न था। उसने धीरे-से लैटर बॉक्स खोला। भीतर अख़बारों के नीचे एकदम कोने में पड़ी स्टील की एक छोटी-सी चाबी उसे जल्दी ही दिख गयी। कोड नम्बर से लिफ़्ट का दरवाज़ा खुल गया। देखते ही देखते वह चौथी मंज़िल पर थी। बाहर आते ही दायीं ओर के कॉरीडोर के आख़िरी दरवाज़े पर एक सफ़ेद रंग की छोटी-सी पट्टी पर उसका नाम लिखा था।

चाबी के एक छोटे-से घुमाव से ही खुल गया दरवाज़ा। सामने एक हालनुमा कमरा था। दायीं ओर एक बड़ी-सी किचन और उसके साथ सटा बाथरूम। कमरे की मुख्य दीवार में काँच की लम्बी-लम्बी खिड़कियाँ थीं और कमरे का दरवाज़ा बालकनी में खुलता था। बालकनी में प्लास्टिक की एक टेबल व तीन कुर्सियाँ कुछ बेतरतीब-सी पड़ी हुई थीं। बालकनी से दूर बाहर खुले में अंसख्य पेड़ों के झुरमुट के बीचों-बीच आसमान को छूते चार विशाल देवदार के वृक्षों देख वह कुछ देर विस्मित-सी वहाँ खड़ी रही। आकाश छूने को आतुर देवदार के वृक्षों की ऊँचाइयों की पकड़ से मुक्त दूर-दूर तक फैला आसमान का नीला विस्तार अनायास उसकी आँखों को दीप्त कर गया। वह कुछ देर वहीं खड़ी रही और फिर कमरे में आकर सोफ़े पर अलसाई-सी बैठ गयी। कमरे के हर कोने का निरीक्षण-सा करती उसकी आँखें सहसा एक नन्हे-से सुकून से भर गयीं। हल्की-सी ठण्ड हो आयी थी। उसने अपने सूटकेस से स्वैटर निकालना चाहा। वहीं दीवार के साथ एक लकड़ी की अलमारी थी, जिसकी सबसे नीचे की शेल्फ़ पर कुछ जोड़ी जूते पड़े थे, जबकि ऊपर के ख़ाने में कुछ कपड़े रखे थे। पाँच-छह पैंट, कुछ शर्ट्स और तीन-चार हल्के रंगों के स्वैटर। साथ ही लोहे के एक स्टैण्ड पर तीन लम्बे कोट व तीन-चार जैकेट टँगे थे। उसने एक भरी निगाह से उन कपड़ों की ओर देखा। अचानक वह उन सब को छू-छूकर देखने लगी। उसके दायें हाथ की उँगलियाँ एक कपड़े का स्पर्श करतीं

और फिर दूसरे कपड़े के स्पर्श को आतुर हो उठतीं। उसकी हथेली पर उन नर्म कपड़ों की छुअन से एक हल्की सरसराहट-सी हुई थी, जो देखते-ही-देखते उसके भीतर एक गहरी छटपटाहट में तब्दील होती चली गयी। उसने गहरी बैचेनी महसूस की। एक कसमसाहट, एक घुटन सी उसे भीतर तक चीरती हुई। उन कपड़ों को छूते हुए उसके काँपते हाथ... वह छटपटा रही थी। उसके सीने में एक हूक-सी उठी और उसके आँसू बह निकले। एक रुलाई, कमरे में फैले सन्नाटे को तोड़ती हुई। कैसे सँभाले वह खुद को? वह यह भी नहीं जानती है कि बरसों बाद उससे मिलने पर वह उसके सम्मुख अपनी भावनाएँ किस तरह व्यक्त करेगी? तो फिर क्या बह जाने दे वह स्वयं को इस ज्वार में—बेतहाशा, बेपरवाह, बेतरतीब?

उसने आँसुओं के धुँधलके में उसका चेहरा याद करने की कोशिश की, लेकिन स्मृति में उभरे उसके चेहरे और उसमें बीते बरसों में आये बदलाव की कल्पना के अभाव में सब गड्ड-मड्ड हो गया। वह उसके घर में है और उसके चेहरे को ठीक से याद तक नहीं कर पा रही। एक निर्दयी अनुभूति ने उसे भीतर तक कचोट दिया। तभी उसकी दृष्टि टेबल पर पड़े अस्त-व्यस्त काग़ज़ों पर पड़ी। काग़ज़ों के ऊपर एक छोटे-से लिफ़ाफे में उसके कुछ पासपोर्ट साइज़ फ़ोटो पड़े थे। हल्के नीले रंग की कमीज़ पर गहरे नीले रंग की टाई पहने था वह। बहुत ही औपचारिक-सी फ़ोटो। निश्चय ही पहचान-पत्र इत्यादि बनवाने के उद्देश्य से खिंचवायी गयी होगी कभी। चेहरे पर भी एकदम औपचारिक भाव। फ़ोटो में दिखते उसके लगभग अपरिचित चेहरे के बावजूद उसकी आँखों में वही एक चिर-परिचित चमक दिखायी दी। उसके होठों पर अनायास एक हल्की मुस्कान खींच आई, लेकिन मुस्कान घुलते ही एक बार फिर से उसकी आँखों से तेज़ी-से आँसू बह निकले और अन्ततः सब शान्त हो गया, एकदम शान्त।

उसने शॉवर लिया। तन-मन एकदम तरोताज़ा हो आया और हल्की-सी भूख लग आयी। उसने फ्रिज़ खोलकर देखा। ऑरेंज जूस, मशरूम, ऑलिव्ज़, दो-तीन तरह का फ्रैंच चीज़, ब्रेड व ताज़ा फल। बीयर के तीन-चार कैन व वाइट वाइन की एक बोतल। एक कोने में दो छोटे-छोटे टिन में पैक्ड फिश भी थी। उसने उसे पिछले हफ़्ते ही बातों-बातों में बताया था कि वह पिछले तीन

सालों से शाकाहारी बन गया है। ज़ाहिर है, सब कुछ उसकी पसन्द के हिसाब से ख़रीदकर फ्रिज में रख गया था वह। उसने चीज़ व टमाटर का एक सैंडविच बनाकर खाया और फिर एक गिलास में ऑरेंज जूस डालकर बालकनी में आकर बैठ गयी। बालकनी आकार में लम्बी मगर छोटी थी, फिर भी तीन-चार लोग वहाँ बैठकर अच्छी शाम बिता सकते थे। बालकनी के दायीं ओर दूर तक फैला खुला मैदान था और बायीं ओर तीन-चार बड़ी-बड़ी इमारतें। अपार्टमेंट्स ही होंगे शायद। मैदान के पार थोड़ी दूरी पर इक्का-दुक्का लोग आते-जाते दिखायी दिये। किसी किसी के हाथ में छोटा-मोटा पैकेट या कपड़े का थैला था। उसे याद आया, उसने बताया था कि वहीं पीछे एक डिपार्टमेंटल स्टोर है, जहाँ से वह अपनी रोज़मर्रा की चीज़ें ख़रीदता है। उसने वहाँ स्थित स्वीमिंग पूल का ज़िक्र भी किया था, जहाँ वह वीकेंड पर तैरने जाता है। लोगों की हल्की-फुल्की आवाजाही देख उसका मन भी एक लम्बी सैर पर जाने को हुआ।

कभी-कभार किसी बेहद अनजानी धरती का कोई एक कोना ऐसे दस्तक देता है, मानो कोई चिर-परिचित जगह हो। हरे-भरे मुलायम घास के एक लम्बे मैदान के किनारे सैर करते-करते वह मैदान के आख़िरी छोर तक पहुँच गयी। वहाँ दूर-दूर तक मक्की के खेत थे। हवा में हल्की-हल्की लहराती मक्की की असंख्य बालियाँ और ऊपर तना विस्तृत नीला आकाश। उसे बेहद अपनी-सी जान पड़ी यह ख़ूबसूरत दुनिया। मक्की की कच्ची बालियों से फूटते अनगिनत हल्के सुनहरी व भूरे रेशे। पौधे एक बराबर दूरी पर बेहद क़ायदे से इस तरह रोपे गये थे कि इस ओर आते हुए दूर से धरती का यह आयताकार टुकड़ा एक बड़ा हरा पैबन्द-सा लगा था उसे। वह तेज़ी से क़दम भरती बेधड़क मक्की के उन लहलहाते पौधों में लगभग घुसती-सी चली गयी। तभी वहाँ बहते पानी की हल्की सी आवाज़ ने उसे चौंका-सा दिया। घास के किनारे झाड़फूस में छिपा था पानी का वह हल्का बहाव। उसने पास जाकर देखा। दूर तक खिंची थी उस बहाव की रेखा। उसके हल्के क़दमों की आवाज़ के अलावा उस सन्नाटे को हल्के-से भेदती बहती पानी की वह धारा। कुछ दूर चलते-चलते उसके क़दम एक ख़ूबसूरत नर्सरी के पास आकर थम गये। धरती के एक बड़े टुकड़े पर लम्बी-लम्बी कतारों व अनगिनत छोटे-बड़े गमलों में लगे बेहद ख़ूबसूरत रंग-

बिरंगे फूल व सजावटी पौधे। नर्सरी के गेट से थोड़ी दूर एक झोंपड़ीनुमा कॉटेज बनी थी। वह वहाँ से जाने ही वाली थी कि तभी एक छोटी-सी बच्ची ने उसे देखकर हाथ हिलाया। उसने भी हाथ हिलाते हुए मुस्कुराकर उसका अभिवादन किया। अजनबी धरती पर किसी से पहला निःशब्द परिचय। चलते-चलते बच्ची गेट तक आ गयी। दो-ढाई साल का एक मासूम चेहरा। उसे मुस्कुराते देख बच्ची ने कुछ कहा, जिसे वह समझ न पायी। शायद किसी संवाद की शुरुआत। उसके दो-तीन बार 'हैलो' बोलने पर बच्ची ने अपनी नन्ही-सी कोमल हथेली गेट के बाहर फैला दी। तभी एक आदमी उस बच्ची को ढूँढ़ता हुआ वहाँ आ पहुँचा।

"हैलो !आपकी बेटी है ?"

"जी, हाँ ! पता नहीं कब आँख बचाकर यहाँ चली आयी।" वह ठीक-ठाक अंग्रेज़ी बोल रहा था।

"बहुत प्यारी है। कुछ कुछ कह रही थी।"

वह मुस्कुराते हुए बोला- "यह बहुत बातूनी है। इसे हर किसी से बात करना अच्छा लगता है।"

बच्ची ने छोटी-सी किलकारी के साथ अपना हाथ हिलाते हुए फिर से कुछ कहा। वह स्वयं को रोक न पायी। उसने बच्ची की हथेली चूमी और उसे हाथ हिलाते हुए आगे बढ़ गयी। वापस लौटी तो शाम घिर आयी थी। हर चीज़ को धीरे-धीरे अपने आगोश में घेरती एक ख़ूबसूरत शाम।

अगले दिन वह देर तक सोती रही। उठी तो देखा, धूप बालकनी लाँघ कमरे के भीतर सोफ़े तक खिंच आयी थी। उसने उठकर पर्दे खींच दिये और कुछ देर वहीं लेटी रही। शाम ढलने को थी। उसके आने में चार-पाँच घण्टे बाक़ी हैं। इतने सालों बाद उससे मिलकर न जाने कैसा लगेगा? वह उससे कैसी बातें करेगा और उसके साथ किस तरह पेश आयेगा, कोशिश करने के बावजूद कोई साफ़ तस्वीर उसकी कल्पना में नहीं उभर पाती। भीतर कुछ हिल रहा है, झील के हिलते पानी-सा।

संशय के घेरे बढ़ते ही वह छटपटाने लगती है।

वह क्यों चली आयी यहाँ ?

उसे यहाँ नहीं आना चाहिए था शायद।

उन दोनों के बीच कुछ भी पहले जैसा नहीं रहा अब।

उससे मिलकर भी क्या होगा ?

पर यह सब पहले से जानने के बावजूद मिलने का निर्णय स्वयं उसने लिया था, फिर यह छटपटाहट क्यों? सब कुछ स्पष्ट होने के बावजूद भीतर कहीं कुछ चटख़ता है, जो उसे संयत नहीं रहने देता।

उसने एक गहरी साँस ली और धीरे-धीरे सहज होने की कोशिश की। अचानक उसका ध्यान कमरे में अस्त-व्यस्त पड़ी अनेक चीज़ों की ओर खिंच गया। उसे कोफ़्त-सी हुई यह देखकर। उसने एक-एक करके सब चीज़ें जगह पर लगायीं। बिस्तर झाड़कर सँवार दिया। फ़र्श पर धूल की हल्की परत देख पूरा फ़र्श साफ़ कर डाला। टेबल पर पड़े बिखरे काग़ज़ एक दराज़ में डाल दिये व वहाँ पड़ी कुछ किताबें बुक शेल्फ़ में लगा दीं। कमरे में रोशनी कुछ ज़्यादा थी। उसने कमरे के कोने में लगे दो लैम्प छोड़कर बाक़ी सारी बत्तियाँ बुझा दीं। बालकनी भी अँधेरे में डूब गयी। सोचा, अब कुछ खाने के लिए भी बना लेना चाहिए। घंटे भर में खाना भी बन गया। टेबल पर खाने के बर्तन लगाने के साथ ही लगभग सारा काम निपट गया। वह नहा-धोकर उजली-उजली-सी सोफ़े पर बैठी है। काफ़्का की एक किताब लिए। टी.वी. देखने का कतई मन न हुआ। मन शान्त तो है, पर बेहद ख़ाली। बस, एकमात्र आश्वस्ति उसे ढक लेती है कि वह आने वाला है और वे बरसों बाद मिलेंगे।

उसे रात दस बजे के आस-पास लौटना था, पर नौ बजे ही दरवाज़े की घण्टी बज उठी।

"इस समय कौन हो सकता है ?" सोचते हुए वह दरवाज़े की ओर बढ़ ही रही थी कि एकाएक किसी ने बाहर से चाबी से दरवाज़ा खोल दिया। हल्के से अँधेरे से गुज़रता हुआ वह भीतर आ चुका था।

"तुम ?" वह वहीं रुक गयी।

"हाँ! मैं।" उसका चेहरा खिला हुआ था।

वह दरवाज़े से थोड़ी दूर खड़ा उसे एकटक देख रहा था। एक चिर परिचित मुस्कान।

"सच ! विश्वास नहीं हो रहा अपनी आँखों पर।" कहते हुए वह उसके पास आकर खड़ा हो गया। सूटकेस नीचे रख उसने उसे हल्के-से दोनों बाँहों से घेर लिया।

वह स्थिर खड़ी थी अपनी बाँहें समेटे। चुपचाप अपने घेरे में सिमटी। तभी उसने हल्के उसके बालों को चूमा और दोबारा उसके चेहरे की ओर देखते हुए उसे गले से लगा लिया। कुछ ही क्षणों में वे दोनों एक-दूसरे के घेरों में क़ैद थे। कुछ बेहद परिचित स्पर्शों की वही पुरानी गिरफ़्त और साँसों की वही चिर-परिचित गन्ध। उसने उसके दायें गाल को हल्के-से चूमा और उससे अलग हो गया।

"ओह! माफ करना। कन्धे से लैपटॉप उतारना ही भूल गया।"

लैपटॉप अब फर्श पर पड़ा था सूटकेस के पास और वह वहीं खड़ा रहा उसके बेहद क़रीब, उससे एकदम सटा हुआ।

"केवल लैपटॉप नहीं, तुम दरवाज़ा बन्द करना भी भूल गये, देखो तो?"

वह अँधेरे के अन्तिम छोर पर खुले दरवाज़े की ओर इशारा करते हुए कह रही थी। वह दरवाज़ा बन्द करके वहीं खड़ा रहा कुछ दूर, एक उजली मुस्कान लिए। उसे कुछ दूर से निहारता हुआ।

"सालों बाद तुमसे यूँ मिलना बेहद अच्छा लग रहा है। अच्छा किया, तुम आ गयीं।"

"हाँ ! आ ही गयी डरते-डरते।"

"डर किस बात का ?"

"यूँ ही। तुमने फ़ोन पर अपनी निजी ज़िन्दगी के बारे में कुछ भी नहीं बताया।"

"तुमने पूछा ही कहाँ था? वैसे डरने की क्या बात है इसमें? ज़्यादा से ज़्यादा क्या हो सकता था, बस ! यही कि मेरी शादी हो चुकी होती।"

"ऐसे में थोड़े ही मुझे यहाँ बुलाते ?"

"क्यों नहीं, इसमें क्या मुश्किल है ?"

"मैं सीरियसली बात कर रही हूँ, मज़ाक़ मत करो। अगर मुझे तुम्हारे शादीशुदा होने का पता चलता तो मैं कभी तुमसे मिलने न आती।"

"अगर ऐसी बात है तो मैं तुम्हें पता ही न चलने देता।"

"मतलब ? मुझसे छिपाते ?"

"क्यों नहीं, तुमसे मिलने के लिए तो मैं कुछ भी कर सकता था। तुम जानती हो, मुझे तुम्हारा साथ बेहद अच्छा लगता है।"

"अगर यह वाकई सच है तो फिर..." उसकी यह बात सुन एक ही साँस में क्या-क्या नहीं कहना चाहा था उसने, लेकिन घुटकर खामोश रह गयी थी वह।

"यह सब पूछने नहीं आयी है वह यहाँ।" भीतर उठी एक आवाज़ ने उसे तुरन्त रोक लिया, उसी क्षण।

"तुम्हें अच्छा लग रहा है न यहाँ आकर? प्लीज़ फ़ील एट होम।" वह उसके बालों में उँगलियों फेरते हुए कह रहा था।

वह मुस्कुरायी थी, उसे एकटक देखते हुए।

"तुम मुस्कुराती हुई बेहद अच्छी लग रही हो। अब मैं भी काफ़ी रिलैक्स्ड महसूस कर रहा हूँ।"

वह अलमारी से कपड़े निकाल बाथरूम में घुस गया था।

जब तक वह नहाकर आया, खाना लग चुका था। बाथरूम के दरवाज़े के बाहर खड़े होकर उसने आस-पास नज़र दौड़ाई। आँखों में एक हल्का सा विस्मय लिए।

"घर कुछ बदला-बदला-सा लग रहा है।"

"अच्छा ! ऐसा क्यों ?"

उसने चारों ओर दृष्टि डाली। कमरा एकदम व्यवस्थित व साफ़-सुथरा लग रहा था। सब चीज़ें अपनी-अपनी जगह करीने से लगी हुईं। किताबें शेल्फ़ पर व कपड़े अलमारी में। टेबल पर छोटे-बड़े काग़ज़ों व अख़बारों का वह अव्यवस्थित ढेर तो वहाँ से ग़ायब ही था। इसके अलावा फ़ोन का चार्जर, नेल कटर, हेयर ब्रश और रोज़मर्रा की तमाम छोटी-छोटी चीज़ें... उसे याद आया कि वह फ्रेंकफ़र्ट जाते समय जल्दी-जल्दी में कितना कुछ वहाँ बिखरा हुआ छोड़ गया था, कमरे में और किचन में भी।

"अब समझ आया। तो तुमने घर की सफ़ाई की है। तभी घर इतना अच्छा लग रहा था आज। सब कुछ साफ़-सुथरा, उजला-उजला सा। वाकई यार! जान डाल दी तुमने घर में।" वह मुस्कुरा रहा था रोशन आँखें लिए।

"सफ़ाई न करती तो क्या करती? फर्श गन्दा और टेबल व बिस्तर पर दुनिया भर की चीज़ों का बिखराव। सब कुछ अव्यवस्थित था।"

"दरअसल, बहुत दिनों से बेहद भागदौड़ रही। सफाई करने का समय ही न मिला।" कहते-कहते वह उसके क़रीब आ गया और हल्के-से उसके कन्धे दबाते हुए बोला।

"ठीक कह रही हो तुम। मुझे भी घर इसी तरह साफ़ रखना चाहिए।"

अब दोनों खाने की टेबल पर थे। वह बरसों बाद बड़े चाव व स्वाद से उसके हाथ का बना हुआ खाना खा रहा है। खाने के इस स्वाद में और कितने ही स्वाद आ मिले हैं। बरसों पहले बिताई शामों के, अनगिनत स्पर्शों के, देह की भीनी तेज़ गन्ध व अन्तरंग उद्दाम क्षणों में उठती असंख्य लहरों में खुद को पा लेने का चरम सुख। चाहते तो वे फिर से भीग सकते थे उस रात। एक-दूसरे की थाह में गुम हो, एक-दूसरे का ही आश्रय पा स्वयं तक लौट सकते थे। बीते बरसों में उनके बीच भले ही कितने रास्ते बन्द हो गये थे, कई पुल टूट चुके थे, पानी मीलों बह गया था, लेकिन उस रात सृष्टि के समस्त नक्षत्र साक्षी थे कि पृथ्वी अभी भी दिग्भ्रमित हुए बिना अपनी धुरी की परिक्रमा कर रही थी। गुरुत्वाकर्षण के प्राकृतिक नियम के तहत धरती से आसमान की ओर उठती हर वस्तु पुनः धरती की गोद में सुरक्षित पा रही थी। नदियों का जल किनारे तोड़ अनन्त सागरों की ओर उमड़ रहा था, पर सृष्टि की तमाम अनुकूलताओं के बावजूद वे दोनों ठहरे हुए थे, अपने-अपने ध्रुवों पर टिके। दोनों एक लम्बी यात्रा से लौटे थे जैसे। बड़ी गहरी थी उस यात्रा की अन्दरूनी थकान। भावनाओं का उगड़ता आवेग अपने ही किनारों से टकराता और आहत होकर धराशायी हो जाता।

हालाँकि आने से पहले बातों-बातों में यह सहज ही तय हुआ था कि वह बैड पर सोएगी और वह ज़मीन पर गद्दा बिछाकर, लेकिन सोते समय यह बात स्वयं ही किसी पाताल में ग़र्क हो गयी थी। दोनों बिस्तर पर पास-पास लेटे थे। सवाल उनके बीच की दूरी या नज़दीकी का नहीं था। सवाल उस दूरी व नज़दीकी के बीच बन रहे एक ऐसे नाज़ुक पुल का था, जिस पर जल्दबाज़ी में

पैर रखना या फिर आँखें मूँद उसे एकदम-से लाँघ जाना दोनों को असंगत व अटपटा लगा था। दोनों पुल के अन्तिम छोरों पर खड़े थे— ख़ामोश, नि:शब्द। ठिठके-से। आने वाले रास्तों की ओर जाती पगडंडियों को टोहते। अपने-अपने पैरों तले की ज़मीन के खुरदरेपन को भरने की कोशिश में रत। एक भीनी-सी गन्ध वहाँ तैर आयी थी। बालकनी में अँधेरे में कोई जुगनू टिमटिमाया था। वे दोनों न जाने कब अपने-अपने में सिमटे गहरी नींद के आगोश में समा गये।

अगले कुछ दिन बहुत तेज़ी-से गुज़र गये। ऑफ़िस के बाद वे दोनों शाम को कभी-कभार बाहर घूमने निकल जाते, लेकिन अधिकतर शामें घर में ही बीतीं। एक-दूसरे से हँसते-बतियाते, बालकनी में संगीत की सोहबत या फिर घर के छोटे-मोटे कामों में। वह खाना बनाती तो वह सलाद काट देता व टेबल लगा देता। उसे अपनी रसोई में काम करते देख उसे ख़ासतौर पर अच्छा लगता। आटा गूँथते हुए एक ख़ास लय में हिलते उसके कन्धे, बालकनी में धुले कपड़ों को फैलाती उसकी सुघड़ बाँहें, काम करते-करते हल्की-सी क्लान्ति से घिरा बेहद अपनापन लिए हुए उसका शान्त व सुन्दर चेहरा, पीठ पर फैले उलझे से बाल। वह उसकी नज़र बचा उसे काम करते हुए बड़ी शिद्दत से देखता। उसे ताज्जुब हुआ कि बरसों उसके इतने क़रीब होने के बावजूद उसने इन सब चीज़ों की ओर पहले कभी ग़ौर नहीं किया था जबकि उसने हिन्दुस्तान में ऐसी अनेक शामें उसके साथ उसके फ़्लैट में बितायी थीं। कभी-कभी अतीत में अनजाने में अनदेखी की गयी छोटी-छोटी चीज़ें एक लम्बे अन्तराल के बाद मिलने पर कितनी नयी और कितनी सुखद जान पड़ती हैं, उसने पहली बार महसूस किया।

आठ-दस दिन में ही वह उसके घर में ऐसे रम गयी थी जैसे बरसों से वहाँ रहती आयी हो। उसकी उपस्थिति के कारण उसने पहली बार लगातार इतनी शामें घर पर गुज़ारी थीं। अकेला होने की वजह से वह अक्सर दफ़्तर से घर लौटने की बजाय कहीं न कहीं चला जाता, किसी रेस्तरां या बीयर बार में। वीकेंड पर किसी हिन्दुस्तानी दोस्त के साथ मिलने का कार्यक्रम बन जाता। दिनोंदिन बीत जाते पर उसकी रसोई खाने की महक से वंचित रहती। उसके आ जाने से

घर 'घर' लगने लगा था। उसे उसका यूँ अपने घर पर और स्वयं पर छा जाना बेहद अच्छा लगा। हर शाम उसके हाथ का स्वादिष्ट खाना, पसन्दीदा संगीत, गपशप के लम्बे दौर तथा उसकी उन्मुक्त हँसी ने जीवन की एकरसता को कहीं दूर भगा दिया था, पर उसकी उन्मुक्त हँसी के बावजूद वह उसकी आँखों में अनायास क्षण भर के लिए उतर आयी नमी की छुअन से अछूता न रह पाता। साफ़-साफ़ सुन पाता है उसके भीतर बहती नदी की सिसकन। हालाँकि ऊपर से दोनों सहज बने रहते हैं। वह स्वीकारता है कि उसने सचमुच बहुत ज़्यादती की है उसके साथ, पर वह क्या करता? कुछ भी उसके वश में न रह पाया। बरसों लम्बे व गहरे सम्बन्ध की ऊष्मा यहाँ विदेश में आने के कुछ महीनों बाद ही सर्द होने लगी थी। उसने उसका साथ देने की पूरी कोशिश की थी, पर ज़िन्दगी की रफ़्तार व बदलते रंगों ने उसे धीरे-धीरे अपनी गिरफ़्त में ले लिया था। एक लम्बा-सा पुल अदृश्य में उनके बीच तन गया था। पुल के इस सिरे पर खड़ा वह चाहकर भी उसकी पुकार न सुन पाता। हालाँकि रात के घुप्प अँधेरों में कभी-कभार उसे उसकी बदहवास आवाज़ सुनायी देती, पर दिन की तेज़ रोशनी में वह चटख़कर बिखर जाती। फिर एक दिन वह स्वयं पीछे हट गयी थी कलेजे पर बड़ा-सा पत्थर रखकर। उनके बीच तने पुल को धराशायी कर दिया था उसने। क्या करती? ठीक ही किया उसने। अगर वह उसकी जगह होता तो शायद वह भी यही करता।

उसे वहाँ आये दो हफ़्ते बीत चुके हैं। उसके साथ हर पल सहज व सुखद महसूस करने के बावजूद चाहकर भी उसके समक्ष अपने किये को स्वीकारने का साहस नहीं जुटा पाया है वह। यह उसकी कमज़ोरी थी या अपराध बोध, यह भी ठीक से नहीं जान पा रहा था वह।

दो दिन बाद वे दोनों सुबह छह बजे ज़्यूरिख़ के मेन ट्रेन स्टेशन पर थे। ट्रेन प्लेटफ़ॉर्म पर आ चुकी थी और ट्रेन छूटने में आधा घंटा शेष था। दोनों चलते-चलते कोच नम्बर सी-पाँच के सामने रुक गये। इसी कोच में अड़तीस नम्बर सीट थी उसकी। उसने ट्रेन के भीतर झांका। ट्रेन एकदम ख़ाली थी।

"थोड़ी देर बेंच पर बैठते हैं। अभी समय है। भीतर एक भी पैसेंजर नहीं है।" उसने लोहे की एक बेंच की ओर इशारा करते हुए कहा।

वह अपना सूटकेस बेंच से सटाकर वहाँ बैठ गयी।

"जानती हो एक बात ?"

"क्या?"

उसने प्लेटफ़ॉर्म के दूसरी ओर एक ट्रेन की ओर इशारा करते हुए कहा- "मैं हर रोज़ इसी से ट्रेन ऑफ़िस आता-जाता हूँ। हम दोनों की ट्रेन छूटने का समय एक ही है, मगर दोनों ट्रेने, विपरीत दिशाओं में आगे बढ़ जायेंगी, अपने-अपने गन्तव्यों की तरफ़। तुम्हें ट्रेन में बिठाकर मैं तुरन्त अपनी ट्रेन में चढ़ जाऊँगा। अच्छा ही हुआ, प्लेटफ़ॉर्म पास-पास है। इस वजह से हमें यहाँ एक साथ आराम से बैठने का थोड़ा समय मिल गया।" उसके स्वर में कोमलता थी।

वह चुप रही।

"क्यों ग़लत कहा मैंने ?" वह उसके क़रीब बैठा था।

वह कुछ न बोली, चुप रही।

कुछ देर के लिए वह भी उसकी चुप्पी में शामिल हो गया।

"क्या सोच रही हो ?"

"कुछ नहीं।"

"इतनी चुप क्यों हो ?"

"यूँ ही, तुम कुछ कहो।"

"मैं ? मैं तो बस यहीं कहना चाहता हूँ कि तुम्हारा आना मुझे बेहद अच्छा लगा। तुम्हारे साथ इतने दिन इतने जल्दी बीत गये कि पता ही न चला। मेरा आग्रह स्वीकार करने के लिए शुक्रिया।"

"अच्छा ! शुक्रिया करना चाहते हो मेरा ?" उसने कुछ रुककर कहा।

"क्यों नहीं, मैंने तो कभी सोचा भी नहीं था कि कभी तुमसे यों दोबारा मिलना होगा, वह भी यहाँ। दुनिया के इस हिस्से में। चलो ! अब तो तुम मेरा ठिकाना जानती हो। जब भी कभी यूरोप आने का कार्यक्रम बने, यहाँ ज़रूर आना। मैं तुमसे फिर से मिलना चाहूँगा।"

"क्या कह सकती हूँ इस बारे में" वह धीरे-से बोली।

"कहना क्या है ? यह तो तुम्हारे चाहने पर निर्भर करता है।"

तत्क्षण एक ज्वालामुखी-सा फटा था उसके सीने में और उसकी जलती आँखों से उमड़ने लगा था लावा।

वह क्या चाहती थी, वह अच्छी तरह जानता है और उसकी हर चाह में बराबर शरीक था वह। बावजूद इसके उन दोनों के बीच जो कुछ होता चला गया, उसमें उसकी इच्छा कहाँ शामिल थी ? वह तो आज तक भी नहीं जान पायी कि आख़िर वह उससे दूर क्यों होता चला गया? उसने तो यह तक जानने का हक़ तक नहीं दिया उसे। फिर आज अचानक उसकी चाह, उसकी इच्छा की ये बेमानी बातें।

शब्द सिर्फ़ शब्द होते हैं कभी-कभी। वे खुलते ज़रूर हैं, लेकिन अपने-अपने सीमान्तों में। सब कुछ जानकर भी वह क्यों अतीत को इस कदर स्वयं पर हावी होने के लिए खुला छोड़ रही है कि वह ख़ूँख़ार जानवर-सा कहीं भी, किसी भी क्षण उसे जहाँ-तहाँ नोचकर लहूलुहान कर सके। सच तो यह है कि तीन-चार दिन बाद वह पेरिस से दिल्ली लौटकर पुनः अपनी दिनचर्या में रम जायेंगी। महानगर की चीत्कार करती भीड़ भरी सड़कें, मैट्रो से रोज़ाना ऑफ़िस आने-जाने ढाई घंटे का बोझिल सफ़र, दिन भर ऑफ़िस के छोटे-बड़े झमेले, काम का बोझ, दुनियादारी की औपचारिकताएँ और इस सब के साथ अपनी खींची लकीरों पर चलने के जोख़िम का रोमांच। कुछ भी हो, अपनी खुशी के लिए किसी पर निर्भर होने की कमज़ोरी कतई बरदाश्त नहीं उसे। उसके छूट जाने को बिना किसी शिकायत, बिना किसी प्रतिक्रिया के चुपचाप बरसों पहले स्वीकार कर लिया था उसने। उससे सम्बन्ध तोड़ने व बरसों बाद उससे मिलने का निर्णय भी स्वयं उसी का था बिना किसी दवाब, द्वन्द्ध, किसी उलझन और किसी आकाँक्षा के। कोई लाख कोशिश करे, समय के साथ ज़िन्दगी का चेहरा बदल ही जाता है। सम्बन्धों की चौखटों में जड़ी बेहद ख़ूबसूरत तस्वीरें बीतते समय के साथ अपनी जगह से हिल-डुल जाती हैं। बावजूद इसके, उससे बरसों बाद मिलकर सब कुछ सहज लगा उसे। असहज से मुक्ति की कामना व प्रयास, सब कुछ अच्छे से निभ गया। उसके साथ बीते दिनों को ज़िन्दगी की एक ख़ूबसूरत सौगात मान सकती है वह। तो फिर विदा के इस क्षण उसे भीतर तक उखाड़ता यह झंझावात कैसा ?

"आओगी न दोबारा?" उसने उसकी चुप्पी को तोड़ते हुए फिर से पूछा था।

"यह तो समय बताएगा।"

"मैं उस क्षण की प्रतीक्षा करूँगा।"

वह एकटक उसके भावपूर्ण चेहरे की ओर देख रही थी। वह चुप था, एकदम चुप। एक निश्छल-आत्मीय मुस्कान लिए। उसका चेहरा हल्के-से दिपदिपाया था। उस नन्हे आलोक से उसके उदासीन चेहरे पर भी हल्की-सी रोशनी उतर आयी थी।

दोनों ने अपलक एक-दूसरे की ओर देखा।

दो जोड़ी नम आँखें और घनी चुप्पी के बावजूद हरकत करतीं ख़ामोशी की कुछ लहरें।

उन दोनों के कन्धे कुछ और सट आये थे। वहाँ उस हल्के उजाले में, उस क्षण उन दोनों के बीच न तो शब्द शेष थे, न ही कोई इच्छा वहाँ व्याप्त थी।

गहरे मौन में बँधे वे उस क्षण अस्तित्व व इच्छा की परिधि से बहुत दूर चले गये थे।

थर्ड वेव

सितम्बर के आख़िरी दिन हैं। मौसम खुशनुमा हो चला है और धीरे-धीरे ग़ायब हो रही है उमस। शाम आते-आते हल्की-सी ठण्डक पूरे वातावरण में फैल जाती है। दो साल पहले भी मौसम ऐसा ही था, लेकिन कोरोना की वजह से उपजी घुटन, अकेलापन, निराशा व बेचैनी ने यह राहत महसूस ही नहीं होने दी। लॉकडाउन ने तो दम ही घोंटकर रख दिया। हालाँकि लॉकडाउन में हल्की-फुल्की छूट मिलने के कुछ महीनों बाद जीवन कुछ धीमी गति से पटरी पर लौटता-सा प्रतीत होने लगा था। बावजूद इसके, दुनिया भर में मेरे जैसे अनगिनत लोग थे, कोरोना के भय से बुरी तरह आतंकित, जो अभी भी घर की चारदीवारी में पूरी तरह से क़ैद थे। मेरे भय का एक ही कारण था— रंजीत की बीमारी। सिर्फ़ ज़ोया से फ़ोन पर लम्बी बात होती, वह भी वीकेंड पर। जर्मनी और भारत के मध्य समय का चार घंटे का अन्तराल और दिनभर ऑनलाइन काम से उपजी थकावट की वजह से कई बार ज़ोया भी थोड़ी-बहुत बात करती। बातें करते भी तो क्या? वही, कोरोना की मनहूस ख़बरें, मौसम का हालचाल व ज़ोया के काम से सम्बन्धित गिनी-चुनी बातें। हाँ, पिछले कुछ महीनों से हम दोनों रंजीत की बीमारी उसके निरन्तर गिरते स्वास्थ्य के बारे में देर तक बात करने लगे थे। लगभग चार साल हो चुके रंजीत को पार्किंसंस से जूझते हुए। बीमारी के हल्के-फुल्के लक्षण तो उसमें रिटायरमेंट से लगभग लगभग दो साल पहले ही दिखने लगे थे। रंजीत को रिटायरमेंट के बाद काम से आराम तो मिला, लेकिन बीमारी ने गति पकड़ ली।

जानलेवा कोरोना की दहशत के मारे अब हम पहले की तरह न तो रिश्तेदारों व दोस्तों के यहाँ आते-जाते और न ही किसी को अपने घर आमन्त्रित करते। एक मायने में हम पूरी दुनिया से कट चुके थे।

पहले हमारे यहाँ साल में हम तीनों के जन्मदिन और नये साल पर चार बड़ी पार्टियाँ ज़रूर होती थीं। कुछ बरस पहले ज़ोया के जर्मनी सेटल होने पर साल में दो पार्टियाँ और होने लगीं। ज़ोया के भारत आने पर, ताकि वह एक बार रिश्तेदारों और एक बार क़रीबी दोस्तों को एक साथ मिल सके। रंजीत की मल्टीनेशनल जर्मन कम्पनी में काम करने वाले जर्मन अफ़सरों की बीवियों के साथ महीने दो बार होने वाली केक एंड कॉफ़ी गेट टुगेदर में मेरी विशेष रुचि रहती। केक एंड कॉफ़ी पार्टी में केवल रंजीत की जर्मन कम्पनी में काम करने वाले भारतीय व जर्मन ऑफ़िसर्स की हाउस वाइफ़्ज़ शामिल होतीं, जिनकी वजह से माहौल बेहद अनौपचारिक और मस्त होता। हम सब औरतें जी खोल कर घंटों गपशप करतीं। हमारी बातों के सिरे हमारे कपड़ों, गहनों, बच्चों, कामवालियों से लेकर हमारे भीतर के गहरे अँधेरे कोनों तक पसरे होते। पहले दो-एक घंटे तो हम खाते-पीते व मज़ाक़ करते, लेकिन फिर कुछेक लोगों के चले जाने के बाद हम में से कुछ औरतें देर तक बतियाती रहतीं। अपने देश से हज़ारों मील दूर बसी कुछेक जर्मन औरतें अपने अकेलेपन व अपने असन्तुष्ट वैवाहिक जीवन की बातें साझा करने में कतई संकोच न करतीं। अपने खुले स्वभाव के कारण मुझे भी अपनी व्यक्तिगत बातें करने में बिल्कुल झिझक न होती, ख़ासकर जब ये बातें मेरे और रंजीत के निजी सम्बन्धों से जुड़ी होतीं। मैं बेहद मज़ाकिया व खुले अन्दाज़ में रणजीत के दब्बू और ठण्डेपन की बातें शेयर कर सबको हँसा-हँसाकर लोटपोट कर देती। अपने मस्त और हँसमुख स्वभाव के कारण मैं रंजीत के कुलीग्स की बीवियों की ख़ासी-अच्छी दोस्त बन गयी थी, जिन्हें मिलने का मौक़ा मुझे महीने में दो बार कॉफ़ी पार्टी के अलावा ऑफ़िस में अनेक अवसरों पर डिनर और चाय पार्टी के दौरान मिलता।

रंजीत के सब कुलीग्ज़ मेरे खुले स्वभाव, मेरी साफ़गोई व मेरी हिम्मत की दाद देते और मेरे प्रति अप्रत्यक्षतया सहानुभूति भी प्रकट करते। बावजूद इसके, रणजीत की शराफ़त एवं उसके जेंटलमैन होने के कारण हमारे दोस्तों में नज़रों में उसकी इज़्ज़त में कहीं कोई कमी न आयी थी। कभी-कभी लगता है कि अगर कॉफ़ी व ऑफ़िस पार्टीज़ न होतीं तो मेरे जीवन में व्याप्त घुटन, अकेलापन,

बेचैनी और कुंठाएँ मुझे बहुत पहले ही पूरी तरह तबाह कर चुकी होतीं। इन अवसरों ने मुझे काफ़ी हद तक नॉर्मल रहने में मदद की थी। मैं कॉफ़ी पार्टी में ख़ूब सज-धजकर जाती। अपने ख़ूबसूरत गहने, लेटेस्ट कपड़े और ब्रांडेड एक्सेसरीज़ को दिखाने और उनके बारे में बात करने का असली का मज़ा इन्हीं अवसरों पर मिलता। सच तो यह है इन पार्टीज़ की वजह से धीरे-धीरे मेरा न केवल शॉपिंग का शौक़ परवान चढ़ता गया, बल्कि मुझे कुछ ही सालों में अच्छे से पहनने-ओढ़ने का सलीक़ा भी आ गया। इतना ही नहीं, मेरे नए-नए खूबसूरत, महँगे स्टाइलिश कपड़े और गहने मेरी सहेलियों के लिए विशेष आकर्षण का विषय होते। रंजीत में चाहे सौ कमियाँ हों, लेकिन उसकी एक अच्छाई की वजह से मैं उसकी बहुत-सी कमियों को आमतौर पर नज़रअन्दाज़ कर देती कि रंजीत ने मुझे कभी पैसे खर्च करने से नहीं रोका। बात चाहे शॉपिंग की हो, या कहीं घूमने-फिरने या फिर सैर-सपाटे पर जाने की। किसी बड़े रेस्टोरेंट में खाना हो, घर पर पार्टी करनी हो या फिर किसी रिश्तेदार या दोस्त के लिए किसी ख़ास अवसर पर कोई महँगा गिफ़्ट ख़रीदना हो, वह आमतौर पर मुझे खुले दिल से यह सब करने देता। यही नहीं, वह मेरे द्वारा ख़रीदी गयी ख़ूबसूरत चीज़ों और मेरी अच्छी पसन्द की खुले दिल से प्रशंसा करता। रंजीत के बड़ी कम्पनी में नौकरी करने के कारण यह सब न केवल उसके बल्कि मेरे लिए भी ऊँची प्रेस्टीज़ का विषय बन चुका था।

जब रंजीत अपने जर्मन बॉस, जर्मन कुलीग्ज़ व उनकी बीवियों को डिनर पर बुलाता तो मैं विशेष रूप से उत्साहित होती। समय-समय पर जर्मनी और देश-विदेश से ख़रीदकर लाये गयी ख़ूबसूरत व महँगी डेकोरेशन की चीज़ों तथा बेहद सलीक़े से सजाए गये हमारे घर की तारीफ़ किये बिना कोई भी न रह पाता। ऐसे अवसरों पर मैं ड्राइंग व डायनिंग रूम को विशेष रूप से तरह-तरह के फूलों से सजाती, लेकिन इतना महँगा घर बनवाने के साल भर बाद ही पता नहीं क्यों हमारे ड्राइंग रूम के फ़र्श के एक कोने में एक दरार उभर आयी थी जो दो सालों में ड्राइंग रूम के आगे के हिस्से की तरफ खिंचती चली गयी। हमने आर्किटेक्ट और कॉन्ट्रैक्टर, दोनों से इस बारे में कई बार शिकायत की, पर वे हर

बार यह कहकर हमें टाल देते कि यह हल्की-फुल्की दरार कोई ज़्यादा चिन्ता का विषय नहीं है। पता नहीं क्यों मेरे मन में इस दरार को लेकर एक ख़ौफ़-सा घर करता जा रहा था। नये घर में दरार आने का क्या मतलब? मैंने तो रंजीत को कॉन्ट्रैक्टर पर मुकदमा दायर करने के लिए भी कहा था। हमारे ही शहर में रहने वाले रंजीत के बड़े भाई व भाभी भी मेरी बात से पूरी तरह सहमत थे, लेकिन रंजीत में यह करने का दम ही न था। धीरे-धीरे वह दरार खिंचती हुई हमारी लॉबी और किचन तक आ गयी। जब कभी घर पर मेहमान डिनर पर आते, मैं उस दरार को छिपाने के लिए छोटे-बड़े कई साइज़ के ख़ूबसूरत कालीन बिछा कर उसे हर तरफ़ से ढकने की कोशिश करती। रात में जलते अनेक ख़ूबसूरत लैम्प्स की रोशनी में उन कालीनों की वजह से हमारा घर बेहद सुन्दर लगता। मेहमान घर व ख़ूबसूरत कालीनों की तारीफ़ करते न थकते, लेकिन कोई नहीं जानता था कि भीतर ही भीतर सब कुछ दरक रहा है।

यूरोप से ख़रीदे बेहद महँगे और ख़ूबसूरत बड़े-बड़े कैंडल स्टैंड्स में जलती मोमबत्ती की लौ में मेहमान महँगे व ख़ूबसूरत काँच के बर्तनों में परोसे स्वादिष्ट व्यंजनों का भरपूर स्वाद लेते और बड़े ही खुले दिल से मेरी व रंजीत की आवभगत की प्रशंसा करते। ऐसे अवसरों पर रंजीत मेरी कार्यकुशलता से प्रभावित हुए बिना न रह पाता, लेकिन वह मेरे खुले व हँसमुख स्वभाव के कारण पार्टी में मेरे बार-बार मज़ाक़ करने, जोर-जोर-से हँसने व ठहाके लगाने पर अक्सर बुरा मान जाता। मैं उसकी कतई परवाह न करती और सबसे ख़ूब हँसी-मज़ाक़ व मस्ती करती। पर एक बार तो मैंने रंजीत के साथ कुछ ज़्यादती ही कर दी। ग़लती रंजीत की ही थी। उसी ने उकसाया था मुझे। उस दिन रंजीत का जन्मदिन था। हमारे बहुत-से क़रीबी दोस्त हमारे यहाँ डिनर पर आमन्त्रित थे। पूरे घर में चहल-पहल थी। सब हँसी-खुशी से खा-पी रहे थे। मैं भी पूरी मस्ती के मूड में थी। रंजीत किसी न किसी बात पर मेरे ठहाके सुनकर चौंक सा जाता और सबकी निगाह बचाकर मुझे हल्के-से घूरने लगता। मैं सब कुछ देखकर भी अनदेखा कर रही थी। रंजीत भी सब समझ रहा था। जब बर्थडे केक काटने का समय आया तो मैं रंजीत से कुछ दूर डाइनिंग टेबल के

दूसरी ओर खड़ी थी। सभी दोस्तों ने मुझे रंजीत के साथ खड़े होने के लिए कहा। मैं सोच रही थी कि रंजीत स्वयं मुझे बुलाएगा, लेकिन औरों के कहने के बावजूद वह चुप बना रहा। वह मेरे बिना ज़ोया के साथ केक काटने के लिए उद्यत था। तमाशा न बने, इसलिए उसके न बुलाने के बावजूद मैं सबके कहने पर चुपचाप रंजीत और ज़ोया के साथ जाकर खड़ी हो गयी। रंजीत के केक काटते ही सब लोग उसे जन्मदिन की बधाई देने लगे और मुझे उसे केक खिलाने के लिए कहने लगे। मैंने केक का एक टुकड़ा चम्मच में रखा और रंजीत की ओर बढ़ा दिया। रंजीत ने जिस अनमने भाव से मुँह खोला, मैं एकदम बुझ-सी गयी, लेकिन तभी मुझे एक शरारत सूझी। मैंने केक वाला चम्मच रंजीत के मुँह से कुछ ऊपर कर दिया। वह केक खाने के लिए कुछ उचका तो मैंने अपना हाथ और भी ऊपर उठा लिया। यह देख रंजीत जोश में आ गया। उसने अचानक एड़ियाँ उठायी और लगभग चम्मच तक पहुँच गया। इससे पहले कि वह केक खा पाता, मैंने तुरन्त केक का टुकड़ा अपने मुँह में डाल लिया। मेरी यह शरारती व बेबाक हरकत देख सब लोग ज़ोर-ज़ोर-से ताली पीटकर हँसने लगे। मैं भी उन सब के साथ ज़ोर-ज़ोर से ठहाके लगा रही थी, जबकि रंजीत खिसियाया-सा नकली मुस्कान लिए इधर-उधर देखने लगा था।

पार्टी ख़त्म होने के कुछ देर बाद मैंने रंजीत से पूछा "कैसी रही पार्टी? सब ठीक-ठाक हो गया न?''

"हाँ! सब अच्छा रहा। खाना भी स्वादिष्ट था।" रंजीत बुझी-सी आवाज़ में जवाब दिया।

मेरे मन में पार्टी के बाद भी शरारत का भाव बना हुआ था। मैंने आँखें नचाते हुए कहा- "और केक? केक टेस्टी लगा?"

इससे पहले कि रंजीत कुछ कहता, मैं रंजीत को केक खिलाने वाले दृश्य को याद कर फिर से हँसी के मारे दोहरी होने लगी। यह देख रंजीत बेहद गुस्से में अपने कमरे में घुस गया और मैं बेपरवाह-सी हँसी में लोटपोट अपने कमरे में।

शादी के शुरुआती सालों में रंजीत पैसा अपने कंट्रोल में रखता। इसके दो कारण थे। एक तो उसकी सैलरी बहुत ऊँची न थी और दूसरा, मैं कुछ ज़्यादा

ही सीधी-सादी थी। इसके भी दो कारण थे— रणजीत की तुलना में कम सुन्दर व कम पढ़ी लिखी होने की वजह से मुझमें आत्मविश्वास की कमी थी और ऊपर से शादी के महीने भर बाद मैंने इस वजह से नौकरी छोड़ दी थी कि मैं एक प्राइवेट ऑफ़िस में रिसेप्शनिस्ट का काम कर रही थी, जबकि रंजीत उसी ऑफ़िस में एकाउंट्स ऑफिसर था। दो साल बाद ही रंजीत को एक जर्मन कम्पनी में बहुत अच्छी नौकरी मिल गयी, जबकि नौकरी छोड़ने के बाद मेरी हैसियत सिर्फ़ एक हाउस वाइफ़ तक सिमटकर रह गयी थी, मात्र एक साधारण घरेलू औरत। पति पर पूरी तरह आश्रित। मैं सारा दिन घर में अकेले बैठे-बैठे बोर हो जाती। रंजीत दोपहर का खाना ऑफ़िस की कैंटीन में खाता। शाम का खाना मैं बेहद चाव से बनाती। रंजीत को मेरे हाथ का बनाया खाना बहुत पसन्द आता, लेकिन अपने अन्तर्मुखी व्यवहार के कारण वह कभी दिल खोलकर मेरी प्रशंसा न करता। वह केवल अन्तर्मुखी ही नहीं, बल्कि एक निहायत ठण्डा और बुझा हुआ आदमी था। पूरी तरह आत्मसीमित और एक हद तक स्वार्थी भी। बात चाहे काम की हो या फिर कम्फ़र्ट की, उसे सबसे अधिक अपनी फ़िक्र रहती। मुझे याद है, शादी के बाद हम हनीमून के लिए नैनीताल गये थे। रंजीत मेरी तुलना में न केवल कहीं अधिक पढ़ा-लिखा था, बल्कि देखने मैं भी मुझसे कहीं हैंडसम। मैं उसका साथ पाकर बेहद गर्वित महसूस कर रही थी। हनीमून के पहले तीन दिन बहुत हँसी-खुशी से गुज़रे। रंजीत मेरी हर बात मान रहा था, लेकिन चौथी शाम मैं बुरी तरह आहत हो गयी। हुआ यूँ कि नैनी झील में नाव की सवारी करने के बाद हम दोनों घोड़े पर बैठ झील के आस-पास घूमने का मज़ा ले रहे थे कि अचानक बूँदें बरसने लगीं। हमारे पास एक ही छाता था। मैं बारिश की बूँदों का भरपूर मज़ा ले रही थी कि तभी रंजीत ने अचानक होटल लौटने का निर्णय लिया। एकाएक बारिश तेज़ होने लगी थी। रंजीत मेरी परवाह किये बिना घोड़े से उतरा और छाता तानकर तेज़ क़दमों से चलते हुए एक पेड़ के नीचे जाकर खड़ा हो गया, जहाँ पहले से ही कुछ और लोग मौजूद थे। रंजीत की यह बात न केवल मुझे बल्कि घोड़े वाले को भी बेहद अखरी थी। मैं रंजीत को पुकारती रह गयी, लेकिन उसने एक बार भी पीछे मुड़कर नहीं देखा।

घोड़े वाला भी कह रहा था, "साहब! कहाँ जा रहे हैं अकेले? हद कर दी आपने। ज़रा रुकिए तो। मेम साहब को भी साथ लेकर जाइए। बारिश तेज़ है। यह भीग जायेंगी।"

मुझे पल भर के लिए तो रंजीत के बारिश से डरने पर हँसी आई, लेकिन देखते ही देखते मेरी हँसी आँसुओं में बदल गयी। मैं पूरी तरह भीग गयी थी और रंजीत दूर पेड़ के नीचे बारिश से सुरक्षित कई लोगों के बीच चुपचाप खड़ा था। मेरे वहाँ पहुँचने पर उसने अपने व्यवहार पर माफ़ी माँगने और मेरे बुरी तरह भीगने पर अफ़सोस प्रकट करने की बजाय मुझे लोगों की उपस्थिति में ही डाँट दिया था- "तुम्हारा दिमाग़ ज़रा भी काम नहीं करता क्या?"

"पर आप मुझे यूँ अकेला छोड़कर क्यों चले आये? मेरा इन्तज़ार क्यों नहीं किया?" मैंने एक साँस में पूछा था।

"मैं तुम्हारी तरह पागल थोड़े ही हूँ?" रंजीत के रूखे स्वर में कड़ापन उभर आया था।

मेरे भीगे चेहरे पर बारिश और आँसुओं की बूँदें घुलमिल गयी थीं और उन्हें अपने दुपट्टे से पोंछने के उपक्रम में छिप गयी थी मेरी रुलाई, जो बाद के सालों में भी कई बार फूटने के बावजूद रंजीत को कभी न भिगो पायी। होटल लौटकर मैं एकदम चुप्पी के आगोश में सिमट गयी थी। भीतर तक आहत थी, पर हनीमून की स्मृतियों को ग्रहण न लगे, यह सोचकर मैंने चुपचाप खाना खा लिया और सोच रही थी कि रंजीत जैसे ही मुझे मनाएगा, मैं सब कुछ भुला दूँगी। लेकिन रंजीत मुझे मनाने की बजाय खाना खाने के बाद देर तक बालकनी में अकेला बैठा सिगरेट व व्हिस्की पीता रहा और मैं बिस्तर पर उसके लौटने का इन्तज़ार करती रही। वह काफ़ी देर बाद लौटा, मगर नींद के आगोश में।

मुझे लगता है, हनीमून के पहले तीन दिन ही ऐसे थे जिसमें मैंने स्वयं और रंजीत को एक जान पाया था और उन तीन दिनों की बदौलत ही मुझे जीवन की सबसे अमूल्य चीज़ मिली थी मेरी एकमात्र सन्तान—मेरी बेटी ज़ोया। सच तो यह है रंजीत की एकमात्र देन ज़ोया ही है। कभी-कभी सोचती हूँ कि अगर ज़ोया न होती तो कैसा होता मेरा जीवन? एकदम ख़ाली, वीरान, बंजर और बीहड़।

रंजीत के साथ उलझना जितना मुश्किल होता, चुप रहना उससे भी कहीं ज़्यादा पीड़ादायक। क्योंकि न तो उससे झड़प करने में ही मुझे सन्तोष मिलता और न ही मैं उसी चुप्पी बर्दाश्त कर पाती। अपने ठण्डे और अन्तर्मुखी व्यवहार के कारण वह हर झड़प में मुझे आसानी से जीतने देता और इस क़दर अपने खोल में घुस जाता कि उससे बाहर निकलने में उसे कई दिन लग जाते। उसके ऐसे व्यवहार ने मुझे धीरे-धीरे झगड़ालू, गुस्सैल, चिड़चिड़ी एवं कुंठाग्रस्त बना दिया। अब मैं झगड़ा होने पर न केवल उस पर चिल्लाती बल्कि उसके द्वारा पूरी तरह उदासीन बने रहने पर अक्सर बेलगाम गाली-गलौज पर भी उतर आती,

"साला। कमीना। कुत्ता-हरामज़ादा..."

रंजीत मेरे गुस्सैल व्यवहार से और भी दुबक जाता। उसके चेहरे पर शिकन तक न आती। इस बात से मेरा पारा सातवें आसमान पर चढ़ जाता। कभी-कभी मेरा जी करता कि मैं उसे उकसाने के लिए उससे और लड़ूँ और फिर अपने किये पर शर्मिन्दा होकर बार-बार माफ़ी माँग उसके कोमल व्यवहार से राहत महसूस करूँ, लेकिन न जाने किस मिट्टी का बना था रंजीत। मेरे बुरे व्यवहार की प्रतिक्रिया में मुझसे लड़ने-झगड़ने व उत्तेजित होने की बजाय वह कई-कई दिनों के लिए एकदम चुप्पी ओढ़ लेता और बदले में मैं और भी अधिक आक्रामक होती चली जाती। अत्यधिक गुस्से में कभी-कभी जी करता कि अपना सिर फोड़ दूँ या फिर उसका सिर दीवार पर दे मारूँ, पर फिर दोनों में से कुछ भी करने की हिम्मत न जुटा पाती। बस! मेरी आवाज़ आसमान जितनी ऊँची हो जाती और तेज़ हो जाती गालियों की बौछार।

"कुत्ता, हरामज़ादा..."

अपने बेहद गुस्सैल स्वभाव के ज़मींदार पिता से सुनी अनेक गालियाँ बचपन में ही मेरे बोलचाल का हिस्सा बन गयी थीं। मेरे पिता किसानों व मज़दूरों को पैसा क़र्ज़ पर देते और बदले में उनका ख़ून चूसते। कोई उनकी मर्ज़ी के ख़िलाफ़ कुछ कह भर देता तो उसे बुरी तरह डराते-धमकाते और ऊँची व कड़क आवाज में ऐसी-ऐसी गालियाँ देते कि ग़रीब किसान व मज़दूर मारे डर के काँप उठते। उनकी गालियों का प्रयोग केवल ग़रीब किसानों और मज़दूरों

तक सीमित न था। इन गालियों की मार अक्सर मेरी माँ को भी पड़ती और वह हरदम घुटी-घुटी-सी रहती। अकेली सन्तान होने की वजह से मैं अक्सर मारे बोरियत के घर पर आने वाले ग़रीब मज़दूरों और किसानों का इन्तज़ार करती। वे हमारे बाहर के आँगन में चुपचाप आकर खड़े हो जाते। मुझे बड़े प्यार से निहारते व मुझ से बतियाते, लेकिन मेरे पिता के आते ही उनके चेहरों से वह कोमल भाव ग़ायब हो जाता। मेरे पिता के कठोर व्यवहार और गालियों की वजह से वे सब एकदम ख़ामोश व भयग्रस्त हो जाते। उन दिनों मैं आठ साल की थी। जब कभी मैं पड़ोस में बच्चों के साथ खेलने जाती और कोई बच्चा खेल में गुस्ताख़ी करता और ज़बरन अपनी बाज़ी लेने की नाजायज़ कोशिश करता तो मैं झूठ व बेईमानी एकदम बर्दाश्त न कर पाती और गुस्से में अपने पिता के मुँह से सुनी गालियों की झड़ी लगा देती। मेरी गालियाँ सुनकर बच्चे न केवल चुप हो जाते, बल्कि कुछेक बच्चे तो मेरे गुस्से के डर के मारे वहाँ से खिसक ही जाते। किसी भी ग़लत चीज़ को रोकने के लिए मुझे गालियाँ एक छोटे-से हथियार की तरह प्रतीत होने लगी थीं और यह हथियार दिन-ब-दिन कारगर सिद्ध हो रहा था, पर मैं यह कभी न समझ पाती कि मेरे पिता बेकसूर किसानों और मज़दूरों को जब तब इस हथियार से क्यों घायल करते हैं? एक दिन अपने आँगन में खेल रहे एक बच्चे पर चिल्लाते हुए मेरी ज़ुबान से गालियाँ सुन मेरे पिता एकदम सन्न रह गये थे। उन्होंने मुझे बालों से खींच घर के अन्दर धकेलते हुए मेरे मुँह पर ज़ोर-ज़ोर-से तीन-चार चाँटे जड़ दिये थे।

"साली, कुत्ती। लड़की होकर गाली बकती है? तेरा तो आज ही इलाज करता हूँ।" कहकर उन्होंने मेरी पीठ पर बहुत ज़ोर-से लात मारी। मैं दर्द से तड़प उठी, लेकिन मेरी माँ चुपचाप देखती रही। कुछ कहने पर उन्हें मुझसे भी कहीं ज़्यादा पिटने का ख़तरा था शायद। इस घटना के बाद पिताजी ने मेरे बाहर खेलने पर पाबन्दी से लगा दी और माँ को सख़्त हिदायत दी कि वह दो चोटियों की जगह मेरी केवल एक चोटी बनाए और मुझे फ्रॉक की जगह सलवार-कमीज़ पहनाए। मुझे याद है, माँ के ऐसा करने पर मैं कई दिन तक रोती रही थी, लेकिन मेरी एक न चली क्योंकि उस घर में केवल घर के मालिक

का हुकुम चलता था। पिता उस घर के मालिक थे। मैं व मेरी माँ उनकी जागीर। और जागीर की कोई जुबान नहीं होती। पिताजी अक्सर छोटी-छोटी बात पर माँ से न केवल गाली-गलौज करते बल्कि अक्सर उस पर हाथ भी उठा देते, ख़ासकर जब वे नशे में होते। माँ जब भी उन्हें अधिक शराब पीने से रोकती, ख़ूब मार खाती। यह देख मेरा कोमल हृदय काँप उठता और मेरा मन अपने पिता के प्रति क्रोध और घृणा से भर उठता। मैं अपनी माँ को तड़पता देख मन ही मन पूरी आक्रामकता से अपने पिता पर चिल्ला रही होती- "कुत्ता, हरामज़ादा!"

मेरा रंजीत से विवाह करने का सबसे बड़ा कारण उसका अन्तर्मुखी और निहायत शरीफ़ होना था। मैं रंजीत जैसे व्यक्ति से विवाह कर अपने पिता के दुर्व्यवहार के कारण अपनी माँ और स्वयं द्वारा वर्षों झेले अन्याय की पीड़ा से हमेशा के लिए छुटकारा पाना चाहती थी, लेकिन नहीं जानती थी कि एक अन्तर्मुखी, शान्त, शरीफ़, निहायत ठण्डा और बुझा हुआ आदमी भी औरत को बिना कुछ कहे घोर यातना दे सकता है। ज़ोया के पैदा होने के बाद कुछ वर्ष तक मैं काफ़ी हद तक अपने काबू में थी। मैंने ज़ोया को पालने-पोसने में ही जीवन का हर सुख पा लिया था। हमें लड़ते-झगड़ते बरसों बीत गये और जीवन धीरे-धीरे एक मृत-सी चाल आगे खिसकता रहा।

ज़ोया उन दिनों सातवीं क्लास में पढ़ रही थी। प्रोडक्शन में होने के कारण रंजीत को हर साल दो महीने के लिए जर्मनी जाने का अवसर मिलता। खुशक़िस्मती से इन्हीं दो महीनों में ज़ोया के स्कूल में गर्मियों की छुट्टियाँ होतीं। इसलिए मैं और ज़ोया हर साल रंजीत के साथ गर्मियों के दो महीने जर्मनी में गुज़ारते। मेरा दिन घर के कामकाज और ज़ोया को स्कूल का होमवर्क कराने में गुज़र जाता। रंजीत के घर लौटते ही ज़ोया बाहर जाने की ज़िद करने लगती। शुरू के दिनों में काम ज़्यादा होता, लेकिन कुछ ही दिनों बाद रंजीत ज़ोया की खुशी के लिए अक्सर शाम को बाहर जाने के लिए सहज ही तैयार हो जाता। वीकेंड पर अक्सर हम एक या दो दिन में एक नया शहर घूम-फिर आते। मेरी और ज़ोया की हफ़्ते भर की बोरियत इस वीकेंड ट्रिप से पूरी तरह ग़ायब हो जाती। रंजीत ज़ोया को खुश देख बेहद सन्तुष्ट होता। चूँकि मुझे खाना पकाने

का बेहद शौक़ है, मेरी रुचि रेस्टोरेंट में परोसे जा रहे विभिन्न पकवानों में होती जबकि रंजीत वाइन का शौक़ीन होने के कारण तरह-तरह की वाइन पीने का आनन्द लेता। वह अक्सर मुझे भी वाइन पीने के लिए कहता, पर मैं हर बार मना कर देती। वाइन पीने का ख़याल आते ही मेरे ज़ेहन में मेरे शराबी व गुस्सैल पिता का क्रूर चेहरा उभर आता और साथ ही उभर आती माँ के चेहरे पर छायी बेबसी और पीड़ा की असंख्य लकीरें, जो मुझे भीतर तक चीर कर रख देतीं।

पिता की मृत्यु के बाद माँ ने मेरे साथ रहना शुरू कर दिया था। मैं चाहती थी कि माँ को इतना सुख दूँ कि वह अपना दु:खद अतीत भूल जाए। माँ की देख-रेख में रंजीत ने भी कोई कमी न छोड़ी थी, लेकिन पिता के जाने के बाद माँ डिप्रेशन का शिकार हो गयी। वह सारा दिन या तो चुपचाप लेटी रहती और या फिर पूजा-पाठ में अपना समय बिताती। हम कहीं घूमने जाने की बात करते तो माँ साथ न जाने की ज़िद पर अड़ जाती और नौकरानी की देख-रेख में घर पर ही रहना पसन्द करती। हमारे बहुत चाहने पर भी वह हमारे साथ एक बार भी जर्मनी नहीं गयी। डिप्रेशन के चलते उसकी किसी भी चीज़ में रुचि नहीं रह गयी थी। रंजीत जब कभी शाम को देर तक व्हिस्की या वाइन पीता तो वह मुझे धीरे-से कहती "जानती हूँ कि रंजीत बहुत शरीफ़ है, लेकिन फिर भी ध्यान रखना। ज़्यादा पीने से आमतौर पर मर्द हिंसक हो उठते हैं।"

सच तो यह है कि मैं चाहती थी कि कभी-कभार रंजीत पीने के बाद हिंसक हो उठे। इस मायने में कि मेरी देह को भी निचोड़ दे पूरी तरह, जो बरसों से उसके उद्दाम आवेग के लिए तरस रही थी। देह की पुकार स्त्री के मन में सुख की असंख्य हिलोरें पैदा करती है, लेकिन यह पुकार यदि हर बार अनसुनी ही रह जाए तो कभी न कभी लावा बनकर फूट पड़ती है। मैं कई बार अपेक्षा करती कि शायद रंजीत कभी नशे में ही मेरी देह की पुकार सुन ले, पर वह अक्सर पीने के बाद ज़ोया की उपस्थिति का बहाना बना चुपचाप अपने कमरे में जाकर सो जाता। मैं कई बार ज़ोया के सोते ही धधकती हुई रणजीत के कमरे में आ धमकती।

"ज़ोया सो चुकी है" कहते ही मैं रंजीत से लिपटने की कोशिश करती, लेकिन शराब के नशे और नींद की खुमारी में उसका शरीर कोशिश करने पर

भी हरकत में न आ पाता। कभी-कभी तो मैं रंजीत के ठण्डेपन और उपेक्षा से इस कदर तक आहत होती कि मेरे शरीर का ताप मेरे दिमाग़ में चढ़ जाता और मैं उससे गाली-गलौज पर उतर आती। मेरी गालियाँ सुन रंजीत के भीतर का बचा-खुचा मर्द जाग जाता और वह बेहद गुस्से में मुझे लगभग कमरे से बाहर धकेल देते हुए चिल्लाता, "नॉनसेंस! निकलो यहाँ से बाहर। बदतमीज़ कहीं की!"

मैं अपने कमरे में औंधे मुँह बिस्तर पर पड़ी देर रात तक रोती रहती। रोने से मेरा चेहरा बुरी तरह सूज जाता। माँ और ज़ोया मुझे देख परेशान हो उठते, लेकिन सब कुछ जानते हुए भी रंजीत एकदम चुप्पी साधे रहता। मेरे गुस्सैल और गाली-गलौज भरे व्यवहार ने रंजीत को धीरे-धीरे मुझसे और भी दूर कर दिया था। घर में मनहूसियत-सी छायी रहती, एक अजीब-सा सन्नाटा, जो मुझे और रंजीत को डसने के अलावा ज़ोया को भी छूता प्रतीत होता। हमारे बीच तनातनी होने पर ज़ोया भी दिनों-दिनों के लिए चुप्पी ओढ़ लेती, लेकिन हर साल जर्मनी प्रवास के दौरान हम दोनों के बीच काफ़ी हद तक सहजता बनी रहती। मेरी कोशिश रहती कि ज़ोया उस माहौल में अधिक-से-अधिक सीख सके। ज़ोया ही क्या, हर साल दो महीने के जर्मनी प्रवास से मेरे तौर-तरीक़ों में भी बहुत बदलाव आ गया था। रंजीत को यह सब अच्छा लगता। वह मुझे और ज़ोया को ख़ूब घुमाता-फिराता, मनचाही शॉपिंग करवाता। मैंने उन्हीं सालों में अपने घर के लिए यूरोप से महँगे-महँगे डेकोरेशन पीस, क्रिस्टल की कई ख़ूबसूरत चीज़ें, बोन चाइना के महँगे फूलदान, टेबल लैम्प्स, लाइट शेड्स, जालीदार परदे और महँगे डिनर सेट्स ख़रीदे थे। इस सबके अलावा कुछ ही सालों में मेरे वार्डरोब में एक से एक बड़े ब्रांड के कपड़ों, जूतों व लेदर बैग्स की भरमार हो गयी थी। रंजीत को स्वयं भी अच्छे कपड़े पहनने का बेहद शौक़ था। उसके पास एक से एक अच्छे ब्रांड के पैंट-शर्ट, टाइज़, जैकेट्स व कई रंगों के गर्म सूट थे। किसी भी फ़ॉर्मल कार्यक्रम में हम तीनों बड़े चाव से तैयार होकर जाते और सहज ही औरों का ध्यान आकर्षित करते। इन्हीं सालों के दौरान रंजीत ने मुझे समय-समय पर बहुत-से गहने भी दिलवाए थे। शुरू-शुरू में मैं इन चीज़ों

को अधिक महत्त्व न देती, लेकिन धीरे-धीरे मेरा आकर्षण इन चीज़ों की तरफ़ बढ़ता चला गया। सच तो यह था कि मैं रंजीत से अपेक्षित प्यार व सुख के अभाव को इन चीज़ों से भरने की कोशिश करने लगी थी। साथ ही, मेरे भीतर यह भाव भी गहराने लगा था कि भले ही रंजीत के मन पर मेरा अधिकार न हो पाया हो, परन्तु उसकी पत्नी होने के नाते उसकी कमाई पर मेरा पूरा अधिकार है। पत्नी ही नहीं उसकी बच्ची की माँ भी हूँ मैं। क्या नहीं करती मैं परिवार की खुशी के लिए? हालाँकि कई बार मन तरसता कि रंजीत मुझे वह खुशी दे सके, जिसके बिना मेरा जीवन अधूरा था। एक पुरुष का सच्चा प्यार जो स्त्री के प्रति भरपूर लगाव, सम्मान और विश्वास से परिपूर्ण होता है, लेकिन रंजीत एकदम भावहीन था। एक निहायत बुझा हुआ इन्सान।

मुझे याद है, एक शाम जर्मनी में एक रेस्टोरेंट में खाना खाते हुए रंजीत ने मुझसे बार-बार कहा था, "अरे! ज़रा कोशिश तो करो वाइन पीने की। इतनी बुरी चीज़ नहीं है यह। इसमें अल्कोहल की मात्रा भी इतनी अधिक नहीं होती। तुम्हें तरह-तरह का नॉनवेज खाना खाने का शौक़ है और वाइन ऐसे खाने के साथ ख़ूब चलती है। इसलिए तुम्हें वाइन पीकर अच्छा ही लगेगा।"

"मुझे क्या अच्छा लगेगा और क्या नहीं, यह तुम मुझसे बेहतर नहीं जानते।" मैंने उसकी बात काट दी थी।

"ज़रा पीने की कोशिश तो कर सकती हो। अच्छी न लगेगी तो मत पीना।" रंजीत ने मुझे समझाने की कोशिश की थी।

"मम्मी ! थोड़ी-सी पी लो न पापा के कहने पर। ठीक ही तो कह रहे हैं पापा। नहीं अच्छी लगेगी तो छोड़ देना।" ज़ोया मुझे प्यार से मनाते हुए कहा।

ज़ोया की बात सुन मैं अपनी ज़िद छोड़ वाइन पीने के लिए राज़ी हो गयी। रंजीत ने मेरे लिए एक बेहतरीन क्वालिटी की व्हाइट वाइन का ऑर्डर दिया। वाइन का स्वाद वाक़ई अच्छा था। दरअसल, वाइन के चलते उस शाम खाने का स्वाद और भी बढ़ गया था। वाइन के हल्के सुरूर के कारण मैं कुछ ज़्यादा ही चहक रही थी और मुझे खुश देखकर ज़ोया भी अच्छे-ख़ासे मूड में आ गयी थी। होटल लौटने के बाद ज़ोया के सोते ही मैं खुद पर काबू न रख

पायी और रंजीत के बगल में जाकर उससे सटकर लेट गयी। उस रात रंजीत ने मेरा साथ देने की कोशिश की, पर न जाने क्या हुआ? उसके शरीर का ताप महसूस करते ही मेरे भीतर बरसों से दबा लावा अचानक फूट पड़ा था। एक बेहोशी-सी में मेरे दाँत उसके शरीर के कोने-कोने पर गड़ते-से जा रहे थे और मेरी उफनती देह उसे पूरी तरह कुचलने पर आमादा थी। पर मेरी देह की उफनती नदी की पुकार को सुनने और उसे शान्त करने की बजाय रंजीत मेरे इस अप्रत्याशित व्यवहार से एकदम उखड़ गया और उसने जल्दी ही झटके-से मुझे खुद से अलग कर दिया।

मैं स्वयं पर काबू न रख पायी। बिफरकर उस पर झपट-सी पड़ी और उसके होठों को अपने होठों से काटने की कोशिश करने लगी।

"पागल हो गयी हो तुम? यह क्या तरीक़ा है प्यार करने का?" रंजीत बेहद गुस्से में था।

"तुम्हारे जैसे नामर्द से यही तरीक़ा है प्यार करने का।" मैं चिल्ला रही थी।

"बन्द करो अपनी बकवास। नॉनसेंस कहीं की। घटिया औरत!"

"घटिया? मैं हूँ घटिया ? और तुम? साला, हिजड़ा।" देखते ही देखते हम गुत्थमगुत्था हो गये।

कुछ देर पहले हमारे जिस्मों की खुशबू से महक रहा हमारा कमरा अचानक गालियों की बौछारों और हमारी एक-दूसरे के प्रति उपजी कड़वाहट से भर गया था। हमारे झगड़ने की आवाज़ सुन ज़ोया जग गयी थी और घबराकर रोने लगी थी। उस दिन के बाद मैंने कभी वाइन को हाथ नहीं लगाया।

ज़ोया ने दिल्ली यूनिवर्सिटी से ग्रेजुएशन करने के बाद लॉ की डिग्री हासिल की और इंटरनेशनल अफ़ेयर्स में एम.ए. करने के लिए इंग्लैंड चली गयी। उसके जाने से घर एकदम ख़ाली-सा हो गया। रंजीत ऑफ़िस से आता, चाय-कॉफ़ी पीता और अपने भाई व भाभी से लगभग एक घंटा गपशप करने के बाद अपने कमरे में जाकर टी.वी. देखने में रम जाता। टी.वी. में विशेष रुचि न होने के कारण मैं यह समय अपने गार्डन में लगे अनेक ख़ूबसूरत पौधों को पानी देने में बिताती। गार्डन के एक कोने में बड़े

शौक़ से पिंजरे में पाली रंग-बिरंगी चिड़ियों और एक जोड़ी कबूतर की देखभाल करने व उन्हें दाना-पानी देने में मेरी शाम बीत जाती। चूँकि हमारा घर बड़ा था और मुझे घर को सजाने का बेहद शौक़ था, मेरा काफ़ी समय घर की सफ़ाई करवाने और उसके रख-रखाव में ही बीत जाता। मैं हर शाम बड़े चाव से खाना बनाती। मैं और रंजीत एक साथ खाने का आनन्द लेते, लेकिन खाने के बाद हम दोनों के बीच फिर वही गहरी चुप्पी पसर आती। वह अपने कमरे में जाकर फिर से टी.वी. से चिपक जाता और मैं चुपचाप अपने कमरे में एक-डेढ़ घंटा फेसबुक और व्हाट्सएप पर बिताने के बाद घुटी-घुटी-सी बिस्तर में जा गिरती। वीकेंड पर हम दोनों की दोपहर में ज़ोया से फोन पर गपशप होती और शाम किसी न किसी दोस्त के यहाँ डिनर पर जाने या किसी को अपने यहाँ डिनर पर आमन्त्रित करने का अवसर बन ही जाता।

जिन दिनों ज़ोया इंग्लैंड जाने वाली थी, मुझे उसके जाने की बात सोचते ही घबराहट-सी होने लगती। ज़ोया ही तो थी मेरे जीवन की एकमात्र धुरी—मेरे दुःख सुख की साक्षी। कभी-कभी यह भी लगता कि मैं और रंजीत ज़ोया के जाने के बाद अकेले होने पर शायद एक-दूसरे के क़रीब महसूस करें। मैं अक्सर रंजीत के प्रति प्यार प्रकट करती, पर उसके रूखे और ठण्डे व्यवहार के कारण एकदम निराश व हताश हो जाती। दिनोंदिन ऐसा होने पर मैं अचानक किसी दिन गुस्से से फट पड़ती और बीते बरसों की सारी कड़वी बातें याद दिला-दिलाकर रंजीत के सिर अनगिनत लानतें मार उसे धराशायी कर देती। मेरे मुँह से भद्दी-भद्दी गालियाँ सुन रंजीत भारी क़दम नापता चुपचाप अपने कमरे में घुस जाता और फिर कई-कई दिन हमारी कोई बात ही न हो पाती। मुझे उसकी शक्ल से चिढ़-सी होने लगी थी और मैं बख़ूबी जानती थी कि वह भी अब मेरा चेहरा देखना पसन्द नहीं करता था। उन्हीं दिनों स्ट्रेस की वजह से मुझे स्पॉन्डिलाइटिस व थायोरॉयड हो गया। डॉक्टर ने मुझे बेड रेस्ट की सलाह दी थी। मेरी देखभाल करने की बजाय रंजीत ऑफ़िस से लौटने के बाद मेरे कमरे में बैठकर एक कप चाय पीने के साथ अपनी ज़िम्मेवारी से निज़ात

पा लेता। वह शाम का खाना अपने कमरे में ही खाता और मेरा खाना नौकर के हाथ मेरे कमरे में भिजवा देता। बीमारी ने मुझे पूरी तरह से अकेलेपन के अँधेरे गर्त में धकेल दिया था।

थोड़े दिन बाद डॉक्टर की सलाह पर मैंने फ़िज़ियोथैरेपी लेनी शुरू की। फ़िज़ियोथैरेपिस्ट सुमित हफ़्ते में तीन बार दोपहर में घर पर आता। वह अपने काम में बहुत कुशल था और मुझे उसकी वजह से काफ़ी आराम मिलने लगा। फ़िज़ियोथैरेपी के बाद मैं अक्सर सुमित को चाय के लिए रोक लेती। सुमित हमारे घर व गार्डन की तारीफ़ करता तो मैं उसकी कार्यकुशलता की। हम दोनों का व्यवहार एक-दूसरे के प्रति दोस्ताना-सा हो गया था। सुमित पैंतीस वर्ष का अविवाहित युवक था। उसके सद्भाव एवं मृदु व्यवहार के कारण मैं उसके प्रति आकर्षण महसूस करने लगी थी। फ़िज़ियोथैरेपी के दौरान जब वह मेरे कन्धों पर मसाज़ कर रहा होता तो एक करंट-सा मेरे पूरे शरीर में दौड़ जाता। कभी-कभी जी करता कि मैं उससे पूरी तरह साथ सट जाऊँ और उसे अपना सब कुछ सौंप दूँ, लेकिन ऐन मौक़े पर कोई चीज़ मुझे उठाकर झट-से पीछे पटक देती और मैं चाहकर भी कुछ न कर पाती। बस! तड़प कर अपनी परिधि में घुटकर जाती। सुमित की बदौलत थोड़े दिनों बाद मुझे दर्द से तो निज़ात मिल गया, लेकिन पता नहीं कब मैं डिप्रेशन का शिकार हो गयी। मुझे रात देर-देर तक नींद न आती। मैंने डॉक्टर की सलाह पर नींद की गोली लेनी शुरू कर दी। दिन बेहद बोझिल लगते और रातें खौफ़नाक। उधर माँ का शुगर लेवल अक्सर बढ़ जाता। उसे स्वयं से अधिक मेरी चिन्ता रहने लगी थी। मैं ज़ोया को चिन्तामुक्त रखने के लिए फ़ोन पर उसे कुछ न बताती। मेरी हालत देख माँ अक्सर कहती, "तुझे भी न जाने किस जन्म की सज़ा मिल रही है, जो सब कुछ पा कर भी ज़िन्दगी भर मेरी तरह प्यार को तरसती ही रह गयी। सब्र रख। कट ही जाएगी, जैसे-जैसे लिखी होगी।"

माँ भी जाते-जाते मुझे भीतर तक निचोड़ गयी। एक बार बिस्तर से क्या लगी, दो साल उठ ही न सकी। मुझे उसकी देखभाल करने से दिनभर फ़ुर्सत न मिलती। मेरा स्पोंडिलाइट्स और ब्लड प्रेशर फिर से बढ़ गया था। माँ कई

बार अस्पताल में भर्ती रही और फिर बीमारी में घुलती-घुलती एक दिन नींद में ही चल बसी।

माँ की मृत्यु के कुछ महीने बाद रंजीत अपनी कम्पनी का वाइस प्रेसिडेंट बन गया। उसका सैलरी पैकेज पहले की तुलना में काफ़ी अच्छा हो गया था और उसका काम भी पहले से कहीं अधिक बढ़ गया था। अब वह शाम पाँच बजे की बजाय लगभग साढ़े सात बजे के आस-पास ऑफ़िस से लौटता। उसे काम के सिलसिले में अक्सर मुम्बई, चेन्नई और बेंगलुरु जाना पड़ता। मैं कई बार अपनी खोखली दिनचर्या से निज़ात पाने के लिए उसके साथ चली जाती। वह दिनभर ऑफ़िस की मीटिंग में व्यस्त रहता तो मैं समय बिताने के लिए होटल के ब्यूटी पार्लर में फ़ेशियल, मेनीक्योर-पैडिक्योर या बॉडी मसाज करवाने के अलावा हर बार कुछ शॉपिंग कर उसके साथ वापस लौट आती। रंजीत मुझे यह सब करने से बिलकुल न रोकता, क्योंकि उसके पास इसके अलावा मुझे देने के लिए कुछ भी न था। रंजीत ने वाइस प्रेसिडेंट बनने के कुछ महीने बाद ही पचपन लाख की ऑडी कार खरीदी थी, जो कि उसके स्टेटस के अनुरूप थी। हालाँकि वह ऑफ़िस कम्पनी की कार से ही जाता और मैं ऑडी लेकर कभी स्विमिंग करने लेक क्लब चली जाती तो कभी किसी सहेली के साथ शॉपिंग या लंच का कार्यक्रम बना लेती। इसके अलावा हम जब भी कहीं साथ जाते, मैं ही ऑडी चलाती। मेरी ड्राइविंग रंजीत से बेहतर थी और रंजीत को यह बात स्वीकारने में कोई हिचक न थी।

रंजीत से फ़ोन पर गाड़ी ख़रीदने की ख़बर सुनकर तो ज़ोया खुशी से फूली न समाई थी।

"पापा! यू आर वंडरफुल। मज़ा आ गया यह ख़बर सुनकर। लव यू, पापा। इस बार इंडिया आऊँगी तो ऑडी में लम्बी ड्राइव पर चलेंगे कुछ दिन के लिए।" ज़ोया फ़ोन पर चहक रही थी।

"बेटा! मैं तो गाड़ी चलाता नहीं हूँ। गाड़ी तो मैंने तुम्हारे और तुम्हारी मम्मी के लिए ही ख़रीदी है। तुम्हारे आने पर ज़रूर कहीं घूमने का कार्यक्रम बनाएँगे।" रंजीत काफ़ी उत्साहित था।

उस दिन मुझसे फ़ोन पर बात करते हुए ज़ोया देर तक रंजीत की तारीफ़ करती रही। इतना ही नहीं, उसने मुझे बार-बार यह सलाह भी दी कि मैं रंजीत के साथ अच्छा व्यवहार करूँ और उसका ध्यान रखूँ, क्योंकि उसके शरीर में पर्किन्संस के हल्के व शुरुआती लक्षण दिखने शुरू हो चुके थे।

हमारे ख़ूबसूरत पार्टी स्पेस यानी कि हमारे घर के बड़े-से बेसमेंट में रोशनी किये लम्बा अरसा बीत चुका था। हालाँकि मेरी कोशिश रहती कि हम कभी-कभार किसी न किसी दोस्त के यहाँ मिलने चले जायें और कभी इक्का-दुक्का दोस्तों या रिश्तेदारों को घर पर आमन्त्रित कर लें, लेकिन बीमारी के कारण रंजीत की रुचि इन सब चीज़ों में कम होती चली गयी। उसके दायें हाथ का कम्पन अत्यधिक बढ़ गया था, जिसकी वजह से उसे खाना खाने में बेहद दिक़्क़त होती। रंजीत पार्टी के शुरुआती दौर में स्नैक्स खाने का शुरू से ही शौक़ीन रहा है। इस दौरान वह बातों का विषय शेयर मार्केट या प्रॉपर्टी मार्केट की तरफ़ मोड़ लेता, जिसमें उसकी विशेष रुचि थी। वह अपने ख़ास दोस्तों को न केवल अपनी लेटेस्ट इन्वेस्टमेंट के बारे में बताता बल्कि इन्वेस्टमेंट से हुए लाभ की ख़बरें सुनाकर उन्हें लगभग हैरान कर देता। शेयर मार्किट व इन्वेस्टमेंट की अच्छी जानकारी होने के कारण दोस्त-यार उसकी बातों पर न केवल ग़ौर करते बल्कि कुछ दोस्तों ने तो उसकी सलाह पर इन्वेस्टमेंट करके ख़ूब अच्छे पैसे कमा लिए थे। यह जानकर रंजीत को दोहरी खुशी होती। अपनी काबिलियत पर गर्व का भाव और अपनी वजह से दोस्तों को हुए आर्थिक लाभ की प्रसन्नता। रंजीत ने कई साल पहले जर्मन कम्पनी में नौकरी लगते ही अपनी सैलरी का एक बड़ा हिस्सा शेयर मार्केट और इन्वेस्टमेंट में लगाना शुरू कर दिया था। परिणाम बेहद अच्छे रहे। कुछ ही सालों में रंजीत ने शहर में एक बड़ा प्लाट तथा शहर से कुछ दूर फ़ॉर्म हाऊस बनाने के लिए ज़मीन ख़रीद ली थी। वह रिटायरमेंट के बाद फ़ॉर्म हाऊस में रहना चाहता था जबकि मैं शहर में रहना चाहती थी ताकि मेरी सोशल लाइफ़ ज्यों की त्यों बनी रहे। ज़ोया भी चाहती थी हम शहर में कोई नया घर ख़रीद लें, क्योंकि हमारे ड्राइंग रूम की दरार धीरे-धीरे अब बहुत दूर तक खिंच आयी थी और मैं इस वजह से

अपने ही घर में बेहद असुरक्षित महसूस करने लगी थी। इससे भी कहीं अधिक मुझे दिन-रात ज़ोया की शादी की चिन्ता सताने लगी। ज़ोया चौंतीस वर्ष की हो चुकी थी, लेकिन शादी करने में उसकी कोई विशेष रुचि न थी। मैं जब भी उससे शादी की बात करती, वह हमेशा यह कहकर टाल जाती कि कि अभी वह शादी के लिए मानसिक रूप से तैयार नहीं है। मेरे ज़ोर देने पर वह अक्सर कहती- "मम्मा प्लीज! ज़बरदस्ती मत करिए। नहीं तो शादी करवाकर मेरा भी आप लोगों जैसा हाल हो जाएगा।"

"ऐसे नेगेटिव विचार दिमाग़ में मत लाओ ज़ोया! तुम अपनी उम्र से कहीं ज़्यादा समझदार और सुलझी हुई हो। तुम्हारा वैवाहिक जीवन सुखद होगा।"

"मुझे कोई अपनी पसन्द का लड़का मिलेगा तब न? सिर्फ बढ़ती उम्र के कारण मैं शादी करने का जोखिम नहीं ले सकती।" ज़ोया का दो टूक जवाब होता।

दस-ग्यारह सालों से विदेश में अकेले रहते हुए ज़ोया को स्वतन्त्र एवं सुविधाजनक जीवन की आदत पड़ गयी थी। वह एक मल्टीनेशनल कम्पनी में ऊँचे पद पर कार्यरत थी! जीवन की सब सुख-सुविधाओं से सम्पन्न, लेकिन एकदम अकेली और आत्मसीमित। इतने साल विदेश में रहने पर भी उसके कोई ख़ास क़रीबी मित्र न बन पाये थे। उसका अन्तर्मुखी स्वभाव और तिस पर मेरे तथा रंजीत के मध्य हमेशा तनाव रहने की वजह से उसका व्यक्तित्व कुछ दब-सा गया था। मैं जब भी रंजीत से ज़ोया की शादी की बात करती वह यह कहकर मुक्त हो जाता—

"मैं चाहता हूँ कि वह अपनी मर्ज़ी से व अपनी पसन्द के किसी लड़के से शादी करे, जिसे वह मन से स्वीकार कर सके। मैं उसके लिए यहाँ लड़का नहीं ढूँढ़ना चाहता।"

"लेकिन उसे अगर जर्मनी में लड़का नहीं मिल रहा तो क्या हम यहाँ ऐसे ही हाथ पर हाथ रखकर बैठे रहेंगे?" मैं प्रतिवाद करती।

"तो फिर तुम ही ढूँढ़ लो कोई लड़का जिससे विवाह करने के लिए ज़ोया मान जाए।" रंजीत बात मुझ पर डाल देता।

"कैसे बाप हो तुम, जिसे रत्ती भर चिन्ता नहीं है बेटी की शादी की।" मैं गुस्से से भर उठती।

"मैं जानता हूँ कि मैं एक निकम्मा इंसान हूँ। एक असफल पति और एक असफल पिता। जानता हूँ अपनी कमज़ोरियाँ, लेकिन तुम तो होशियार हो और पूरी तरह से दुनियादार। मैंने तुम दोनों के लिए सब कुछ किया। अब यह काम तुम दोनों के ज़िम्मे है। मुझे इसमें बिल्कुल न घसीटो।" रंजीत गुस्से में बड़बड़ाने लगता।

मुझे ज़ोया की शादी न होने के कारण स्ट्रेस रहने लगा था और इधर रंजीत पर बीमारी की जकड़ बढ़ती जा रही थी। उसका इलाज एक बड़े अस्पताल से चल रहा था, लेकिन दवाइयों से उसे कोई ख़ास आराम नहीं मिल रहा था। शरीर में बढ़ते कम्पन की वजह से वह काफ़ी असुरक्षित महसूस करने लगा था। रंजीत के रिटायरमेंट के बाद तो हमारा जीवन पूरी तरह ही बदल गया। रंजीत अब सारा दिन अपने कमरे में बन्द रहता। उसने सबसे मिलना-जुलना छोड़ दिया था। वह अपने रिश्तेदारों और क़रीबी मित्रों को भी घर पर आमन्त्रित करना पसन्द न करता। मैं उसे समझाने की कोशिश करती तो वह मुझ पर गुस्सा होने लगता, जिससे उसकी तबीयत और बिगड़ जाती। रंजीत को भी डिप्रेशन हो गया और मैं उसकी बढ़ती बीमारी के कारण एकदम असुरक्षित महसूस करने लगी थी। चाहती थी कि ज़ोया भारत लौट आये और यहीं कोई अच्छी नौकरी ढूँढ़ ले। रंजीत की तबीयत निरन्तर बिगड़ती देख जब मैंने इस बारे में ज़ोया से बात की तो वह एकदम अशान्त हो उठी।

"मम्मा! आपकी तकलीफ़ समझती हूँ, लेकिन मेरे भविष्य के बारे में तो सोचो? मैंने इतने साल यहाँ पढ़कर इतनी मेहनत से यह पोज़ीशन हासिल की है। पापा की बीमारी की वजह से यह सब छोड़कर इंडिया लौट आऊँ? मेरा पूरा कॅरियर डूब जाएगा।"

"जोया ! तुम्हें यहाँ किसी चीज़ की कमी नहीं होगी। हमारे पास जो कुछ है, सब तुम्हारा है। भगवान ने चाहा तो तुम्हें यहाँ भी अच्छी नौकरी मिल जायेंगी।"

"प्लीज़ मम्मा! बात केवल नौकरी या कम्फ़र्ट्स की नहीं है। मैं भी अपनी ज़िन्दगी जीना चाहती हूँ, अपनी तरह से।"

"अपनी तरह से ज़िन्दगी जीने में तुम्हें यहाँ क्या दिक़्क़त है? जो चाहे करो, पर बस! वापस आ जाओ। मैं यह सब अकेले मैनेज नहीं कर पाऊँगी।" मेरी रुलायी फूट पड़ी थी।

"मम्मा प्लीज़! इस तरह रोकर मुझे गिल्टी महसूस मत करवाइए और मुझे स्ट्रेस मत दीजिए। इट्स रियली अनफ़ेयर।"

" अनफ़ेयर का क्या मतलब? यह ज़िम्मेदारी सिर्फ़ मेरी है? मैं क्या नौकर हूँ तुम्हारे बाप की? तुम्हारा कुछ नहीं लगता है वह?" मैं गुस्से से फट पड़ी थी और आदतन ज़ोया से भी गाली-गलौज पर उतर आयी थी।

"मम्मी! शान्त हो जाइए। मुझे यह सब सुनने की आदत नहीं है।"

" हाँ!-हाँ! सब कुछ करने व सुनने की आदत तो सिर्फ़ मुझे है। याद रखना एक बात। अगर रंजीत अधिक बीमार हुआ तो मुझसे न सँभलेगा सब कुछ। मैं तो खुद ही नींद की गोलियाँ खाकर चल दूँगी। फिर न कहना कि पहले से बताया नहीं।" मैं फिर से रोने और चिल्लाने लगी थी।

"ओह! दिस इज़ सो मीन। आप इतनी स्वार्थी कैसे हो सकती हैं? जिस आदमी ने आपके लिए इतना कुछ किया..." ज़ोया एकदम गुस्से में थी।

मैंने ज़ोया की बात बीच में ही काट दी।

"और तुम्हारे लिए कुछ नहीं किया रंजीत ने? तुम जो बचपन से लेकर नौकरी लगने तक उसके सर पर ऐशो आराम की ज़िन्दगी जीती रही, तुम्हारा कोई फ़र्ज़ नहीं बनता अपने बाप के प्रति?"

"और आपने? आपने जीवन भर किसके पैसों पर ऐश की है? और बदले में दिया क्या है आपने पापा को। सिवाय उन्हें धिक्कारने, सब के सामने जलील व अपमानित करने के। आपकी नॉनसेंस की वजह से आज वह इस हालत में हैं।" ज़ोया फूट-फूटकर रोने लगी थी।

"शर्म नहीं आती तुम्हें यह सब कहते हुए? यू ब्लडी नॉनसेंस!" ज़ोया पास में होती तो मैं शायद गुस्से में उस पर झपट ही पड़ती।

ज़ोया ने मुझ पर गुस्से से चिल्लाते हुए फ़ोन काट दिया था।

इस घटना के बाद अगले दो हफ़्ते हम दोनों के बीच कोई बात न हुई। मैं ज़ोया के व्यवहार से भीतर तक टूट गयी थी। एक ज़िद भी थी, जो मुझे ज़ोया को फ़ोन करने से रोक रही थी, लेकिन अन्ततः तीसरे हफ़्ते मैंने ही उसे फ़ोन किया। ज़ोया ने नपी-तुली बात की, वह भी एकदम अनमने भाव से। उसके रूखे व्यवहार मैं बेहद आहत महसूस कर रही थी।

"ज़ोया प्लीज! मैं बहुत परेशान हूँ। मेरी हालत समझने की कोशिश करो। मैंने सारी ज़िन्दगी दुःख झेला है और इसे तुमसे बेहतर कोई नहीं जानता। मानती हूँ कि मैंने तुमसे बुरा व्यवहार किया। मैं अपने व्यवहार पर शर्मिन्दा हूँ। प्लीज़! भूल जाओ वह सब। तुम्हें नहीं आना तो बेशक मत आओ यहाँ, लेकिन मैं तुम्हारी उपेक्षा नहीं सह पाऊँगी।" मेरी आँखों से आँसू बहते जा रहे थे।

"ठीक है, मम्मा। कोई बात नहीं। पापा से बात करवा दीजिए।" ज़ोया ने शान्त स्वर में कहा था।

रंजीत फ़ोन पर बात करते-करते अपने कमरे में चला गया और लगभग घंटा भर ज़ोया से बात करता रहा। उस दिन के बाद मेरा मन एकदम अशान्त व उचाट रहने लगा। ज़ोया पहले की तरह हर हफ़्ते फ़ोन करती। मुझसे बात करती, पर उसके बाद रंजीत से भी अकेले में देर तक बात करती। रंजीत की बढ़ती अस्वस्थता व ज़ोया के ठण्डे व्यवहार के कारण मैं बेहद असुरक्षित महसूस करने लगी थी। मुझे देर रात तक नींद न आती। बार-बार उठकर रंजीत के कमरे में उसे देखने जाती। वह बीमार होने के बावजूद आराम के नींद ले रहा होता, जबकि मुझे हर रात सोने के लिए नींद की गोली की शरण लेनी पड़ती।

मैंने मानसिक शान्ति के लिए योग शुरू किया। कॉफ़ी पार्टी वाली एक दोस्त के साथ मैडिटेशन भी सीखने लगी। यह सब शुरू किये दस दिन भी न बीते थे कि करोना की वजह से पूरे देश में कम्पलीट लॉकडाउन लग गया। भय, असुरक्षा व अकेलेपन के गहरे सायों ने जीवन को पूरी तरह ग्रस लिया था। नौकर-चाकर, माली, ड्राइवर—सबका आना बन्द हो गया और ये सब काम मेरे ज़िम्मे आन पड़े। मैं पूरा दिन घर के कामकाज व रंजीत की सेवा सुश्रूषा

में व्यस्त रहती। बीमारी के कारण शान्त स्वभाव वाला रंजीत बेहद चिड़चिड़ा हो गया था। वह मेरे हर काम में कोई-न-कोई कमी ढूँढ़ लेता और भला-बुरा कहकर मुझे अपने कमरे से बाहर निकाल देता। मैं ज़ोया से शिकायत करती तो वह रंजीत की बीमारी की वजह से उसका पक्ष लेने लगती।

अप्रैल-मई के महीने में कोरोना की भयावह दूसरी लहर ने तो सबको भीतर तक कँपा दिया। दिल्ली, मुम्बई तथा केरल में कोरोना से प्रतिदिन मरने वालों की संख्या सैकड़ों में पहुँच गयी थी। लाखों की संख्या में हर रोज़ लोग करोना से संक्रमित हो रहे थे। हमारे अपने शहर में हर दिन पचासों लोगों के मरने की ख़बर पढ़ते ही कलेजा मुँह को आने लगता। जगह-जगह क्वारंटाइन सेंटर बनाए गये थे। हर दूसरे दिन किसी न किसी परिचित और दूरदराज़ की रिश्तेदारी में कोरोना से किसी के मरने की ख़बर मिलती, तो मन दहशत से भर उठता। मैं किसी भी तरह की अप्रिय ख़बर रंजीत को देने से बचती। हर तरफ मृत्यु का हाहाकार था। जर्मनी में भी कोरोना से मरने वालों की संख्या बढ़ती जा रही थी। मैं ज़ोया के बारे में सोचकर बेहद चिन्तित हो उठती। ज़ोया का साल भर से वर्क फ्रॉम होम चल रहा था, बावजूद इसके वह भारत आने के लिए तैयार न थी। रंजीत भी बहुत डरा हुआ था। उसने टीवी पर ख़बरों के चैनल बन्द कर दिये थे। हमारे चारों ओर घोर उदासी व निराशा छा गयी थी। मैं और रंजीत तो एक छत के नीचे रहते हुए भी बरसों से एक-दूसरे से ही आइसोलेटेड थे। हमारे बीच सिर्फ़ खाने के दौरान छोटी-मोटी बात होती और फिर हम अपने-अपने कमरों में बन्द हो जाते। मुझे किसी से भी मिले हुए साल से ऊपर हो गया था। रंजीत की बीमारी की वजह से मैं न तो कहीं जाती और न ही किसी को घर बुलाने का ज़ोखिम उठाने का साहस जुटा पाती। सोते-जागते बस एक धुकधुकी, एक ख़ौफ़-सा घेरे रहता कि यदि रंजीत को कोरोना हो गया तो क्या होगा?

कोरोना के दौरान ज़ोया रंजीत से फ़ोन पर ख़ूब देर तक बातें करने लगी थी। ऐसे में रंजीत अक्सर मेरी उपस्थिति पसन्द न करता और बात करते-करते अपने कमरे में चला जाता। मुझे बुरा तो लगता, पर मैं उसकी अस्वस्थता की वजह से यह सब चुपचाप सह लेती। जैसे-तैसे अगले कुछ महीने बीत गये

और देखते ही देखते पूरी दुनिया में कम होने लगा जानलेवा कोरोना का असर। जीवन काफ़ी हद तक पटरी पर लौट रहा था। हमारे लिए बेहद खुशी की बात यह थी कि ज़ोया ने स्वयं ही कुछ महीने के लिए भारत आने का कार्यक्रम बनाया था। ज़ोया क्या आयी मानो हमारी खोई हुई ज़िन्दगी लौट आई। सारा घर ज़ोया की उपस्थिति से चहक उठा। मैंने और रंजीत ने पिछले डेढ़ साल घर से बाहर झाँका तक न था। ज़ोया के आने पर हम तीनों कभी-कभार नयी गाड़ी में लॉन्ग ड्राइव पर चले जाते। खाना घर से बनाकर ले जाते और किसी पार्क में साफ़ व खुली जगह में बैठ कर खा-पी लेते।

रंजीत की बीमारी बढ़ती जा रही थी, परन्तु वह ज़ोया की वजह से बेहद खुश था। हमारी कॉफ़ी पार्टी में आने वाली सभी जर्मन औरतें सपरिवार जर्मनी लौट चुकी थीं, जिसकी वजह से न केवल कॉफ़ी पार्टी का सिलसिला बन्द हो गया, बल्कि उनसे सम्पर्क भी टूट गया। हमारे रिश्तेदारों और मित्रों ने रंजीत की बीमारी की वजह से हमें अपने यहाँ आमन्त्रित करना बन्द कर दिया था। ये वही रिश्तेदार, वही दोस्त थे जिनके यहाँ कोरोना से पहले मैं और रंजीत हर पार्टी में विशेष रूप से आमन्त्रित होते। यह सोचकर मैं कई बार बहुत उदास हो जाती। लेकिन ज़ोया की उपस्थिति से मुझे काफ़ी हद तक चैन मिलने लगा था। वह शाम को रंजीत के साथ टहलने निकल जाती और उसके हर काम व उसकी पसन्द का खाना बनाने में भी पूरी रुचि लेती। जब रंजीत और ज़ोया घर पर न होते, मुझे पक्षियाँ की देखरेख के लिए पर्याप्त समय मिल जाता। रंग-बिरंगी ख़ूबसूरत चिड़ियाँ एकदम स्वस्थ, चहकती व फुदकती दिखतीं। कबूतर भी मस्ती के मूड में दिखता, लेकिन मैंने ग़ौर किया कि इस बीच मादा कबूतरी काफ़ी कमज़ोर हो गयी थी। वह न ठीक से दाना चुगती और न ही ख़ास उछलकूद करती दिखायी देती। कुछ ही महीने बीते थे कि कोरोना की थर्ड वेव आने से एक बार फिर से ख़ौफ़ छाने लगा। कोरोना के केस फिर से बढ़ रहे थे। वैज्ञानिकों का कहना था कि थर्ड वेव की संक्रमण की गति दूसरी लहर से कई गुना अधिक होगी। मैं रह-रहकर सेकंड वेव के भयावह मंज़र को याद कर दहल जाती। थर्ड वेव आने पर मन फिर से अत्यधिक

भयग्रस्त रहने लगा। दिन-रात यही दुआ करती कि थर्ड वेव भी जल्दी से गुज़र जाए।

हमारे यहाँ सब कुछ ठीक-ठाक चल रहा था कि एक दिन अचानक सब कुछ धराशायी हो गया। उस दिन ज़ोया और रंजीत कहीं घूमने गये और देर तक वापस न लौटे। मैंने ज़ोया को फोन मिलाया तो पता चला कि वे खाना खाकर लौटेंगे। फ़ुर्सत होने की वजह से मैंने रंजीत के कमरे में उसकी सभी अलमारियों की अच्छे से सफ़ाई कर दी व उसके कपड़े व सब सामान सहेजकर रख दिया। बेसमेंट की सफ़ाई किये तो महीनों हो चुके थे। मैंने जोश में आ हिम्मत करके दो-तीन घंटे लगाकर बेसमेंट में भी सफ़ाई कर दी और जल्द ही वहाँ कुछ ख़ास व गिने चुने दोस्तों को दावत पर बुलाने की कल्पना से मन ही मन प्रसन्न हो उठी। दोपहर के चार बज चुके थे। ज़ोया व रंजीत अभी तक न लौटे थे। फ़ोन करने पर ज़ोया ने कोई जवाब न दिया। रंजीत तो अपना फ़ोन घर पर ही छोड़ गया था। मुझे चिन्ता होने लगी। दोबारा फ़ोन करने पर ज़ोया ने बताया कि वे दोनों मॉल में हैं। मैं घंटों काम करने की वजह से बेहद थक चुकी थी। अचानक मुझे ज़ोया व रंजीत की उपेक्षा अखरने लगी। इतना मन था दोनों का घूमने का तो मुझे भी साथ ले लेते। कुछ नहीं तो मुझे फ़ोन ही कर देते, मैं टैक्सी लेकर दोनों को कहीं भी मिल सकती थी। मैं क्षोभ में औंधे मुँह बिस्तर पर जा गिरी और देर तक सुबकती रही। पता नहीं क्या था यह, मेरे भीतर की असुरक्षा या ज़ोया व रंजीत की उपेक्षा से उपजी पीड़ा।

थोड़ी देर बाद रंजीत और ज़ोया लौटे तो दोनों ख़ूब प्रसन्न थे। ज़ोया के हाथ में कई तरह के शॉपिंग बैगज़ थे।

"हद ही कर दी तुम लोगों ने। कहाँ चले गये थे? घंटों से इन्तज़ार कर रही हूँ तुम दोनों का।" मैंने उन्हें देखते ही कहा।

मेरी आवाज की तल्ख़ी को भाँपने हुए ज़ोया बेहद कोमल स्वर में बोली-"मम्मा! मैंने दो साल से कोई शॉपिंग नहीं की। पापा का अचानक मूड बन गया मुझे शॉपिंग करवाने का। बस! इसीलिए देर हो गयी।"

ज़ोया मेरा मूड बदलने के लिए अपनी शॉपिंग दिखाने लगी। तरह-तरह के ब्रांड्स के एक से एक ख़ूबसूरत कपड़े, जूते, महँगा हैण्ड बैग और मेकअप

का ढेर सारा सामान। यही नहीं, रंजीत ने उसे एक डायमंड रिंग भी लेकर दी थी। न जाने क्यों ज़ोया की शॉपिंग देखते ही मेरा चेहरा एकदम से बुझ गया।

"मम्मा! कैसी लगी मेरी शॉपिंग?" माहौल को सहज करने के लिए ज़ोया ने पूछा।

"यह सब शॉपिंग करते हुए तुम दोनों को मेरा रत्ती भर ख़याल न आया?" मेरे स्वर में गुस्सा ज़ाहिर था।

"अरे! आप तो यहीं हैं। कभी भी शॉपिंग करने पापा के साथ जा सकती हैं। मैं थोड़े दिनों मैं वापिस चली जाऊँगी और अगली बार न जाने कब आऊँगी?" ज़ोया ने तर्क दिया।

बात तो उसकी ठीक थी, लेकिन मेरे गुस्से का ठिकाना न रहा। मैं चिल्ला उठी "मैं भी तो डेढ़ साल से घर में क़ैद हूँ। पूरा घर सँभालती हूँ। मेरे बारे में तो कोई नहीं सोचता।"

"बस भी करो! कभी दूसरों के लिए भी खुश हुआ करो। हमेशा अपने लिए ही सोचती हो।" रंजीत के तीखे स्वर ने मेरे जले पर नमक छिड़क दिया।

"अपने लिए? क्या सोचती हूँ अपने लिए? तुम दोनों के लिए अपनी सारी ज़िन्दगी गला दी मैंने। क्या नहीं किया मैंने तुम दोनों के लिए? बताओ और क्या चाहते हो मुझ से? जान दे दूँ अपनी?" मैं बिफर उठी। दाँत पीसती, गाली गलौज करती मैं गुस्से में बेकाबू रंजीत की ओर लपकी कि तभी ज़ोया ने पूरे ज़ोर-से मुझे परे धकेलते हुए रंजीत को गिरने से बचा लिया। रंजीत घबराहट के मारे बुरी तरह हाँफ़ रहा था।

ज़ोया के इस व्यवहार से मैं सकते में थी। मैंने गुस्से में ज़ोया की बाजू मरोड़ते हुए उसके बाल पकड़ लिये। क्षण भर के लिए ज़ोया भी बुरी तरह घबरा गयी। वह ऐसी स्थिति के लिए बिल्कुल तैयार न थी, पर उसने तत्काल झटके से स्वयं को मेरी गिरफ़्त से छुड़ा लिया और ज़ोर से मुझ पर चिल्लाते हुए बोली-"दूर हो जाओ हमसे। यू आर अ मैड वुमन!"

मैंने आवेश में जैसे ही रंजीत के कमरे में घुसने की कोशिश की, ज़ोया ने पूरी ताक़त से मुझे धक्का देते हुए कमरे से बाहर निकाल दिया व कमरा

अन्दर से बन्द कर लिया। मैं काफ़ी देर तक चीख़ी-चिल्लाई, बार-बार दरवाज़ा खटखटाया, पर ज़ोया ने दरवाज़ा नहीं खोला। मैं देर रात तक रोती-बिलखती रही। मेरी आँखों में नींद का नामोनिशान न था। नींद की गोली खायी, फिर भी देर तक नींद न आयी। सुबह उठी तो दोपहर के ग्यारह बज चुके थे। ज़ोया अभी भी रंजीत के कमरे में थी और दरवाज़ा भीतर से बन्द था। मैंने दरवाज़ा खटखटाया, ज़ोया को कई बार आवाज़ दी, पर केवल निराशा हाथ लगी। हारकर मैं खुद को नॉर्मल करने के लिए पक्षियों को दाना पानी देने गार्डन में चली गयी। दिन बेहद उजला था और मौसम एकदम साफ़। बड़े-बड़े ख़ूबसूरत पिंजरों में रंग-बिरंगी छोटी, बड़ी ख़ूबसूरत चिड़ियाँ इधर-उधर फुदक रही थीं। उनकी चहचहाहट के बीच उनके हिलने-जुलने पर उनके पंखों के भीतर से कई सुन्दर रंग झलमिला रहे थे। उनके रंग-बिरंगे पंखों से उपजी इस झिलमिलाहट की सुन्दरता पर मैंने पहले कभी इतना ग़ौर नहीं किया था। मैं कुछ देर मन्त्रमुग्ध-सी उन्हें देखती रही। मेरा मन हरा हो आया। पिंजरे से बाहर नीला आसमान दूर-दूर फैला था, लेकिन पिंजरे में बन्द वे नन्ही-नन्ही ख़ूबसूरत चिड़ियाँ आकाश के विस्तार व उस गहरे नीलेपन को भला कैसे देख पातीं? तभी मेरा ध्यान घर की पहली मंजिल पर चहचहाती कुछ चिड़ियों की ओर गया। वे चिड़ियाँ देखने में इतनी सुन्दर न थीं, लेकिन उनकी आवाज़, उनके गान व उनकी चहचहाहट में एक लय थी। एक रवानगी, जिसने पूरे वातावरण को संगीतमय बना दिया था। अचानक मेरा मन हुआ कि पिंजरे में क़ैद रंग-बिरंगी चिड़ियों को मुक्त कर दूँ ताकि उन्हें भी छत पर चहचहाती चिड़ियों के-से स्वर मिल जायें। मैं ऐसा करने की सोच ही रही थी कि तभी मेरी नज़र कबूतर की जोड़ी पर पड़ी। कबूतर पूरे पिंजरे में डोल रहा था जबकि कबूतरी एक कोने में सिमटी हुई थी। मैंने दाना डाला तो कबूतर फट दाना चुगने लगा। मैंने पुचकारते हुए कबूतरी को भी दाना चुगने के लिए बुलाया। वह कुछ देर हिली-डुली नहीं, पर फिर धीरे-धीरे दानों की ओर बढ़ने लगी। उसने एक दाना मुँह में डाला ही था कि कबूतर फुदक उसके पास आया और उसे चोंच मारकर पीछे हटा दिया। कबूतरी घबरायी-सी तुरन्त पीछे हट गयी। कुछ देर रुककर वह फिर से दाना चुगने लगी। उसे दाना चुगते

देख कबूतर फिर से उसकी ओर झपटा और उसने फिर से पंख फड़फड़ाकर कबूतरी को वहाँ से हटा दिया। मैं पल भर के लिए इसे खेल समझी थी, पर यह खेल न था। कबूतरी बार-बार दाना चुगने की कोशिश करती और कबूतर हर बार उस पर झपट उसे दूर खदेड़ देता। मैंने बाहर से 'हश-हश' करके कबूतर को हटाने की कोशिश की, लेकिन कबूतर बाज न आया, बल्कि उसने निरीह कबूतरी को अपनी चोंच से कोंचना शुरु कर दिया। यह देख मैं गुस्से से पागल गयी और पूरी तरह होश खो बैठी। मैं बदहवासी में बरगलाती जा रही थी- "कुत्ते कमीने, साले, तू भी औरत पर ज़ुल्म ढहा रहा है? मेरे होते यह नहीं चलेगा। ले ! अब दिखा अपना ज़ोर।"

मैंने हल्के-से पिंजरे का दरवाज़ा खोला और अपनी चप्पल से कबूतर को पीटना शुरू कर दिया। जैसे-जैसे कबूतर फड़फड़ाता जा रहा था, मेरा हाथ और तेज़ चलता जा रहा था और ऊँची होती जा रही थी गुस्से व गलियों से लिथड़ी मेरी पगलायी आवाज़। मेरी आवाज़ सुन ज़ोया व रंजीत अपने कमरे की खिड़कियाँ खोल घबराये-से मुझे देख रहे थे।

ज़ोया ज़ोर-ज़ोर-से मुझ पर चिल्ला रही थी-"रुक जाओ! तुम पागल हो गयी हो। हाय! मत मारो उस बेकसूर को!"

पर कबूतर ढेर हो चुका था और कबूतरी सुन्न-सी एक कोने में दुबक गयी थी।

मैं उफ़नती हुई अपने कमरे में चली गयी और अपना दरवाज़ा भीतर से बन्द कर लिया। मेरी दृष्टि अचानक दीवार पर लगे आदमकद शीशे पर पड़ी। अपना भयावह चेहरा देख मुझे खुद से ही घबराहट-सी होने लगी। मेरे बाल अस्त-व्यस्त से थे, आँखों में ख़ून उतरा हुआ था और चेहरा एकदम पत्थर-सा सख़्त व कठोर हो गया था। क्या यह मैं ही थी? तो फिर मैं खुद को ठीक से क्यों न पहचान पा रही थी? मैंने खुद को सहज महसूस करवाने के लिए जैसे ही अपने हाथों से अपना चेहरा छूने की कोशिश की, मेरे नाख़ून एकदम-से लम्बे और पैने होते चले गये और मेरा चेहरा एकदम स्याह। मैंने तुरन्त अपना हाथ झटक दिया, इस डर से कि कहीं मेरे ही हाथों मेरा चेहरा

न नुच जाए। मैंने खुद से बचने के लिए नींद की दो-तीन गोलियाँ निगल लीं और बिस्तर पर ढेर हो गयी।

देर शाम जब आँख खुली तो अँधेरा होने को था। ज़ोया शायद अभी भी रंजीत के कमरे में थी। तभी मुझे घर में कुछ हलचल-सी महसूस हुई। मैंने बत्ती जलाकर खिड़की से देखा तो ज़ोया किचन से निकलती दिखायी दी। उसके हाथ में हॉट वॉटर बॉटल थी, जिसे लेकर वह तेज़ी-से रंजीत के कमरे में चली गयी। वह बेहद घबरायी हुई थी। मैं जल्दी-से अपने कमरे से बाहर निकल आई। रंजीत के कमरे से कुछ आवाज़ें सुनायी दे रही थीं। मैंने तुरन्त कमरे का दरवाज़ा खोलकर भीतर झाँका तो मेरे होश उड़ गये। रंजीत बिस्तर पर लेटा हुआ था और ज़ोया तेज़ी-से रंजीत के हाथ-पाँव मल रही थी। दो डॉक्टर रंजीत को ऑक्सीजन दे रहे थे, पर रंजीत की साँस उखड़ रही थी। यह देख मेरा कलेजा मुँह को आ गया।

"डॉक्टर! प्लीज़ बचा लीजिए इसे।" मेरे मुँह से बार-बार यही शब्द निकल रहे थे।

हम रंजीत को तुरन्त पास के एक प्राइवेट हॉस्पिटल ले गये, लेकिन रंजीत ने हार्ट अटैक के कारण अस्पताल पहुँचने से पहले ही दुनिया को अलविदा कह दिया।

रंजीत की मृत्यु के बाद ज़ोया एकदम नम हो गयी थी। तेरहवीं के दिन शान्ति पाठ के बाद वह अपना सामान लेकर कुछ दिन के लिए हमारे घर से कुछ ही दूर रंजीत के बड़े भाई-भाभी के यहाँ रहने चली गयी। मैं अपने बड़े-से घर में अकेली रह गयी थी, बिल्कुल अकेली। कलेजे पर पत्थर रखकर सब कुछ सह गयी। ज़ोया के बिना मेरा मन बहुत अशान्त था। कुछ समझ नहीं आ रहा था। फिर सोचा, हमारा माँ-बेटी का रिश्ता है। कुछ ही दिनों में प्यार से ज़ोया को मना लूँगी।

दो दिन बाद ही मेरे जेठ अरविन्द भाई साहब घर आये। उन्होंने बताया कि ज़ोया बीती रात की फ़्लाइट से जर्मनी लौट गयी है। इससे पहले कि मैं होश सँभाल पाती, उन्होंने रंजीत की वसीयत की कॉपी मुझे सौंपते हुए हाथ जोड़ दिये और बिना कुछ कहे लौट गये।

रंजीत ने अपनी सारी प्रॉपर्टी, करोड़ों की इन्वेस्टमेंट्स तथा हमारे ज्वाइंट लॉकर में पड़े तमाम गहने— सब कुछ ज़ोया को दे दिया था। उसने मुझे बिना बताये अपने जीते जी सब कुछ जोया के नाम ट्रांसफ़र कर दिया था। मेरे हिस्से आया था- दरारों वाला घर, रंजीत के पेंशन खाते में पड़े सात लाख रुपये और एक नियमित आय यानी कि विधवा पेंशन।

रंजीत के जीवन काल में कोरोना की दो लहरें आयीं और चली गयीं। मैं रंजीत की बीमारी के कारण कोरोना की थर्ड वेव से उसके लिए हर पल डरती रही। नहीं जानती थी कि कोई थर्ड वेव मुझे ही लील जाएगी।

❑❑❑